1

http://www.ilgattoelaluna.it
https://www.facebook.com/pages/Il-Gatto-e-la-Luna-ebook-
e-fantasia/262201513853245
contatti: info@ilgattoelaluna.it

ISBN: 978-88-96104-74-3
@2014 Il Gatto e la Luna editrice
Anna dai Capelli Rossi – La Valle dell'Arcobaleno
Collana: Gatto Verde
di Lucy Maud Montgomery
Titolo originale dell'opera:
Rainbow Valley
Prima pubblicazione: Canada, 1919

Traduzione di Ilaria Isaia

INDICE

Lucy Maud Montgomery

La Valle dell'Arcobaleno

"I pensieri della giovinezza sono lunghi, lunghi pensieri"
Longfellow

Dedicato alla memoria di
Goldwin Lapp, Robert Brookes e Morley Shier
Che compirono il supremo sacrificio affinché le valli felici
della loro terra natale potessero rimanere inviolate dalla furia
dell'invasore.

Capitolo 1
Ritorno a casa

Era una sera di maggio chiara, verde-mela, e la Baia dei Quattro Venti rifletteva le nuvole dell'ovest dorato tra le sue rive morbidamente scure. Il mare gemeva incantato sulla secca di sabbia, mesto perfino in primavera, ma un vento astuto, gioviale, arrivava flautato dalla rossa strada della Baia lungo la quale la figura confortante e matronale di Miss Cornelia si dirigeva verso il villaggio di Glen St. Mary.

Miss Cornelia era legittimamente la signora Marshall Elliott, ed era la signora Marshall Elliott da tredici anni, ma ancora adesso la maggior parte delle persone la chiamavano Miss Cornelia piuttosto che signora Elliott. Il vecchio nome era caro ai suoi vecchi amici, solo una persona l'ometteva con sdegno. Susan Baker, la grigia, arcigna e fedele cameriera della famiglia Blythe a Ingleside, non perdeva mai occasione per chiamarla "signora Marshall Elliott", con enfasi estremamente sfibrante e salace, come a dire "Hai voluto diventare una signora e sarai una signora, con tutto il mio spirito di rivalsa, per quel che mi riguarda."

Miss Cornelia stava andando a Ingleside per vedere il dottore e la signora Blythe, che erano appena tornati dall'Europa. Erano stati via per tre mesi, essendo pariti a febbraio per partecipare a un famoso congresso medico a Londra; e durante la loro assenza a Glen St. Mary erano accadute certe cose di cui Miss Cornelia voleva parlare con loro. Tanto per dirne una, c'era una nuova famiglia in canonica. E che famiglia! Mentre camminava, Miss Cornelia scosse parecchie volte la testa pensando a loro.

Susan Baker e l'Anna Shirley di altri tempi la videro arrivare mentre sedevano nella grande veranda di Ingleside, a godersi il fascino del crepuscolo, la dolcezza dei pettirossi sonnacchiosi che fischiettavano tra i rami degli aceri all'imbrunire, e la danza di un gruppo agitato di narcisi che si muovevano contro il vecchio, caldo muro di mattoni rossi del prato.

Anna sedeva sui gradini, le mani strette attorno le ginocchia, a guardare il dolce crepuscolo, con l'aria da ragazzina che la madre di tanti bambini ha il diritto di avere; e i suoi begli occhi grigio-verdi, che scrutavano la via della baia, erano più che mai pieni di inestinguibili scintille e sogni. Dietro di lei, nell'amaca, era raggomitolata Rilla Blythe, un bignè grassoccio di sei anni, la più piccola tra i bambini di Ingleside. Aveva capelli rossi e ricciuti e occhi nocciola, che adesso erano serrati in quella maniera buffa, con tante grinze, in cui Rilla dormiva sempre.

Shirley, "il piccolo moretto", com'era noto nel "libro delle personalità" di famiglia, dormiva tra le braccia di Susan. Aveva i capelli scuri, gli occhi scuri e la pelle scura, con guance molto rosa, ed era l'amore speciale di Susan. Dopo la sua nascita Anna era stata a lungo molto malata e Susan aveva "fatto da mamma" al bambino con una tenerezza appassionata che nessuno degli altri bambini, per quanto le fossero cari, aveva mai raccolto. Il dottor Blythe aveva detto che se non fosse stato per lei, lui non sarebbe mai sopravvissuto.

"Io gli ho dato la vita quanto voi, cara signora Dottore", Susan era solita dire, "È il mio bambino quanto il vostro." E infatti era sempre da Susan che Shirley correva, per ricevere un bacio quando si faceva un bernoccolo, per farsi cullare prima di addormentarsi e per farsi proteggere da meritati sculaccioni. Susan aveva diligentemente sculacciato gli altri bambini Blythe quando pensava che ne avessero bisogno per il loro bene, ma non sculacciava Shirley né permetteva a sua madre di farlo. Una volta il dottor Blythe l'aveva sculacciato e Susan si era violentemente indignata.

"Quell'uomo sculaccerebbe anche un angelo, cara signora Dottore, ecco che farebbe", aveva affermato aspra, e per una settimana non aveva più fatto torte al povero dottore.

Aveva portato Shirley con sé a casa di suo fratello durante l'assenza dei suoi genitori, mentre tutti gli altri bambini erano stati spediti ad Avonlea, e per tre beati mesi l'aveva avuto tutto per lei. Nonostante ciò, Susan fu molto contenta di tornare a Ingleside, con tutti i suoi cari di nuovo attorno a lei. Ingleside era il suo mondo, dove lei regnava suprema. Perfino Anna solo raramente metteva in discussione le sue decisioni, per il disgusto della signora Rachel Lynde dei Tetti Verdi, che diceva fosca ad Anna, tutte le volte che andava ai Quattro Venti, che stava permettendo a Susan di fare troppo la padrona e che prima o poi se ne sarebbe pentita.

"Ecco Cornelia Bryant che arriva sulla via della baia, cara signora Dottore", disse Susan, "Starà venendo per scaricarci addosso tre mesi di pettegolezzi."

"Lo spero", disse Anna abbracciandosi le ginocchia, "Ho fame dei pettegolezzi di Glen St. Mary, Susan. Spero che Miss Cornelia possa dirmi tutto quello che è successo mentre eravamo via. *Tutto!* Chi è nato, chi s'è sposato, chi s'è ubriacato; e chi è morto, chi se n'è andato, chi è arrivato, o ha litigato, o ha perso una mucca, o ha trovato un innamorato. È così bello tornare a casa da tutta la mia cara gente di Glen, e voglio sapere tutto di loro. Mi ricordo che mentre passeggiavo nell'Abbazia di Westminster mi chiedevo chi dei due suoi spasimanti avrebbe alla fine sposato Millicent Drew. Sai, Susan, che ho il terribile sospetto di amare i pettegolezzi?"

"Be', certo, cara signora Dottore", ammise Susan, "a ogni donna perbene piace sapere le ultime notizie. Anch'io sono piuttosto interessata al caso di Millicent Drew. Io non ho mai avuto uno spasimante, men che meno due, e adesso non me ne importa, perché non fa male essere una vecchia zitella una volta che ci si abitua. I capelli di Millicent mi hanno sempre dato l'impressione che se li sia pettinati con una scopa. Ma pare che agli uomini questo non importi."

"Loro vedono solo la sua faccia graziosa, intrigante e beffarda, Susan."

"Possibilissimo, cara signora Dottore. Il Buon Libro dice che l'approvazione è ingannevole e la bellezza vana, ma non mi sarebbe dispiaciuto scoprirlo da me, se così fosse stato stabilito. Senza dubbio quando saremo angeli saremo tutti belli, ma a cosa ci servirà allora? A proposito di pettegolezzi, però, dicono che la povera signora Harrison Miller di oltrebaia abbia tentato di impiccarsi la settimana scorsa."

"Oh, Susan!"

"Tranquilla, cara signora Dottore. Non c'è riuscita. Ma non la biasimo davvero per averci provato, perché suo marito è un uomo terribile. Ma è stata molto stupida a pensare d'impiccarsi e lasciargli via libera per sposare un'altra donna. Se fossi stata nei suoi panni, cara signora Dottore, avrei cercato di farlo angosciare così tanto che alla fine avrebbe cercato lui d'impiccarsi, non io. Non che io approvi la gente che s'impicca, qualunque siano le circostanze, cara signora Dottore."

"Comunque, che avrà mai Harrison Miller?", disse Anna, impaziente, "Spinge sempre la gente a misure estreme."

"Be', qualcuno dice che è la religione e qualcun altro che è la protervia e vi domando scusa, cara signora Dottore, se ho usato questa parola. Sembra che non riescano a capirlo nel caso di Harrison. Ci sono giorni in cui ringhia con tutti perché pensa di essere stato predestinato alla dannazione eterna. E poi ci sono altri giorni in cui dice che non gliene importa e va a ubriacarsi. Secondo me, non è del tutto sano di mente, perché nessuno di quel ramo dei Miller l'è mai stato. Suo nonno uscì di senno. Pensava di essere circondato da enormi ragni neri. Gli si accalcavano addosso e svolazzavano in aria attorno a lui. Io spero di non impazzire mai, cara signora Dottore, e credo che non mi capiterà perché non è un'abitudine dei Baker. Ma se la saggia Provvidenza dovesse così decidere, spero che non prenda la forma di enormi ragni neri, perché quegli animali mi ripugnano. E la signora Miller, non so se meriti compassione o no. Ci sono alcuni che dicono che abbia sposato Harrison in spregio a Richard Taylor, che a me sembra un motivo veramente stravagante per sposarsi. Ma del resto, *io* non sono un buon giudice di questioni matrimoniali, cara signora Dottore. Ecco Cornelia Bryant al cancello, metto a letto quel benedetto bimbo moro e prendo la mia roba da maglia."

Capitolo 2
Puro pettegolezzo

"Dove sono gli altri bambini?", domandò Miss Cornelia quando i primi saluti – cordiali da parte sua, estasiati da parte di Anna e decorosi da parte di Susan – furono terminati.

"Shirley è a letto, Jem, Walter e le gemelle sono giù, nella loro amata Valle dell'Arcobaleno", disse Anna, "Sono tornati solo questo pomeriggio e non vedevano l'ora di finire di cenare per correre nella valle. La amano al di sopra di qualunque altro posto sulla terra. Neppure il bosco di aceri può rivaleggiare con lei per il loro affetto."

"Temo che la amino troppo", disse Susan, cupa, "Il piccolo Jem una volta disse che preferirebbe andare nella Valle dell'Arcobaleno piuttosto che in Paradiso, quando fosse morto, e questa non è una cosa decente da dire."

"Devono essersi divertiti molto ad Avonlea, vero?", disse Miss Cornelia.

"Moltissimo. Marilla li vizia terribilmente. Soprattutto Jem, che ai suoi occhi non può mai sbagliare."

"Miss Cuthbert dev'essere un'anziana signorina, ormai", disse Miss Cornelia, tirando fuori il lavoro a maglia, in modo da poter lavorare anche lei con Susan. Miss Cornelia sosteneva che le donne le cui mani sono sempre impegnate fossero superiori a quelle le cui mani non lo sono.

"Marilla ha ottantacinque anni", disse Anna, con un sospiro, "Adesso i suoi capelli sono candidi come la neve. Ma, strano a dirsi, la sua vista è migliorata rispetto a quando aveva sessant'anni."

"Be', mia cara, sono veramente contenta che tu sia tornata. Mi sono sentita terribilmente sola. Ma non siamo rimasti in ozio a Glen, credi a me. Non ho mai avuto in vita mia una primavera più emozionante per quanto riguarda le faccende di chiesa. Finalmente ci siamo sistemati con un nuovo sacerdote, Anna cara."

"Il reverendo John Knox Meredith, cara signora Dottore", disse Susan, decisa a non lasciare che fosse Miss Cornelia a dare tutte le notizie.

"È simpatico?", domandò Anna, interessata.

Miss Cornelia sospirò e Susan gemette.

"Sì, è piuttosto simpatico, se fosse tutto qui", disse la prima, "È *molto* simpatico – e molto istruito – e molto spirituale. Ma non ha buonsenso, Anna cara."

"E allora perché avete chiamato lui?"

"Be', senza dubbio lui è il miglior predicatore che abbiamo mai avuto a Glen St. Mary", disse Miss Cornelia, girando un paio di maglie, "Immagino che se non l'hanno mai chiamato in città è perché è tanto svagato e distratto. Il suo sermone di prova fu semplicemente fantastico, credimi. Ci sono impazziti tutti... e il suo aspetto."

"È *molto* bello, cara signora Dottore, e tutto considerato a me *piace* vedere un bell'uomo sul pulpito", interruppe Susan, pensando fosse il momento d'imporsi ancora.

"Inoltre", disse Miss Cornelia, "eravamo ansiosi di sistemarci. E il signor Meredith era il primo candidato su cui fossimo tutti d'accordo. Sugli altri c'era sempre qualcuno che aveva da obiettare. Si era parlato anche di chiamare il signor Folsom. Anche lui era un bravo predicatore, ma a qualcuno non piaceva il suo aspetto. Era troppo scuro e azzimato."

"Sembrava proprio un grosso gatto nero, sembrava, cara signora Dottore", disse Susan, "Non potrei mai sopportare un uomo del genere sul pulpito ogni domenica."

"Poi venne il signor Rogers, e lui era come una scheggia nel porridge: né male né bene", riprese Miss Cornelia, "Ma anche se avesse predicato come i santi Pietro e Paolo non gli avrebbe giovato per nulla, perché quello fu il giorno in cui le pecore del vecchio Caleb Ramsay finirono in chiesa e si misero a belare forte proprio mentre lui stava annunciando il suo testo. Tutti si misero a ridere e dopo quest'episodio il povero Rogers non ebbe più alcuna speranza. Qualcuno pensa che avremmo dovuto chiamare il signor Stewart, perché lui è tanto colto. Sa leggere il Nuovo Testamento in cinque lingue."

"Ma non credo che solo per questo abbia più certezze degli altri di finire in Paradiso", intervenne Susan.

"A molti di noi non piaceva il suo modo di esprimersi", disse Miss Cornelia, ignorando Susan, "Parlava a grugniti, per così dire. E il signor Arnett non era *per nulla* capace di predicare. E aveva scelto per candidarsi il peggior testo che ci sia sulla Bibbia: 'Maledite Meroz.'[1]"

"Ogni volta che un'idea lo sconcertava, lui sbatteva la Bibbia e strillava con veemenza 'Maledite Meroz'. Il povero Meroz, chiunque fosse, è stato maledetto per tutta la giornata, cara signora Dottore", disse Susan.

---

1   Giudici, 5:23 (NDR)

"Un ministro che si candida non è mai troppo attento al testo che sceglie", disse solenne Miss Cornelia, "Credo che avremmo potuto chiamare il signor Pierson, se avesse scelto un testo diverso. Ma quando lui intonò 'Alzo gli occhi verso i monti'[2] fu sistemato. Tutti si misero a ridere, perché tutti sapevano che le due sorelle Monti da Harbour Head era da quindici anni che mettevano gli occhi addosso a ogni singolo sacerdote che venisse a Glen. E il signor Newman aveva una famiglia troppo numerosa."

"Stava da mio cognato, James Clow", disse Susan, "'Quanti figli avete?', gli domandai. 'Nove maschi e una sorella per ciascuno di loro', disse lui. 'Diciotto!', dissi io, 'Santo Cielo, che famiglia!' E lui si mise a ridere, a ridere... non so perché, cara signora Dottore, ma sono sicura che diciotto bambini siano troppi per qualunque canonica."

"Aveva solo dieci figli, Susan", spiegò Miss Cornelia, con sprezzante pazienza, "E per la canonica e la congregazione dieci bravi bambini non sarebbero peggio dei quattro che ci sono adesso. Anche se non direi, Anna cara, che neppure loro siano tanto male. Mi piacciono... piacciono a tutti. È impossibile non farseli piacere. Sarebbero creaturine veramente amabili se avessero qualcuno a badare alla loro educazione e a insegnare loro ciò che è giusto e decoroso. Per esempio, a scuola l'insegnante dice che sono bambini modello. Ma a casa semplicemente impazziscono."

"E la signora Meredith?", chiese Anna.

"Non c'è nessuna signora Meredith. È questo il problema. Il signor Meredith è vedovo. Sua moglie morì quattro anni fa. Se l'avessimo saputo non credo che l'avremmo chiamato, perché in una congregazione un vedovo è perfino peggio di uno scapolo. Ma lo sentimmo parlare dei suoi bambini e demmo per scontato che ci fosse anche una madre. E quando si trasferirono qui venne fuori che c'era solo zia Martha, come la chiamano loro. È una cugina della madre del signor Meredith, credo, e lui l'ha presa in casa per salvarla dall'ospizio dei poveri. Ha settantacinque anni, è mezza cieca, completamente sorda e decisamente eccentrica."

"E una pessima cuoca, cara signora Dottore."

"La peggior perpetua che ci possa essere", disse Miss Cornelia, aspra, "Il signor Meredith non vuole prendere un'altra governante perché dice che zia Martha si offenderebbe. Anna

---

2   Salmi 120 (121), 1 (NDR)

cara, credimi, lo stato in cui è quella canonica è qualcosa di terribile. Ogni cosa è coperta di polvere e nulla è mai al suo posto. E noi l'avevamo ridipinta e tappezzata così bene prima che arrivassero."

"Dite che ci sono quattro bambini?", disse Anna, che nel suo cuore cominciava già a coccolarli.

"Sì. In ordine come i gradini di una scala. Gerald è il più grande. Ha dodici anni e lo chiamano Jerry. È un bambino in gamba. Faith ha undici anni. È un vero maschiaccio, ma graziosa come un quadro, debbo dire."

"È bella come un angelo, ma è un vero demonio nel combinare birbonate, cara signora Dottore", disse Susan, solenne, "Io sono stata in parrocchia una sera della settimana scorsa e c'era anche la signora James Millison. Lei aveva portato loro una dozzina di uova e un piccolo – *molto* piccolo, cara signora Dottore – secchio di latte. Faith li ha presi entrambi ed è schizzata con loro in cantina. Quand'era quasi in fondo alle scale è inciampata ed è caduta per il resto dei gradini, latte, uova e tutto. Potete immaginarvi il risultato, cara signora Dottore. Ma quella bambina è ritornata su ridendo 'Non so più se sono io o una torta alla crema', ha detto. E la signora James Millison era molto arrabbiata. Ha detto che non avrebbe mai più portato niente in canonica se poi bisognava sprecare e distruggere la roba a quella maniera."

"Maria Millison non s'è mai scomodata a portare cose in canonica", sbuffò Miss Cornelia, "Quella sera ha portato quelle cose solo come scusa per la sua curiosità. Ma la povera Faith si ficca sempre nei guai. È così noncurante e impulsiva."

"Proprio come me. Mi piacerà la vostra Faith", disse Anna, decisa.

"È piena di coraggio... e mi piace il coraggio, cara signora Dottore", ammise Susan.

"C'è qualcosa di buono da dire sul suo conto", concesse Miss Cornelia, "La si vede sempre ridere, e certe volte fa venire anche a te voglia di ridere. Non riesce a rimanere seria neppure in chiesa. Una ha dieci anni, è una cosina dolcissima... non graziosa, ma dolce. E Thomas Carlyle ha nove anni. Lo chiamano Carl, e ha una vera mania per raccattare rospi, insetti e rane e portarli a casa."

"Credo fosse lui responsabile per quel topo morto sulla sedia del salotto il pomeriggio in cui andò a trovarli la signora Grant. Le fece venire un colpo", disse Susan, "e non mi sorprende, perché le sedie di una canonica non sono posti dove ci si aspetta di trovare topi morti. A dire il vero potrebbe essere stato il gatto a lasciarlo lì. Quella bestia ha il diavolo in corpo, cara signora Dottore. Un gatto che vive in canonica dovrebbe almeno avere *un aspetto* rispettabile, secondo me, qualunque cosa sia in realtà. Ma quella è la bestia dall'aspetto più dissoluto che abbia mai visto. E cammina lungo la trave di colmo della canonica tutte le sere al tramonto, cara signora Dottore, e agita anche la coda, e questo è indecoroso."

"La cosa peggiore è che non sono *mai* vestiti in maniera decente", sospirò Miss Cornelia, "Da quando si è sciolta la neve, vanno a scuola scalzi. Ora, Anna cara, tu sai che questa non è una cosa giusta per dei bambini che vivono in parrocchia... specialmente quando c'è la figlia del ministro metodista che porta sempre begli stivaletti tanto ben abbottonati. E *vorrei proprio* che non andassero a giocare nel vecchio cimitero metodista."

"È molto allettante, quando è proprio vicino alla canonica", disse Anna, "Io ho sempre pensato che i cimiteri debbano essere posti meravigliosi in cui giocare."

"Oh, no, non voi, cara signora Dottore", disse leale Susan, decisa a proteggere Anna da se stessa, "Voi avete troppo buon senso e decoro."

"Ma, in primo luogo, perché hanno costruito quella canonica così vicino al cimitero?", domandò Anna, "Il loro giardino è così piccolo che non hanno spazio per giocare, se non il cimitero."

"Fu un errore", ammise Miss Cornelia, "Ma pagarono poco quell'appezzamento. E nessun bambino di quella parrocchia si era mai sognato di giocare lì. Il signor Meredith non lo dovrebbe permettere. Ma lui ha sempre il naso infilato in un libro, quando è a casa. Legge continuamente, oppure gironzola per il suo studio sognando a occhi aperti. Finora non s'è ancora dimenticato di venire in chiesa la domenica, ma per due volte s'è scordato degli incontri di preghiera e uno degli anziani è dovuto andare in canonica per ricordarglielo. E si dimenticò del matrimonio di Fanny Cooper. Lo chiamarono al telefono e lui corse fuori così com'era, in ciabatte e tutto. Un non si preoccuperebbe tanto se i metodisti non ne ridessero così. Ma c'è una consolazione: non possono criticare i suoi sermoni. Quand'è sul pulpito si sveglia, credimi. E il pastore metodista non sa affatto predicare, così mi hanno detto. Io non l'ho mai sentito, grazie al Cielo."

Il disprezzo verso gli uomini di Miss Cornelia si era un po'
attenuato da quando si era sposata, ma il disprezzo per i
metodisti era rimasto non toccato dalla misericordia. Susan
sorrise, scaltra.

"Dicono, signora Marshall Elliott, che metodisti e presbiteriani
pensano di unirsi."

"Bah, sperò che se questo dovesse mai succedere, sia quando io
sarò già morta e sepolta", ribatté Miss Cornelia, "Io non avrò
mai rapporti coi metodisti, e il signor Meredith vedrà che farà
meglio anche lui a girare al largo da loro. È decisamente troppo
affabile con loro, credetemi. Pensate, andò alle nozze d'argento
di Jacob Drew, e si ficcò anche in un bel pasticcio per questo
motivo."

"Che pasticcio?"

"La signora Drew gli chiese di trinciare l'oca arrosto... perché
Jacob Drew non ha mai saputo, o voluto, trinciare. Be', il signor
Meredith l'afferrò e nel processo la fece cadere fuori dal piatto
esattamente in grembo alla signora Reese, che gli sedeva
accanto. E lui semplicemente le disse, distratto, 'Signora Reese,
per favore, mi ridate l'oca?' La signora Reese gliela 'restituì',
mite come Mosè, ma doveva essere furibonda perché indossava
il suo abito nuovo di seta. La cosa peggiore, è che lei è una
metodista."

"Ma io credo che sarebbe stato peggio se fosse stata
presbiteriana", interloquì Susan, "Se fosse stata presbiteriana
probabilmente avrebbe lasciato la chiesa, e noi non possiamo
permetterci di perdere i nostri membri. E la signora Reese non
piace neanche a quelli della sua chiesa, perché si dà tutte quelle
arie d'importanza, perciò i metodisti saranno stati contenti che il
signor Meredith le abbia rovinato il vestito."

"Il punto è che si è reso ridicolo e a me, per dirne una, non
piace vedere che il mio ministro si rende ridicolo agli occhi dei
metodisti", disse Miss Cornelia, severa, "Se avesse avuto una
moglie, questo non sarebbe successo."

"Anche se avesse avuto una dozzina di mogli, non vedo come
queste avrebbero potuto impedire alla signora Drew di usare
quella sua oca vecchia e dura per il banchetto di nozze", disse
Susan, ostinata.

"Dicono che sia stato suo marito a farlo", disse Miss Cornelia,
"Jacob Drew è una creatura arrogante, avara e prepotente."

"E dicono che lui e sua moglie si detestino... e a me non sembra conveniente, per una coppia sposata, tirare avanti così. Ma del resto io non ho esperienza in questo campo", disse Susan scrollando la testa, "E io non sono una che dà tutta la colpa agli uomini. Anche la signora Drew è piuttosto spilorcia. Dicono che l'unica cosa che lei abbia mai dato via fosse un tegame di burro fatto con la panna in cui era caduto un topo. Lo portò a una festa della chiesa. Nessuno seppe nulla del topo se non in seguito."

"Fortunatamente tutte le persone che il signor Meredith ha offeso finora erano metodisti", disse Miss Cornelia, "Quel Jerry andò all'incontro di preghiera dei metodisti un paio di settimane fa e si sedette accanto al vecchio William Marsh, che come suo solito si alzò e fece professione di fede con grugniti spaventosi. 'Vi sentite meglio adesso?', sussurrò Jerry quando William tornò a sedersi. Il povero Jerry voleva solo essere gentile, ma il signor Marsh pensò che fosse impertinente e ancora adesso è furioso con lui. Certo, Jerry non aveva alcun diritto di andare all'incontro di preghiera dei metodisti. Ma quelli vanno dove vogliono."

"Spero che non offendano la signora Alec Davis di Harbour Head", disse Susan, "Lei è una donna molto suscettibile, ho saputo, ma è molto ricca ed è quella che contribuisce più di tutti al salario del ministro. L'ho sentita dire che secondo lei i Meredith sono i bambini più maleducati che abbia mai visto."

"Ogni parola che dite mi convince sempre più che i Meredith siano della razza che conosce Joseph", disse decisa la Signora Anna.

"Tutto considerato, sì", ammise Miss Cornelia, "E questo pareggia tutto. A ogni modo, adesso li abbiamo e dobbiamo cercare di accontentarci di loro e di difenderli dai metodisti. Be', adesso devo tornare giù alla baia. Marshall sarà presto a casa – oggi è andato oltrebaia – e vorrà trovare la cena, proprio roba da uomini. Mi dispiace non aver visto gli altri bambini. Dov'è il dottore?"

"Su ad Harbour Head. Siamo tornati a casa solo da tre giorni e in questo lasso di tempo lui ha trascorso solo tre ore nel suo letto e ha consumato solo due pasti a casa sua."

"Tutti quelli che si sono ammalati nelle ultime sei settimane aspettavano il suo ritorno... e non gliene faccio una colpa. Quando quel dottore di oltrebaia sposò la figlia dell'impresario di pompe funebri di Lowbridge la gente cominciò a essere sospettosa sul suo conto. Non suonava bene. Tu e il dottore dovete venire da noi presto e raccontarci del vostro viaggio. Immagino che sia stato splendido."

"Sì", concordò Anna, "È stata la realizzazione di anni di sogni. Il vecchio mondo è bellissimo e meraviglioso. Ma siamo tornati a casa e siamo contenti della nostra terra. Il Canada è il paese più bello del mondo, Miss Cornelia."

"Nessuno ne ha mai dubitato", disse Miss Cornelia, soddisfatta.

"E la vecchia Isole del Principe Edward è la provincia più bella del Canada, e i Quattro Venti è il posto più bello dell'Isola del Principe Edward", rise Anna, guardando con adorazione lo splendore del tramonto sulla valle, sulla baia e sul golfo. Lo salutò agitando la mano, "In Europa non ho visto nulla più bello di questo, Miss Cornelia. Dovete proprio andare? Ai bambini dispiacerà non avervi visto."

"Devono venirmi a trovare presto. Di' loro che la scatola delle ciambelle è sempre piena."

"Oh, progettavano un'incursione da voi a cena. Verranno presto. Ma adesso dovranno dedicarsi di nuovo alla scuola. E le gemelle prenderanno lezioni di musica."

"Non dalla moglie del ministro metodista, spero", disse Miss Cornelia, ansiosa.

"No... da Rosemary West. Sono andata da lei ieri sera per metterci d'accordo. Che bella ragazza!"

"Rosemary si porta molto bene. Non è più giovane com'era un tempo."

"Mi è sembrata molto affascinante. Io non l'ho mai davvero frequentata. La loro casa è molto fuori mano e la vedo raramente, quasi solo in chiesa."

"Alla gente è sempre piaciuta Rosemary West, anche se non la capisce", disse Miss Cornelia, inconsapevole dell'alto tributo che stava rivolgendo al fascino di Rosemary, "Ellen l'ha sempre limitata, per così dire. L'ha sempre tiranneggiata, eppure in molti modi l'ha sempre assecondata. Rosemary una volta era fidanzata, sai... col giovane Martin Crawford. La sua nave fece naufragio alle Maddalene e tutto l'equipaggio annegò. Rosemary era appena una bambina... aveva solo diciassette anni. Ma dopo non fu mai più la stessa. Lei ed Ellen sono sempre state molto vicine, dopo la morte di loro madre. Non vanno spesso alla loro chiesa a Lowbridge e ho saputo che Ellen non è favorevole ad andare troppo spesso alla chiesa presbiteriana. A quella metodista non ci va *mai*. E questo depone a suo favore. Quella famiglia West è sempre stata fortemente episcopale. Rosemary ed Ellen sono abbastanza agiate. Rosemary in realtà non ha bisogno di dare lezioni di musica. Lo fa perché le piace. Sono imparentate alla lontana con Leslie. E i Ford vengono alla baia quest'estate?"

"No. Fanno un viaggio in Giappone e probabilmente staranno via per un anno. Il nuovo romanzo di Owen sarà ambientato in Giappone. Questa sarà la prima estate che la nostra povera Casa dei Sogni sarà vuota da quando ce ne siamo andati via noi."

"Io credo che Owen Ford possa trovare abbastanza materiale per scrivere in Canada, piuttosto che trascinare sua moglie e i suoi bambini innocenti in un paese di pagani come il Giappone", borbottò Miss Cornelia, "Il Diario di Bordo è il miglior libro che abbia mai scritto e il materiale l'ha trovato proprio qui, ai Quattro Venti."

"È stato Capitan Jim a fornirgli la maggior parte. E lui l'aveva raccolto in tutto il mondo. Ma io credo che i libri di Owen siano bellissimi."

"Oh, sì, sono abbastanza graziosi, nei loro limiti. Me lo sono imposta come dovere di leggere tutti i suoi libri, anche se ho sempre sostenuto, Anna cara, che leggere romanzi sia una peccaminosa perdita di tempo. Gli scriverò e gli dirò la mia opinione su questa faccenda giapponese, credi a me. Vuole forse che Kenneth e Persis si convertano al paganesimo?"

Con questo rompicapo inoppugnabile, Miss Cornelia se ne andò. Susan andò a mettere Rilla a letto e Anna rimase seduta sui gradini della veranda, sotto le prime stelle, e sognò i suoi irriducibili sogni, e imparò di nuovo, per la centesima, felice volta, che luna nascente splendida e pura si potesse ammirare a Baia Quattro Venti.

Capitolo 3
I bambini di Ingleside

Di giorno ai piccoli Blythe piaceva molto giocare nel verde intenso e morbido e nell'oscurità del grande bosco di aceri tra Ingleside e lo stagno di Glen St. Mary; ma per i bagordi serali non c'era nessun posto come la piccola valle dietro il bosco di aceri. Per loro era un reame incantato di romanticismo. Una volta, guardandola dalle finestre del solaio di Ingleside, tra le brume e gli strascichi di un temporale estivo, avevano visto il loro amato angolino sormontato da un magnifico arcobaleno, un'estremità del quale sembrava immergersi direttamente dove un angolo dello stagno percorreva la parte più bassa della valle. "Chiamiamola Valle dell'Arcobaleno", disse Walter, contento, e Valle dell'Arcobaleno fu da allora in poi.

Fuori dalla Valle dell'Arcobaleno il vento poteva essere esuberante e burrascoso. Qui era sempre dolce. Piccoli sentieri fatati e tortuosi correvano sulle radici coperte da cuscini di muschio degli abeti rossi. Ciliegi selvatici, che nel periodo della fioritura diventavano vaporosi e bianchi, erano disseminati per la valle e si mescolavano con gli abeti scuri. Un piccolo ruscello dalle acque ambrate scorreva da lì al villaggio di Glen. Le case del paese erano bastevolmente distanti; solo all'estremità più alta della valle c'era il piccolo cottage diroccato e deserto che veniva chiamato "la vecchia casa dei Bailey". Non era occupato da anni, ma lo circondava un canale pieno d'erba e dentro c'era un antico giardino dove i bambini di Ingleside potevano trovare violette, margherite e narcisi bianchi che ancora fiorivano quando era la stagione giusta. Per il resto, il giardino era ricoperto di cumino che ondeggiava e spumeggiava alla luce delle sere estive come un mare d'argento. A sud c'era lo stagno e dietro di quello lo spazio maturo si perdeva nei boschi porpora tranne dove, su un alto colle, una vecchia e grigia casa colonica guardava in basso sulla valle e sulla baia. C'era una certa selvatica boscosità, una certa solitudine nella Valle dell'Arcobaleno, nonostante la vicinanza al paese, che la rendeva cara ai bambini di Ingleside.

La valle era piena di nicchie amate e amiche, la più grande delle quali divenne il loro rifugio preferito. Qui erano radunati una sera in particolare. In questa nicchia c'era un boschetto di giovani abeti, con al cuore una minuscola radura erbosa, che si apriva su una riva del ruscello. Presso il ruscello cresceva una betulla argentea, una cosa giovane e incredibilmente dritta che Walter aveva chiamato "la Dama Bianca". In questa radura c'erano anche gli "Alberi Innamorati", come Walter chiamava un abete e un acero che crescevano così vicini che i loro rami si erano inestricabilmente intrecciati tra loro. Jem aveva appeso una striscia di campanelle da slitta, che gli aveva dato il fabbro di Glen, sugli Alberi Innamorati, e ogni brezza di passaggio ne traeva improvvisi tintinnii fatati.

"Com'è bello essere tornati!", disse Nan, "Dopotutto, nessuno dei posti di Avonlea è bello come la Valle dell'Arcobaleno."

Ma nonostante tutto, loro amavano molto i posti di Avonlea. Una visita ai Tetti Verdi era sempre considerata una gran festa. Zia Marilla era molto buona con loro, e così pure la signora Rachel Lynde, che trascorreva il tempo libero della sua vecchiaia a sferruzzare coperte di cotone per quando le figlie di Anna avessero avuto bisogno di un "corredo". Lì c'erano anche allegri compagni di giochi: i figli di "zio" Davy e quelli di "zia" Diana. Conoscevano tutti i posti che la loro mamma aveva amato da bambina ai vecchi Tetti Verdi: il lungo Viale degli Innamorati, che era bordato di rosa nel periodo delle rose selvatiche, il giardino sempre in ordine coi suoi salici e i suoi pioppi, la Bolla della Driade, luminosa e bella come un tempo, il Lago delle Acque Scintillanti e il Laghetto dei Salici. Le gemelle dormivano nella vecchia stanza a mansarda della mamma e zia Marilla era solita venire di notte, quando pensava che stessero dormendo, per gongolare di loro. Ma sapevano tutti che lei preferiva Jem.

Al momento Jem era occupato a friggere un banchetto a base di piccole trote che aveva appena acchiappato nello stagno. La sua cucina consisteva in un cerchio di pietre rosse con un fuoco acceso nel mezzo e i suoi utensili da cucina erano una vecchia lattina, martellata fino a diventare piatta, e una forchetta alla quale rimaneva un solo rebbio. Ciononostante, pranzi straordinariamente buoni erano già stati preparati prima a questo modo.

Jem era il figlio della Casa dei Sogni. Tutti gli altri erano nati a Ingleside. Lui aveva capelli ricci e rossi, come quelli di sua madre, e schietti occhi nocciola, come quelli di suo padre; aveva il bel naso di sua madre e la bocca salda e divertita di suo padre. Ed era l'unico della famiglia che avesse orecchie abbastanza belle da soddisfare Susan. Ma aera in lite con Susan perché lei non la smetteva di chiamarlo "piccolo Jem". Era oltraggioso, pensava il tredicenne Jem. Mamma aveva più buonsenso.

"Non sono *più* piccolo, mamma", strillò il giorno del suo ottavo compleanno, "Sono *straordinariamente* grande."

Mamma aveva sospirato, e riso, e sospirato di nuovo; e non lo aveva chiamato più "piccolo Jem"... perlomeno, non quando lui era a portata d'orecchio.

Lui era, ed era sempre stato, un tipino determinato e affidabile. Non rompeva mai una promessa. Non era un gran chiacchierone. I suoi insegnanti non lo ritenevano particolarmente brillante, ma era in generale un bravo studente. Non accettava mai nulla per fede, gli piaceva indagare per conto suo sulla verità di un'affermazione. Una volta Susan gli aveva detto che se toccava con la lingua il chiavistello gelato si sarebbe strappato via tutta la pelle. Jem aveva provato a farlo "solo per vedere se era vero". Aveva scoperto che "era vero" al prezzo di rimanere per diversi giorni con le piaghe sulla lingua. Ma per amore della scienza Jem aveva accettato le sofferenze volentieri. Con esperimenti e osservazioni costanti, imparò molte cose e i suoi fratelli e sorelle pensavano che la sua vasta conoscenza del loro piccolo mondo fosse veramente meravigliosa. Jem sapeva sempre dove crescevano le prime e più mature bacche, dove le prime, pallide violette si risvegliavano timide dal loro sonno invernale, e quante uova azzurre c'erano nel nido del pettirosso nel bosco di aceri. Sapeva predire il futuro dai petali delle margherite, e succhiare il miele dai trifogli rossi, e cercare radici commestibili d'ogni sorta sulle rive dello stagno, mentre ogni giorno Susan aveva la paura mortale che potessero essere velenose. Lui sapeva dove trovare la miglior resina d'abete da masticare, in pallidi grumi color ambra sulle cortecce coperte di licheni, sapeva dove le noci crescevano più abbondanti nei faggeti attorno ad Harbour Head, e quali erano i punti migliori del ruscello per pescare le trote. Sapeva imitare il richiamo di ogni uccello o animale selvatico ai Quattro Venti e sapeva dove crescevano tutti i fiori selvatici dalla primavera all'autunno.

Walter Blythe sedeva sotto la Dama Bianca con un libro di poesie poggiato di fianco, ma non lo stava leggendo. Stava scrutando ora i salici velati di verde smeraldo accanto allo stagno, ora un gruppo di nuvole, radunate dal vento come pecore, che fluttuava sopra la Valle dell'Arcobaleno, con l'estasi nei suoi occhi splendenti e spalancati. Gli occhi di Walter erano meravigliosi. Da quelle profondità grigio scuro si affacciavano tutte le gioie, e i dolori, e le risate, e la lealtà, e le aspirazioni di tante generazioni che ora giacevano sotto terra.

Walter era "un balzo fuori dalla famiglia", per quanto riguardava l'aspetto. Non somigliava a nessuno dei parenti noti. Era il più bello dei bambini di Ingleside, con lisci capelli neri e lineamenti delicatamente modellati. Ma aveva tutta la fervida immaginazione e tutto l'amore appassionato per la bellezza di sua madre. Il gelo dell'inverno, lo stimolo della primavera, il sogno dell'estate e lo splendore dell'autunno, tutto significava molto per Walter.

A scuola, dove Jem era un capotribù, Walter non godeva di alta considerazione. Dicevano che fosse una "femminuccia" e un pappamolle perché non faceva mai a pugni e raramente si univa ai giochi della scolaresca, preferendo starsene da solo in angolini appartati a leggere libri, specialmente "libri di poesia". Walter amava i poeti e meditava sui loro libri fin da quando aveva imparato a leggere. La loro musica, la musica degli immortali, s'intesseva con la sua anima in crescita. Walter cullava l'ambizione di diventare anche lui poeta un giorno. Era una cosa che si poteva fare. Un certo zio Paul – chiamato così per cortesia – che adesso viveva in quel reame misterioso chiamato "gli States", era il modello di Walter. Lo zio Paul una volta era un piccolo scolaro ad Avonlea e adesso le sue poesie venivano lette dappertutto. Ma gli scolari di Glen non sapevano nulla dei sogni di Walter, e anche se li avessero conosciuti non ne sarebbero rimasti particolarmente impressionati. Nonostante la sua carenza di valore fisico, però, deteneva un certo involontario rispetto a causa della sua capacità di "parlare come un libro stampato". Nessuno nella scuola di Glen St. Mary sapeva parlare come lui. Sembrava "un predicatore", aveva detto uno scolaro. E per questo motivo veniva generalmente lasciato in pace e non infastidito, come capitava a molti dei ragazzi sospettati di non amare, o di temere, la scazzottate.

Le decenni gemelle di Ingleside violavano le tradizioni sui gemelli non somigliandosi per niente. Anna, che veniva sempre chiamata Nan, era molto graziosa, con vellutati occhi nocciola e setosi capelli nocciola. Era una bambina molto allegra ed elegante: Blythe di nome e allegra di carattere[3], aveva detto una delle sue maestre. La sua carnagione era perfetta, con gran

---

3 Blythe è il cognome di Gilbert, e quindi dei suoi figli, ma blithe significa anche "felice, allegro" (NDR)

soddisfazione di sua madre.

"Sono proprio contenta di avere una figlia che possa vestirsi di rosa", diceva sempre giubilante la signora Blythe.

Diana Blythe, nota come Di, somigliava molto a sua madre, con occhi grigio-verdi, che brillavano sempre con particolare lucentezza e fulgore al crepuscolo, e i capelli rossi. Forse per questo motivo era lei la preferita di suo padre. Lei e Walter erano molto legati; Di era l'unica persona alla quale lui riuscisse a leggere i versi che scriveva, l'unica a sapere che lui stava segretamente lavorando a un poema epico che somigliava moltissimo al "Marmion"[4] per certi versi, se non per tutti. Lei custodiva tutti i suoi segreti, perfino con Nan, e gli raccontava i propri.

"Non hai ancora finito con quei pesci?", disse Nan, annusando col suo grazioso nasino, "Il profumo mi sta facendo venire una fame terribile."

"Sono quasi pronti", disse Jem, rigirandoli abilmente, "Tirate fuori il pane e i piatti, ragazze. Walter, svegliati."

"Come brilla l'aria stasera", disse Walter, sognante. Non che lui disprezzasse le trote fritte, anzi. Ma per Walter il cibo dell'anima veniva sempre al primo posto. "L'angelo dei fiori è sceso a camminare sulla terra, oggi, per richiamare i fiori. Riesco a vedere la sue ali azzurre su quella collina presso i boschi."

"Tutte le ali di angelo che io abbia mai visto erano bianche", disse Nan.

"Non quelle degli angeli dei fiori. Quelle sono d'un azzurro pallido e indistinto, come la foschia nella valle. Oh, come vorrei poter volare. Dev'essere stupendo."

"Certe volte si può volare nei sogni", disse Di.

"Io non sogno mai che sto esattamente volando", disse Walter, "Ma spesso sogno di sollevarmi dal terreno e di fluttuare al di sopra dei recinti e degli alberi. È splendido... e penso sempre 'Questo non è un sogno come le altre volte, *questa volta* è vero'... però poi mi sveglio lo stesso, ed è straziante."

"Spicciati, Nan", ordinò Jem.

Nan aveva tirato fuori l'asse per il banchetto – letteralmente, e non solo metaforicamente, un'asse – sulla quale molti banchetti, conditi come nessun'altra vivanda in qualunque altro posto,

---

4   Marmion: poema epico, del 1808, di Walter Scott, sulla battaglia di Flodden Field, avvenuta nel 1513 tra l'armata scozzese e quella inglese (NDR)

erano stati consumati nella Valle dell'Arcobaleno. Venne convertita in tavola poggiandola su due grosse pietre coperte di muschio. I giornali servivano da tovaglia e piatti rotti e tazze senza manici presi dagli scarti di Susan facevano da stoviglie. Da una scatola di latta nascosta alle radici di un abete rosso, Nan portò il pane e il sale. Il ruscello fornì della birra di Adamo[5] incomparabilmente cristallina. Per il resto c'era un certo condimento, combinato all'aria fresca e all'appetito giovanile, a dare a tutto un gusto divino. Sedere nella Valle dell'Arcobaleno immersa in un crepuscolo a metà dorato e a metà ametista, carica degli odori degli abeti balsamici e di cose che crescevano nel bosco nel loro culmine primaverile, con le pallide stelle dei fiori di fragola che ti circondavano, e con il mormorio del vento e il tintinnio delle campanelle sulla cima agitata degli alberi, e mangiare trote fritte e pane asciutto, era una cosa che i potenti della terra avrebbero potuto invidiare.

"Sedetevi", fu l'invito di Nan quando Jem sistemò il suo rovente piatto di latta pieno di trote sul tavolo, "È il tuo turno di dire la preghiera di ringraziamento, Jem."

"Io ho fatto la mia parte friggendo le trote", protestò Jem, che odiava recitare le preghiere di ringraziamento, "Facciamola dire a Walter. *A lui piace* recitare la preghiera di ringraziamento. E falla anche breve, Walt. Sto morendo di fame."

Ma Walter non recitò nessuna preghiera di ringraziamento, né breve né lunga. Ci fu un'interruzione.

"Chi sta scendendo dalla collina della canonica?", disse Di.

---

5   Birra di Adamo, ovvero acqua di fonte (NDR)

Capitolo 4
I bambini della canonica

Zia Martha poteva essere, ed era, una pessima massaia; il reverendo John Knox Meredith poteva essere, ed era, un uomo molto distratto e permissivo. Ma non si poteva negare che ci fosse qualcosa di molto accogliente e bello nella canonica di Glen St. Mary, nonostante il suo disordine. Perfino le più critiche massaie di Glen lo capivano, e per questo si ammorbidivano inconsapevolmente nel giudicarla. Forse il suo fascino era in parte dovuto a circostanze accidentali: i lussureggianti rampicanti che crescevano a grappoli sui suoi grigi muri d'assi, le piacevoli acacie e i pioppi ibridi che vi si affollavano attorno prendendosi la libertà di vecchi amici, e le belle vedute della baia e delle dune di sabbia che si godevano dalle sue finestre. Ma queste cose c'erano già durante il regno dei predecessori del signor Meredith, quando la canonica era stata la casa più compassata, pulita e noiosa di tutta Glen. Tanto merito lo avevano le personalità dei nuovi abitanti. In quella casa c'era un'atmosfera di allegria e cameratismo; le porte erano sempre aperte, e il mondo di fuori e quello di dentro si tenevano per mano. L'amore era l'unica legge nella canonica di Glen St. Mary.

La gente della sua congregazione diceva che il signor Meredith viziava i suoi figli. Probabilmente lo faceva. È certo che non sopportasse l'idea di sgridarli. "Non hanno una madre", si diceva sempre con un sospiro, quando un peccatuccio insolitamente plateale s'imponeva alla sua attenzione. Ma lui non sapeva neanche la metà delle loro imprese. Lui apparteneva alla setta dei sognatori. Le finestre del suo studio affacciavano sul cimitero, però quando passeggiava su e giù per la stanza, riflettendo intensamente sull'immortalità dell'anima, non si accorgeva che Jerry e Carl stavano allegramente saltando alla cavallina sulle tombe piatte in quella dimora di metodisti morti. Il signor Meredith ogni tanto aveva l'acuta consapevolezza che i suoi figli non fossero seguiti bene, fisicamente e moralmente, come lo erano prima che sua moglie morisse, e aveva la vaga subcoscienza che sotto la gestione di zia Martha la casa e i pasti erano molto diversi da quel che erano stati sotto la gestione di Cecilia. Per il resto, viveva in un mondo di libri e astrazioni; e perciò, anche se i suoi vestiti venivano spazzolati raramente e anche se le massaie di Glen, per il pallore eburneo del suo volto finemente scolpito e delle sue mani sottili, erano giunte alla conclusione che non aveva mai abbastanza da mangiare, non era un uomo infelice.

Se mai un cimitero possa essere definito un posto allegro, il vecchio cimitero metodista di Glen St. Mary lo si poteva definire tale. Il cimitero nuovo, dall'altra parte della chiesa metodista, era un luogo di dolore ordinato e decoroso; ma quello vecchio era stato lasciato così a lungo al ministero gentile e misericordioso della Natura da essere diventato molto piacevole.

Era circondato su tre lati da un canale di pietre e terreno, ricoperto da uno steccato grigio e instabile. Fuori dal canale cresceva una fila di alti abeti dai rami grossi e balsamici. Il fossato, che era stato scavato dai primi abitanti di Glen, era abbastanza vecchio da essere diventato bello, con muschio e altre cose verdi che crescevano nelle sue crepe, violette che s'imporporavano alla sua base nei primi giorni di primavera e astri e verghe d'oro che creavano uno splendore autunnale negli angoli. Piccole felci si raggruppavano socievoli tra le pietre, e qua e là cresceva una grossa felce aquilina.

Sul lato a est non c'erano né steccati né fossato. Lì il cimitero si perdeva in una giovane piantagione di abeti, che continuava ad avvicinarsi alle tombe e s'infittiva a est in una fitta foresta. L'aria era sempre piena delle voci da arpa del mare e della musica dei grigi, vecchi alberi, e nelle mattine di primavera i cori degli uccellini sugli olmi attorno alla chiesa cantavano alla vita, non alla morte.

I piccoli Meredith amavano il cimitero vecchio.

Edera dalle gemme azzurre, abeti "da giardino" e menta crescevano fuori controllo sulle tombe affossate. Cespugli di mirtilli crescevano sfarzosi nell'angolo sabbioso vicino all'abetaia. Lì si potevano trovare stili diversi di tombe per tre generazioni, dalle lapidi piatte, oblunghe, di arenaria rossa dei primi coloni, passando dall'epoca dei salici piangenti e delle mani giunte, fino alle più recenti mostruosità degli alti "monumenti" e delle urne drappeggiate. Una di queste ultime, la più grande e la più brutta del cimitero, era consacrata alla memoria di un certo Alec Davis, che era nato metodista ma che aveva scelto una sposa presbiteriana del clan dei Douglas. Lei l'aveva fatto diventare presbiteriano e l'aveva fatto restare aggrappato al modello presbiteriano per tutta la vita. Ma quando lui morì, lei non ebbe il coraggio di condannarlo a una tomba solitaria nel cimitero presbiteriano d'oltrebaia. I suoi familiari erano tutti sepolti al cimitero metodista; perciò Alec Davis tornò dalla sua gente nella morte e la vedova si consolò facendo erigere un monumento che costasse più di quanto qualunque metodista potesse permettersi. I piccoli Meredith lo detestavano, senza neppure sapere perché, ma amavano le lapidi vecchie, piatte, simili a panche, con tutte le erbe alte che vi crescevano lussureggianti attorno. Per dirne una, potevano diventare piacevoli sedili. Adesso erano tutti seduti su una di quelle lapidi. Jerry, stanco di saltare alla cavallina, suonava uno scacciapensieri. Carl stava affettuosamente studiando uno strano scarabeo che aveva trovato. Una stava cercando di fare un vestito da bambole. E Faith, poggiata all'indietro sui suoi esili polsi marroni, faceva dondolare i piedi nudi all'allegro ritmo dello scacciapensieri.

Jerry aveva i capelli neri e i grandi occhi neri di suo padre, ma in lui questi ultimi erano scintillanti e non sognanti. Faith, che veniva dopo di lui, indossava la sua bellezza come una rosa, spensieratamente e ardentemente. Aveva occhi castano-dorato, riccioli castano-dorati e guance cremisi. Rideva troppo per poter piacere alla congregazione di suo padre e aveva scandalizzato la vecchia signora Taylor, sposa inconsolabile di diversi mariti defunti, dichiarando con impertinenza, nel porticato della chiesa, "Il mondo *non* è una valle di lacrime, signora Taylor. È un mondo di risate."

La piccola, sognatrice Una non era portata per le risate. Le sue trecce di capelli lisci e nerissimi non tradivano illegittimi capricci, i suoi occhi a mandorla azzurro scuro avevano qualcosa di nostalgico e doloroso. La sua bocca aveva il vezzo di schiudersi sui dentini bianchi e un sorriso timido e pensoso le compariva di tanto in tanto sul visetto. Per l'opinione pubblica lei era molto più sensibile di Faith, e aveva una inquietante consapevolezza che ci fosse qualcosa di storto nel loro modo di vivere. Lei desiderava raddrizzarlo, ma non sapeva come fare. Ogni tanto spolverava i mobili... ma solo raramente riusciva a trovare il piumino per la povere perché questo non era mai allo stesso posto per due volte di seguito. E quando trovava la spazzola per i vestiti, al sabato cercava di spazzolare il completo migliore del padre, e una volta aveva cucito un bottone col filo grezzo bianco. Quando il giorno dopo il signor Meredith era andato in chiesa, ogni occhio femminile aveva visto quel bottone e la pace delle Dame di Carità era rimasta turbata per settimane.

Carl aveva gli occhi chiari, luminosi, azzurro scuro, spavaldi e diretti della sua defunta madre, e anche i suoi capelli castani con tocchi dorati. Lui conosceva i segreti degli insetti e aveva una forte intesa con api e scarabei. A Una non piaceva sedersi vicino a lui, perché non si sapeva mai che inquietante creatura gli si potesse nascondere addosso. Jerry si rifiutava di dormire con lui, perché Carl una volta s'era portato a letto un giovane serpente giarrettiera[6]; perciò Carl dormiva nel suo lettino con le sbarre, che era ormai così corto che lui non poteva mai distendere le gambe, e aveva sempre strani compagni di letto. Forse era un bene che zia Martha fosse mezza cieca, quando rifaceva quel letto. Nel complesso erano un gruppetto allegro, delizioso, e Cecilia Meredith doveva aver provato una dolorosa stretta al cuore quando aveva saputo che doveva lasciarli.

"Dove vi piacerebbe farvi seppellire se foste metodisti?", domandò allegra Faith.

Questo apriva un interessante campo di congetture.

"Non c'è molta scelta. Questo posto è pieno", disse Jerry, "*A me piacerebbe quell'angolo vicino alla strada, credo. Potrei sentire la folla passare e la gente parlare.*"

"A me piacerebbe quella piccola nicchia sotto la betulla bianca", disse Una, "Quel posto è speciale per gli uccellini, la mattina ci cantano su come matti."

"Io sceglierei l'appezzamento dei Porter dove ci sono sepolti un sacco di bambini. *Mi piace* avere un sacco di compagnia", disse Faith, "Carl, e tu?"

"Io vorrei poter non essere seppellito affatto", disse Carl, "Ma se proprio dovessi farmi seppellire, allora mi piacerebbe il formicaio, le formiche sono *spaventosamente* interessanti."

"Come doveva essere buona tutta la gente sepolta qui", disse Una, che stava leggendo i vecchi epitaffi encomiastici, "Pare che in tutto il cimitero non ci sia neanche una persona cattiva. Dopotutto i metodisti devono essere migliori dei presbiteriani."

"Forse i metodisti seppelliscono i loro cattivi come fanno coi gatti", suggerì Carl, "Forse non si prendono affatto la briga di portarli al cimitero."

"Sciocchezze", disse Faith, "Le persone sepolte qui non erano migliori di nessun altro, Una. Ma quando uno muore, di lui bisogna dire solo cose buone altrimenti torna indietro e ti

---

6   Serpente giarrettiera: serpente non velenoso della famiglia dei colubridi diffuso in Nord America (NDR)

perseguita. Me l'ha detto zia Martha. Ho chiesto a papà se era la verità, lui mi ha guardato attraverso e ha detto 'Verità? Verità? Cos'è la verità? Cos'è la verità, oh beffardo Pilato?'[7] Sono giunta alla conclusione che era la verità."

"Chissà se il signor Alec Davis tornerebbe a perseguitarmi se lanciassi una pietra all'urna in cima alla sua tomba", disse Jerry.

"Lo farebbe la signora Davis", ridacchiò Faith, "In chiesa ci guarda come fa un gatto che guarda i topi. Domenica scorsa ho fatto una smorfia a suo nipote, e lui me l'ha restituita, e avreste dovuto vedere che occhiatacce ha fatto lei. Scommetto che quando sono usciti lei l'ha preso a schiaffi. La signora Marshall Elliott m'ha detto che non dobbiamo offenderla per nessun motivo, altrimenti avrei fatto una smorfia pure a lei."

"Dicono che una volta Jem Blythe le abbia fatto la linguaccia e lei non mandò mai più a chiamare suo padre, neppure quando suo marito stava morendo", disse Jerry, "Chissà com'è la banda dei Blythe?"

"Mi piace il loro aspetto", disse Faith. Quel pomeriggio i bambini della canonica erano in stazione quando erano tornati i piccoli Blythe, "Mi è piaciuto soprattutto l'aspetto di Jem."

"A scuola dicono che Walter è una femminuccia", disse Jerry.

"Non ci credo", disse Una, che pensava che Walter fosse molto bello.

"Be', comunque scrive poesie. Ha vinto il premio che la maestra offriva l'anno scorso per chi scriveva una poesia, me l'ha detto Bertie Shakespeare Drew. La mamma di Bertie pensava che il premio dovesse vincerlo lui, per via del nome, ma Bertie dice che lui non riuscirebbe a scrivere poesie neppure se la sua vita dipendesse da questo, nome o non nome."

"Credo che faremo conoscenza con loro non appena cominceranno ad andare a scuola", rifletté Faith, "Spero che le ragazze siano simpatiche. La maggior parte delle ragazze di qui non mi piace. Perfino quelle simpatiche sono noiose. Ma le gemelle Blythe sembrano allegre. Io pensavo che i gemelli fossero tali e quali, ma loro no. Io penso che la migliore sia quella coi capelli rossi."

"Mi piace l'aspetto della loro mamma", disse Una, con un piccolo sospiro. Una invidiava la mamma a tutti i bambini. Aveva solo sei anni quando la sua mamma era morta, ma aveva

---

7   Citazione dal saggio "Sulla verità" di Francesco Bacone (1601) ma è ispirato a un passo del Vangelo secondo Giovanni, 18:38 (NDR)

ricordi molto preziosi, che custodiva nel cuore come gioielli, di coccole serotine e giochi mattutini, di occhi affettuosi e una voce tenera, e di risate dolcissime e allegre.

"Dicono che non è come le altre persone", disse Jerry.

"La signora Elliott dice che è perché non è mai veramente cresciuta", disse Faith.

"Ma se è più alta della signora Elliott."

"Sì, sì, ma è dentro... la signora Elliott dice che la signora Blythe è rimasta una ragazzina dentro."

"Che cos'è quest'odore che sento?", domandò Carl, annusando.

Ora lo sentivano tutti. Un odore delizioso arrivò aleggiando nell'immobile aria della sera dalla direzione della piccola valle boscosa sotto la collina della canonica.

"Mi fa venire fame", disse Jerry.

"Abbiamo avuto solo pane e melassa a pranzo e idem freddo, a cena", disse Una, lamentosa.

Zia Martha era solita lessare un grosso pezzo di montone all'inizio della settimana per poi servirlo ogni giorno, freddo e unto, finché durava. A questo piatto Faith, in un momento d'ispirazione, aveva dato il nome di "idem", e con questo nome era invariabilmente noto in canonica.

"Andiamo a vedere da dove viene questo profumo", disse Jerry.

Balzarono tutti in piedi, saltellarono allegramente per il prato con l'abbandono di giovani cuccioli, si arrampicarono su per una staccionata e corsero giù per il pendio muscoso, guidati dall'esca odorosa che si faceva sempre più forte. Pochi minuti dopo arrivarono, senza fiato, nel sancta sanctorum della valle dell'Arcobaleno, dove i piccoli Blythe stavano appena cominciando a rendere grazie e a mangiare.

Si fermarono, timidi. Una desiderò che non fossero stati tanto precipitosi. Ma Di Blythe era all'altezza di quella e altre occasioni. Si fece avanti con un sorriso cordiale.

"Scommetto che so chi siete", disse, "Siete della canonica, vero?"

Faith annuì, il volto increspato di fossette.

"Abbiamo sentito il profumo delle vostre trote che cuocevano e ci siamo chiesti chi fosse."

"Allora dovete sedervi e aiutarci a mangiarle", disse Di.

"Forse non ne avete più di quante ne servono a voi", disse Jerry, guardando affamato il piatto di latta.

"Ne abbiamo un mucchio... tre a testa", disse Jem, "Sedetevi."

Non furono necessarie altre cerimonie. Si sedettero sulle rocce coperte di muschio. Fu un banchetto allegro e lungo. Nan e Di probabilmente sarebbero morte di sgomento se avessero saputo quel che Faith e Una sapevano perfettamente: che Carl aveva due giovani topolini nella tasca della giacca. Ma non lo sapevano, perciò non ne soffrirono. Dove la gente può fare amicizia meglio che a tavola? Quando l'ultima trota sparì, i bambini della canonica e i bambini di Ingleside erano amici giurati e alleati. Si conoscevano da sempre e sarebbe sempre stato così. Quelli della razza di Joseph riconoscono i propri simili.

Raccontarono la storia del loro breve passato. I bambini della canonica seppero di Avonlea e dei Tetti Verdi, delle tradizioni della Valle dell'Arcobaleno e della piccola casa vicino alla spiaggia dov'era nato Jem. I bambini di Ingleside seppero di Maywater, dove i Meredith avevano vissuto prima di arrivare a Glen, dell'amata bambola con un occhio solo di Una e del galletto domestico di Faith.

Faith tendeva a essere suscettibile per il fatto che la gente rideva perché lei era affezionata a un gallo. I Blythe le piacquero perché l'accettarono senza fare domande.

"Credo che un bel galletto come Adam sia una bestiola simpatica quanto un cane o un gatto", disse, "Se fosse un canarino non si stupirebbe nessuno. E io l'ho tirato su da quando era un piccolissimo pulcino giallo. Me lo diede la signora Johnson a Maywater. Una donnola aveva ucciso i suoi fratelli e le sue sorelle. Io lo chiamai come il marito della signora. Non mi sono mai piaciuti né i gatti né le bambole. I gatti sono troppo subdoli e le bambole sono *morte*."

"Chi vive in quella casa lassù?", domandò Jerry.

"Le signorine West: Rosemary ed Ellen", rispose Nan, "Io e Di prenderemo lezioni di musica da Miss Rosemary quest'estate."

Una scrutò le due gemelle con occhi in cui il desiderio era troppo dolce per diventare invidia. Oh, se solo avesse potuto prendere lezioni di musica anche lei! Era uno dei sogni della sua piccola vita nascosta. Ma nessuno aveva mai immaginato una cosa simile.

"Miss Rosemary è dolcissima e ha sempre bei vestiti", disse Di, "Ha i capelli del colore delle caramelle di melassa appena fatte", aggiunse, nostalgica... perché Di, come sua madre prima di lei, non si rassegnava alle sue trecce rosse.

"A me piace anche Miss Ellen", disse Nan, "Mi dava sempre le caramelle quando andava in chiesa. Ma Di ha paura di lei."

"Le sue sopracciglia sono tanto scure e ha una voce tanto profonda", disse Di, "Oh, quanto la temeva Kenneth Ford quand'era piccolo! Mamma dice che la prima domenica che la signora Ford lo portò in chiesa Miss Ellen era lì, seduta proprio dietro di loro. E non appena Kenneth la vide si mise a strillare, e a strillare, e alla fine la signora Ford dovette portarlo fuori."

"Chi è la signora Ford?", domandò Una, perplessa.

"Oh, i Ford non vivono qui. Vengono qui solo in estate. E quest'estate non vengono. Stanno in quella casetta lontano lontano sulla spiaggia dove prima vivevano mamma e papà. Vorrei che poteste vedere Persis Ford. È bella come un dipinto."

"Ho sentito parlare della signora Ford", interruppe Faith, "Bertie Shakespeare Drew mi ha parlato di lei. È stata sposata per quattordici anni con un morto, e poi lui è tornato in vita."

"Sciocchezze", disse Nan, "Non è affatto andata così. Bertie Shakespeare non capisce mai niente. Io conosco tutta la storia e ve la racconterò prima o poi, ma non adesso, perché è troppo lunga e ora noi dobbiamo tornare a casa. Mamma non vuole che stiamo fuori fino a tardi con queste serate umide."

A nessuno importava se i bambini della canonica stavano fuori con l'umidità o no. Zia Martha era già a letto e il ministro era ancora troppo intensamente immerso nelle sue riflessioni sull'immortalità dell'anima per ricordarsi della mortalità del corpo. Ma anche loro tornarono a casa, con visioni di bei momenti in testa.

"Penso che la Valle dell'Arcobaleno sia perfino meglio del cimitero", disse Una, "E adoro i Blythe. È bello quando puoi volere bene alla gente, perché tanto spesso *non puoi* farlo. Papà nel suo ultimo sermone di domenica scorsa ha detto che dovremmo amare tutti. Ma come si fa? Come potremmo amare la signora Alec Davis?"

"Oh, papà ha detto quelle cose solo sul pulpito", disse Faith, allegra, "Ha troppo buonsenso per dirle anche quando viene giù."

I Blythe andarono a Ingleside eccetto Jem, che sgattaiolò via per qualche minuto di spedizione solitaria in un angolo remoto della Valle dell'Arcobaleno. Lì crescevano i biancospini e Jem non dimenticava mai di portarne un mazzolino a sua mamma finché duravano.

Capitolo 5
La comparsa di Mary Vance

"Questa è proprio una di quelle giornate in cui mi sento come se dovesse capitare qualcosa", disse Faith, rispondendo al richiamo dell'aria cristallina e delle colline azzurre. Si abbracciò dalla felicità e danzò allegramente sulla tomba a panca del vecchio Hezekiah Pollock, per l'orrore di due vecchie signorine che passavano per caso proprio mentre Faith saltellava attorno alla tomba su un piede solo e agitava in aria l'altro piede e le braccia.

"E quella", gemette una vecchia signorina, "è la figlia del nostro sacerdote."

"Che altro ti aspetti dalla famiglia di un vedovo?", gemette l'altra vecchia signorina. Ed entrambe crollarono il capo.

Era un sabato mattina presto e i Meredith erano fuori, nel mondo intriso di rugiada, con la deliziosa consapevolezza del giorno di vacanza. Non avevano mai niente da fare nei giorni di vacanza. Perfino Nan e Di avevano certi compiti domestici da svolgere il sabato mattina, ma le bambine della canonica erano libere di vagabondare dai primi rossori del mattino fino alla sera rugiadosa, se volevano. A Faith piaceva, ma Una provava una segreta, aspra umiliazione perché non imparavano a fare niente. Le altre bambine della sua classe sapevano cucinare, cucire, lavorare a maglia; solo lei era una piccola ignorante.

Jerry propose di andare a esplorare; perciò se ne andarono pigramente nel bosco di abeti, raccogliendo lungo la via Carl, che era inginocchiato nell'erba bagnata a studiare le sue amate formiche. Dietro il bosco sbucarono nel pascolo del signor Taylor, tutto cosparso dei bianchi fantasmi dei denti di leone; in un angolo distante c'era un vecchio fienile in rovina, dove certe volte il signor Taylor conservava le eccedenze di fieno ma che non veniva usato per nessun altro scopo. In quella direzione i Meredith marciarono, e girellarono per qualche minuto a pianterreno.

"Cos'era?", sussurrò all'improvviso Una.

Si misero tutti in ascolto. Nel soppalco sopra di loro c'era un debole ma distinto fruscio. I Meredith si guardarono.

"C'è qualcosa lassù", esalò Faith.

"Vado a vedere cos'è", disse Jerry, risoluto.

"Oh, non farlo", lo supplicò Una, afferrandolo per un braccio.

"Ci vado."

"Allora ci andiamo tutti", disse Faith.

Tutti e quattro salirono su per la scaletta traballante, Jerry e Faith impavidi, Una pallida per la paura e Carl piuttosto distratto, perché rifletteva sulla possibilità di trovare un pipistrello nel soppalco. Moriva dalla voglia di vedere un pipistrello alla luce del giorno.

Quando ebbero percorso la scala, videro cos'era stato a fare quel rumore e la vista li lasciò ammutoliti per qualche minuto.

In un piccolo nido nel fieno era rannicchiata una bambina, che pareva essere stata appena destata dal sonno. Quando li vide si alzò tremando, pareva, e nella chiara luce del sole che filtrava dalla finestra coperta di ragnatele dietro di lei, videro che il suo viso magro, arso dal sole, era pallido sotto l'abbronzatura. Aveva due trecce di capelli lisci, folti, color stoppa e occhi stranissimi... "occhi bianchi", pensarono i bambini della canonica mentre lei li fissava a metà sprezzante e a metà patetica. Erano davvero così chiari da sembrare quasi bianchi, specialmente perché facevano contrasto con l'anello nero che circondava l'iride. Era scalza e a testa scoperta ed era avvolta in un vestito a disegni scozzesi scolorito, lacero, troppo corto e stretto per lei. A giudicare dal visino appassito, poteva avere qualunque età, ma dalla sua altezza sembrava essere vicina ai dodici anni.

"Chi sei?", domandò Jerry.

La ragazzina si guardò attorno come a cercare una via di fuga. Poi sembrò arrendersi con un piccolo brivido di disperazione.

"Sono Mary Vance", disse.

"Da dove vieni?", continuò Jerry.

Mary invece di rispondere improvvisamente si sedette, o cadde, sul fieno e si mise a piangere. Immediatamente Faith le si buttò accanto e cinse con un braccio quelle spalle magre e tremanti.

"Piantala di infastidirla", ordinò a Jerry. Poi abbracciò la trovatella, "Non piangere, cara. Dicci cosa c'è che non va. Noi siamo *amici*."

"Ho tanta... tanta... fame", piagnucolò Mary, "Io non... non mangio niente da giovedì mattina. Tranne un po' d'acqua dal ruscello qua vicino."

I bambini della canonica la guardarono inorriditi. Faith balzò in piedi.

"Prima di dire ancora un'altra parola vieni in canonica e prendi qualcosa da mangiare."

Mary si ritrasse.

35

"Oh... non posso. Che direbbero il vostro papà e la vostra mamma? E poi mi manderebbero via."

"Noi non abbiamo una mamma, e papà non farà caso a te. E neppure zia Martha. Vieni, ti dico", Faith batté i piedi, impaziente. Quella strana bambina voleva a tutti i costi morire di fame proprio sulla loro porta di casa?

Mary cedette. Era così debole che a stento riuscì a scendere dalla scaletta, ma in un modo o in un altro riuscirono a portarla giù, e poi oltre i campi fino alla cucina della canonica. Zia Martha, che pasticciava con il pranzo del sabato, non la notò. Faith e Una corsero in dispensa e saccheggiarono tutto quanto di commestibile ci trovassero: un po' di "idem", pane, burro, latte e una torta decisamente ambigua. Mary Vance aggredì il cibo famelica e acritica, mentre i bambini della canonica le stavano attorno e la fissavano. Jerry notò che aveva una bocca graziosa e denti molto belli, dritti e bianchi. Faith decise, con segreto orrore, che Mary non avesse nulla addosso se non quel vecchio vestito lacero e scolorito. Una era colma di pura pietà, Carl di divertito stupore, tutti di curiosità.

"Ora vieni fuori nel cimitero e ci racconti tutto di te", ordinò Faith quando l'appetito di Mary cominciò a venirle meno. Mary adesso non era più riluttante. Il cibo le aveva reso la sua naturale vivacità e aveva sciolto la sua lingua per nulla riottosa.

"Se ve lo dico non lo direte a vostro papà, né a nessun altro?", stabilì quando fu fatta sedere, come su un trono, sulla tomba del signor Pollock. Di fronte a lei i bambini della canonica erano seduti in fila su un'altra tomba. Ecco l'entusiasmo, il mistero e l'avventura. Era *davvero* successo qualcosa.

"No, non lo faremo."

"Mano sul cuore?"

"Mano sul cuore!"

"Be', sono scappata. Vivevo con la signora Wiley di oltrebaia. Conoscete la signora Wiley?"

"No."

"Be', è meglio se non la conoscete. È una donna terribile. Quanto la detesto! Mi faceva lavorare quasi a morte. E non mi dava mai abbastanza da mangiare, e mi batteva quasi tutti i giorni. Guardate qui."

Mary si arrotolò le maniche lacere e tese le braccia scarne e le mani sottili, scorticate fin quasi alle piaghe. Erano nere per i lividi. I bambini della canonica rabbrividirono. Faith si fece rossa per l'indignazione. Gli occhi azzurri di Una si riempirono di lacrime.

"Mercoledì sera mi picchiò con un bastone", disse Mary, indifferente, "Fu perché lasciai che la mucca rovesciasse un secchio di latte. Che ne sapevo io che quella dannata vecchia mucca stava per scalciare?"

Un brivido non del tutto sgradevole percorse gli ascoltatori. Loro non si sarebbero mai sognati di usare parole tanto discutibili, ma era bellissimo sentire qualcun altro usarle... una ragazza, per di più. Questa Mary Vance era senz'altro una creatura interessante.

"Non ti biasimo se sei scappata", disse Faith.

"Oh, io non sono scappata perché lei mi ha bastonato. Una bastonata era ordinaria amministrazione per me. Ci sono maledettamente abituata. No, era già da una settimana che progettavo di scappare perché avevo scoperto che la signora Wiley voleva dare in affitto la fattoria per andare a vivere a Lowbridge e darmi a sua cugina che vive verso Charlottetown. Era *questo* che non potevo sopportare. Quella è perfino paggio della signora Wiley. La signora Wiley mi aveva già prestata a lei per un mese l'estate scorsa e avrei preferito andare a vivere col diavolo in persona."

Sensazione numero due. Ma Una parve dubbiosa.

"Così avevo deciso di battermela. Avevo da parte settanta centesimi che la signora John Crawford mi aveva dato in primavera perché le avevo piantato le patate. La signora Wiley non ne sapeva niente. Lei era sempre in visita da sua cugina quando io le piantavo. Avevo pensato di filarmela qui a Glen e comprare un biglietto per Charlottetown e trovarmi un lavoro lì. Io sono una piena di energia, lasciate che ve lo dica. Non c'è un solo osso pigro in me. Così me ne sono andata giovedì mattina prima che la signora Wiley si svegliasse e ho camminato fino a Glen... sei miglia. E quando sono arrivata in stazione mi sono accorta che avevo perso i soldi. Non so come... non so dove. Comunque, non c'erano più. Non sapevo che fare. Se tornavo indietro dalla vecchia Lady Wiley lei mi avrebbe levato la pelle. Perciò sono andata a nascondermi in quel vecchio fienile."

"E adesso che farai?", domandò Jerry.

"Non lo so. Probabilmente dovrò tornare indietro e fare buon viso a cattivo gioco. Ora che ho un po' di cibo nello stomaco credo di potercela fare."

Ma negli occhi di Mary c'era paura dietro l'aria spavalda. Una improvvisamente scivolò giù da una tomba all'altra e cinse

Mary con un braccio.

"Non devi tornare indietro. Resta qui con noi."

"Oh, la signora Wiley mi scoverà", disse Mary, "È probabile che sia già sulle mie tracce. Posso restare qui finché non mi trova, immagino, se a voi non dà fastidio. Sono stata una dannata stupida a pensare di potermela svignare. Lei inseguirebbe anche una donnola nella tana. Ma io ero così infelice."

La voce di Mary tremò, ma lei si vergognava di mostrare la propria debolezza.

"Ho fatto una vita da cani in questi ultimi quattro anni", spiegò, sprezzante.

"Sei con la signora Wiley da quattro anno?"

"Già. Mi ha preso dall'orfanotrofio di Hopetown quando avevo otto anni."

"È lo stesso posto dal quale viene la signora Blythe", esclamò Faith.

"Ero all'orfanotrofio da due anni. Mi ci hanno messa quando avevo sei anni. Mia mamma si era impiccata e mio papà si era tagliato la gola."

"Santa polenta! Perché?", domandò Jerry.

"Alcol", disse Mary, laconica.

"E non hai parenti?"

"Neanche un dannato parente, che io sappia. Devo averne avuto qualcuno, però. Io sono stata chiamata come mezza dozzina di loro. Il mio nome completo è Mary Martha Lucilla Moore Ball Vance. Potete battermi? Mio nonno era ricco. Scommetto che era più ricco del vostro nonno. Ma papà si bevve tutto, e mamma fece la sua parte. Anche loro mi battevano sempre. Diamine, mi hanno picchiato così tanto che ormai quasi mi piace."

Mary crollò la testa. Intuiva che i bambini della canonica la compativano per tutte le sue ferite e lei non voleva essere compatita. Voleva essere invidiata. Si guardò allegramente attorno. I suoi occhi strani, ora che l'abbattimento della fame era stato levato, apparivano luminosi. Avrebbe fatto vedere lei a quei ragazzini che personalità era.

"Io sono stata malatissima un mucchio di volte", disse, orgogliosa, "Non sono tanti i bambini che hanno passato quel che ho passato io. Ho avuto la scarlattina, il morbillo, l'erisipela[8], gli orecchioni, la tosse asinina e la polmonite."

_____

8   Erisipela, infezione cutanea di origine batterica che manifesta

"Hai mai avuto una malattia mortale?", domandò Una.

"Non lo so", disse Mary, perplessa.

"Certo che no", la schernì Jerry, "Se ti viene una malattia mortale, muori."

"Oh, io non sono mai esattamente morta", disse Mary, "Ma una volta ci sono andata maledettamente vicino. Pensavano che fossi morta e si stavano già preparando a seppellirmi quando io mi sono ripresa."

"Com'è essere mezzi morti?", domandò Jerry, curioso.

"Come niente. Non lo seppi per giorni dopo. Fu quando mi venne la polmonite. La signora Wiley non voleva chiamare il dottore... diceva che non voleva spendere tanti soldi per una servetta. La vecchia zia Christina MacAllister mi curò coi cataplasmi. Mi fece rinvenire. Ma certe volte vorrei essere morta anche per l'altra metà e averla fatta finita. Sarebbe meglio se me ne andassi."

"Se andassi in Paradiso credo di sì", disse Faith, piuttosto dubbiosa.

"Be', e in che altri posti si potrebbe andare?", domandò Mary, perplessa.

"C'è l'inferno", disse Una, abbassando la voce e abbracciando Mary per ridurre l'orrore di quell'ipotesi.

"Inferno? E cos'è?"

"Be', è dove vive il diavolo", disse Jerry, "Hai sentito di lui... ne hai parlato."

"Oh, sì, ma non sapevo che vivesse da qualche parte. Pensavo che se ne andasse vagando in giro. Il signor Wiley parlava dell'inferno prima di morire. Diceva sempre alla gente di andarci. Pensavo che fosse qualche posto dalle parti di New Brunswick, da dove veniva lui."

"L'inferno è un posto terribile", disse Faith, con l'ispirato piacere che si trae dal raccontare cose terrificanti, "Ci va la gente cattiva quando muore e poi brucia nel fuoco per tutta l'eternità."

"E chi te l'ha detto?", chiese Mary, incredula.

"È nella Bibbia. E ce l'ha detto anche il signor Isaac Crothers a Maywater, alla scuola domenicale. Lui era uno degli anziani, e un pilastro della chiesa, sapeva tutto. Ma non ti devi preoccupare. Se sei buona andrai in Paradiso, e se sei cattiva scommetto che preferiresti andare all'inferno."

"No", disse Mary convinta, "Per quanto possa essere cattiva,

---

sintomi come macchie, eritemi e pustole (NDR)

non mi piacerebbe bruciare per sempre. Io so com'è. Una volta per errore raccolsi un attizzatoio rovente. Che bisogna fare per essere buoni?"

"Devi andare in chiesa, e alla scuola domenicale, e leggere la Bibbia, dire le preghiere ogni sera e fare donazioni per i missionari", disse Una.

"Sembra un mucchio di roba", disse Mary, "Nient'altro?"

"Devi chiedere a Dio di perdonare i peccati che hai commesso."

"Ma io non ne ho mai com... commesso nessuno", disse Mary, "E comunque cos'è un peccato?"

"Oh, Mary, ma devi averne commessi. Tutti ne commettono. Hai mai detto una bugia?"

"Un mucchio", disse Mary.

"Questo è un peccato terribile", disse Una, solenne.

"Volete dire", chiese Mary, "che mi manderanno all'inferno perché ho detto una bugia di tanto in tanto? Ma io *dovevo* farlo. Una volta il signor Wiley mi avrebbe spezzato tutte le ossa se non gli avessi detto una bugia. Le bugie mi hanno salvata da un mucchio di botte, ve lo dico io."

Una sospirò. Qui per lei c'era un gran dilemma da risolvere. Rabbrividì al pensiero di venire crudelmente frustata. Molto probabilmente avrebbe mentito anche lei. Strinse la piccola mano callosa di Mary.

"Quello è l'unico vestito che hai?", domandò Faith, la cui gioiosa natura si rifiutava di soffermarsi su argomenti sgradevoli.

"Mi sono messa questo vestito solo perché non era buono", esclamò Mary, arrossendo, "È stata la signora Wiley a comprarmi i vestiti e io non voglio essere in debito con lei per niente. E sono onesta. Se dovevo scappare non mi sarei presa nulla che appartenesse a lei, nulla che valesse qualcosa. Quando sarò grande avrò un vestito di seta azzurra. Neanche i vostri vestiti sono tanto alla moda. Io pensavo che i figli dei sacerdoti fossero sempre eleganti."

Era evidente che Mary aveva carattere ed era suscettibile su certi argomenti. Ma c'era in lei un fascino strano, sfrenato, che li catturò tutti. Quel pomeriggio la portarono alla Valle dell'Arcobaleno e la presentarono ai Blythe come "una nostra amica di oltrebaia in visita da noi". I Blythe l'accettarono senza riserve, forse perché adesso era decisamente presentabile. Dopo pranzo – durante il quale zia Martha aveva borbottato e il signor Meredith era rimasto in uno stato di semi-incoscienza mentre rimuginava sul suo sermone della domenica – Faith si era imposta su Mary e le aveva fatto mettere uno dei suoi vestiti, come pure altri articoli d'abbigliamento. Con i capelli accuratamente intrecciati, Mary superò l'ispezione tollerabilmente bene. Era una compagna di giochi gradita, perché conosceva giochi nuovi ed eccitanti, e alla sua conversazione non mancava certo il pepe. Di fatto, certe sue espressioni spinsero Nan e Di a guardarla di traverso. Non erano molto sicure di quello che loro mamma avrebbe pensato di lei, ma sapevano bene cosa ne avrebbe pensato Susan. Però era un'ospite alla canonica, quindi doveva essere a posto.

Quando venne l'ora di andare a letto ci fu il problema di dove far dormire Mary.

"Non possiamo metterla nella stanza degli ospiti", disse Faith, perplessa, a Una.

"Non ho niente di strano in testa", disse Mary, offesa.

"Oh, non volevo dire questo", protestò Faith, "È che la stanza degli ospiti è tutta sottosopra. I topi hanno scavato un buco nel materasso e ci hanno fatto il nido. Noi non l'avevamo trovato finché zia Martha non ci ha fatto dormire il reverendo Fisher da Charlottetown, la settimana scorsa. *Lui* l'ha trovato subito. Così papà ha dovuto dargli il suo letto e dormire sul divano dello studio. Zia Martha non ha ancora avuto tempo di riparare il letto della stanza degli ospiti, perciò ha detto che nessuno deve dormire lì, per quanto sia pulita la sua testa. E la nostra stanza è piccolissima, i letti sono così piccoli che non puoi dormire con noi."

"Posso tornare nel fieno, nel vecchio fienile, se mi prestate una coperta", disse Mary, filosoficamente, "Ieri notte si gelava, ma a parte quello ho avuto letti peggiori."

"Oh, no, no, no, non devi farlo", disse Una, "Ho pensato un piano, Faith. Sai quel letto sui cavalletti in solaio, quello con quel vecchio materasso che l'ultimo sacerdote lasciò qui? Portiamo lassù le coperte della camera degli ospiti e facciamo a Mary un letto lì. Non ti dispiacerà dormire in solaio, Mary, vero? È proprio sopra la nostra stanza."

"Mi andrà bene qualunque posto. Perbacco, non ho mai avuto un posto per dormire decente in vita mia. Dalla signora Wiley dormivo nel soppalco sopra la cucina. Il tetto lasciava passare la pioggia in estate e la neve in inverno. Il mio letto era uno strato di paglia per terra. Non mi troverete neanche un po' permalosa su dove dormire."

Il solaio della canonica era un posto lungo, basso, buio, con un'estremità a mansarda separata. Qui prepararono un letto per Mary con le graziose lenzuola con i punti a giorno e il copriletto ricamato che una volta Cecilia Meredith aveva fatto con tanto orgoglio per la sua stanza degli ospiti, e che ancora sopravviveva ai lavaggi approssimativi di zia Martha. Si dissero la buonanotte e sulla canonica cadde il silenzio. Una stava per addormentarsi quando sentì un rumore dalla stanza di sopra che la spinse a mettersi seduta.

"Ascolta, Faith... Mary sta piangendo", sussurrò. Faith non rispose, essendosi già addormentata. Una scivolò fuori dal letto e nella sua piccola camicia da notte bianca attraversò l'anticamera e salì per le scale del solaio. Il pavimento scricchiolante diede ampio preavviso del suo arrivo, quando raggiunse la stanzetta d'angolo era tutto silenzio illuminato dalla luna e il letto sui cavalletti mostrava solo un bozzo nel mezzo.

"Mary", mormorò Una.

Non ci furono risposte.

Una si avvicinò al letto e tirò la coperta. "Mary, so che stavi piangendo. Ti ho sentito. Ti senti sola?"

Mary sbucò improvvisamente ma non disse nulla.

"Fammi posto vicino a te, ho freddo", disse Una, rabbrividendo nell'aria gelida, perché la piccola finestra del solaio era aperta e il soffio tagliente del vento proveniente dalla spiaggia a nord vi spirava dentro.

Mary si spostò e Una si accoccolò accanto a lei.

"Adesso non sarai più sola. Non avremmo dovuto lasciarti qui da sola la prima notte."

"Non mi sentivo sola", disse Mary, tirando su col naso.

"E allora perché stavi piangendo?"

"Oh, quando ero sola mi ero solo messa a pensare cose. Pensavo che devo tornare dalla signora Wiley... e mi batterà perché sono scappata... e... e... che devo andare all'inferno perché dico le bugie. Mi preoccupa tutto in maniera scandalosa."

"Oh, Mary", disse la povera Una, turbata, "Io non credo che Dio ti manderà all'inferno per aver detto le bugie, quando tu non sapevi che era sbagliato. *Non potrebbe* farlo. Vedi, lui è buono e generoso. Certo, tu non ne devi dire più adesso che sai che è sbagliato."

"Ma se non posso dire bugie che ne sarà di me?", disse Mary

con un singhiozzo, "Tu non puoi capire. Non ne sai niente. Tu hai una casa e un papà gentile... anche se a me sembra che non sia molto presente. Ma perlomeno non ti picchia, e tu hai abbastanza da mangiare, così com'è... anche se quella tua vecchia zia non capisce *niente* di cucina. Be', questa è la prima volta, che io ricordi, che so com'è quando si ha abbastanza da mangiare. Io sono stata picchiata per tutta la vita, tranne quei due anni che ero all'orfanotrofio. Lì non mi picchiavano e non era tanto male, anche se la direttrice era sempre arrabbiata. Sembrava sempre pronta a staccarmi la testa a morsi. Ma la signora Wiley è veramente terribile, ecco cos'è, e io mi spavento a morte se penso che devo tornare da lei."

"Forse non dovrai farlo. Forse riusciamo a pensare a una via d'uscita. Chiediamo tutt'e due a Dio di non farti tornare dalla signora Wiley. Tu le dici le preghiere, Mary, vero?"

"Oh, sì, recito sempre quella vecchia poesia 'prima che vado a letto'", disse Mary, noncurante, "Però non ho mai pensato di chiedere qualcosa in particolare. Nessuno a questo mondo s'è mai curato di me, perciò pensavo che non l'avrebbe fatto neanche Dio. Forse lui si darebbe da fare di più per te, visto che tu sei la figlia di un sacerdote."

"Si darebbe da fare allo stesso modo per te, Mary, ne sono certa", disse Una, "Non importa di chi sei figlia. Devi solo chiederglielo... e lo farò anch'io."

"D'accordo", acconsentì Mary, "Non farà male anche se non dovesse fare bene. Se tu conoscessi la signora Wiley come la conosco io, non penseresti che Dio voglia impicciarsi con lei. Comunque, non piangerò più per questo. Qui si sta un mucchio di volte meglio che in quel vecchio fienile, con tutti i topi che correvano dappertutto. Guarda il faro dei Quattro venti. Non è bellino?"

"Questa è l'unica finestra dal quale riusciamo a vederlo", disse Una, "Mi piace guardarlo."

"Davvero? Anche a me. Potevo vederlo dal soppalco dei Wiley ed era la mia unica consolazione. Quando ero tutta dolorante perché mi avevano picchiato lo guardavo e mi dimenticavo anche dove mi faceva male. Pensavo alle navi che veleggiavano lontano, lontano dal faro, e desideravo di essere anch'io una di quelle navi e veleggiare lontano... lontano da tutto. Nelle notti d'inverno, quando il faro non splendeva, mi sentivo veramente tanto sola. Dimmi, Una, perché tutta la tua famiglia è tanto gentile con me quando io sono solo un'estranea?"

"Perché è giusto esserlo. La Bibbia ci dice che dobbiamo essere gentili con tutti."

"Ah, sì? Allora credo che a molta gente non importi nulla. Non ricordo che qualcuno sia mai stato gentile con me prima d'ora... è la verità. Una, non sono belle le ombre sulla parete? Sembrano uno stormo di uccellini danzanti. Una, mi piace tutta la tua famiglia, e mi piacciono anche i ragazzi Blythe e Di, ma non mi piace Nan. È arrogante."

"Oh, no, Mary, non è arrogante neppure un po'", disse Una, con impeto, "Neanche un pochino."

"Non è vero. Chiunque tiene la testa in quel modo è arrogante. Non mi piace Nan."

"A noi tutti lei piace moltissimo."

"Oh, immagino che lei ti piaccia più di me", disse Mary, gelosa, "Vero?"

"Be', Mary... noi lei la conosciamo da settimane, e te ti conosciamo solo da qualche ora", balbettò Una.

"Perciò lei ti piace di più?", disse Mary, arrabbiata, "Va bene! Fattela piacere quanto vuoi. A me non importa. Io posso vivere anche senza di te."

Si rigirò verso la parete del solaio con un tonfo.

"Oh, Mary", disse Una tendendo teneramente un braccio sulla schiena irremovibile di Mary, "Non dire così. Tu mi piaci molto. E mi fai stare tanto male."

Nessuna risposta. Poco dopo Una sospirò. E all'istante Mary si rivoltò, contorcendosi, e avviluppò Una in una abbraccio degno di un orso.

"Zitta", disse, "Non devi piangere per quello che ho detto. Sono stata cattiva a parlare così. Merito di essere scorticata viva... e voi siete tutti così buoni con me. Ci credo che *chiunque* possa piacervi più di me. Mi merito tutte le botte che ho mai avuto. Zitta, adesso. Se piangi ancora me ne vado dritta alla baia in camicia da notte e mi annego."

Questa terribile minaccia spinse Una a soffocare i singhiozzi. Mary le asciugò le lacrime con la balza di pizzo del cuscino della camera degli ospiti e chi perdonava e chi veniva perdonato tornarono a raggomitolarsi, una volta che la pace fu ristabilita, a guardare le ombre delle foglie dei rampicanti sul muro illuminato dalla luna mentre si addormentavano.

E nello studio sotto il reverendo John Meredith passeggiava sul pavimento col volto estasiato e gli occhi sfavillanti, meditando sul messaggio per l'indomani, e non sapeva che sotto il suo tetto c'era una piccola anima disperata, che brancolava nel buio e nell'ignoranza, assediata dal terrore e circondata da difficoltà troppo grandi, per lei, da combattere, in una lotta impari con un mondo grande e indifferente.

Capitolo 6
Mary rimane alla canonica

Il giorno seguente i bambini della canonica portarono Mary Vance con loro in chiesa. Sulle prime Mary si oppose all'idea.

"Oltrebaia non andate in chiesa?", domandò Una.

"Ci puoi scommettere. La signora Wiley non si curava molto della chiesa, ma io ci andavo ogni domenica che riuscivo ad allontanarmi. Ero proprio contenta di poter andare in un posto dove mi potevo sedere per un po'. Ma non posso andare in chiesa con questo vecchio vestito lacero."

Questa difficoltà fu eliminata da Faith, che le offrì in prestito il suo secondo miglior vestito.

"È un po' scolorito e mancano due bottoni, ma credo che possa andare bene."

"Posso cucire i bottoni in un batter d'occhio", disse Mary.

"Non di domenica", disse Una, scandalizzata.

"Ma certo. Migliore è il giorno, migliore è il compito. Datemi solo ago e filo e guardate da un'altra parte, se siete di quelle che si scandalizzano subito."

Gli scarponcini da scuola di Faith e un vecchio berretto che una vola era stato di Cecilia Meredith completarono l'abbigliamento di Mary, che così andò in chiesa. Il suo comportamento fu decisamente formale e, anche se qualcuno si chiese chi fosse quella ragazzina trasandata insieme ai bambini della canonica, non attirò molto l'attenzione. Lei ascoltò il sermone con decoro esteriore e si unì con ardore al canto. Aveva, sembrava, una voce chiara e forte e un buon orecchio.

"Il suo sangue può pulire le *violette*[9]", cantava Mary gioiosamente. La signora Jimmy Milgrave, la cui panca era di fronte a quella della parrocchia, si voltò improvvisamente e la scrutò da capo a piedi. Mary, in una semplice esuberanza di birbanteria, fece la linguaccia alla signora Milgrave, per l'orrore di Una.

"Non ho potuto farne a meno", affermò dopo la messa, "Perché mi doveva fissare a quel modo? Che maniere! Sono contenta di averle fatto la linguaccia. Vorrei avergliela fatta ancora più lunga. Ehi, ho visto Rob MacAllister di oltrebaia, lì. Chissà se dirà di me alla signora Wiley."

---

9   È un inno liturgico, che però recita "the vilest sinner", ovvero "il più abietto peccatore", non "le violette" come dice Mary. Ecco perché la signora Milgrave la fissa con tanto stupore (NDR)

Però la signora Wiley non si vide e in pochi giorni i bambini si dimenticarono di cercarla. Mary era evidentemente una presenza fissa in canonica. Ma si rifiutò di andare a scuola con gli altri.

"No. Ho terminato la mia educazione", disse quando Faith le consigliò con insistenza di andarci, "Sono andata a scuola per quattro inverni da quando sono arrivata dalla signora Wiley, e ne ho avuto abbastanza. Sono stufa marcia di farmi rimproverare continuamente perché non faccio i compiti a casa. Io non avevo tempo per fare i compiti a casa."

"Il nostro insegnate non ti rimprovererà. Lui è bravissimo", disse Faith.

"Be', non ci vengo. So leggere, scrivere e fare di conto fino alle frazioni. È tutto quello che mi serve. Voi andateci, io resterò a casa. Non dovete aver paura che rubi qualcosa. Giuro che sono onesta."

Mentre gli altri erano a scuola, Mary si teneva occupata pulendo la canonica, che in pochi giorni diventò un posto diverso. Spazzò i pavimenti, spolverò i mobili, mise tutto in ordine. Aggiustò il materasso della stanza degli ospiti, ricucì i bottoni mancanti, rattoppò i vestiti, invase perfino lo studio con scopa e paletta e ordinò al signor Meredith di uscire mentre lei metteva tutto a posto. Ma c'era un settore nel quale zia Martha non le permise di intromettersi. Zia Martha poteva essere sorda, mezza cieca e molto infantile, ma era determinata a tenerne il controllo tra le mani, malgrado le astuzie e gli stratagemmi di Mary.

"Vi dico che se la vecchia Martha mi permettesse di cucinare, avreste qualche pasto decente", disse indignata ai bambini della canonica, "Non ci sarebbe più nessun 'idem'... e niente più porridge coi grumi e latte scremato. Cosa se ne fa di tutta la panna?"

"La dà al gatto. È suo, sai?", disse Faith.

"Le darei io un bel gatto... a nove code", esclamò Mary, acida, "E comunque io i gatti non li sopporto. Appartengono al diavolo. Glielo vedi negli occhi. Be', se la vecchia Martha non vuole, non vuole. Ma mi dà ai nervi vedere sciupare del buon cibo."

Quando la scuola finiva andavano sempre nella valle dell'Arcobaleno. Mary si rifiutava di giocare nel cimitero. Diceva di aver paura dei fantasmi.

"Non esistono i fantasmi", affermò Jem Blythe.

"Oh, non esistono?"

"Tu ne hai mai visti?"

"A centinaia", disse Mary, prontamente.

"Come sono?", disse Carl.

"Orribili. Tutti vestiti di bianco con mani e teste scheletriche", disse Mary.

"E tu che hai fatto?", domandò Una.

"Sono scappata via come una matta", disse Mary. Poi colse lo sguardo di Walter e arrossì. Mary provava molto timore per Walter. Disse alle ragazze della canonica che i suoi occhi la innervosivano.

"Quando li guardo penso a tutte le bugie che ho mai raccontato", disse, "e desidero non averle mai dette."

Jem era il preferito di Mary. Quando lui la portò nella soffitta di Ingleside e le mostrò il museo di curiosità che Capitan Jim gli aveva lasciato in eredità, lei si sentì immensamente felice e lusingata. Conquistò anche il cuore di Carl col suo interesse per gli scarabei e le formiche. Non si poteva negare che Mary andasse d'accordo più coi ragazzi che con le ragazze. Il secondo giorno litigò aspramente con Nan Blythe.

"Tua mamma è una strega", disse sprezzante a Nan, "Le donne coi capelli rossi sono sempre streghe". Poi lei e Faith litigarono per il gallo. Mary disse che aveva la coda troppo corta. Faith ribatté furente che Dio sapeva benissimo quanto lunga dovesse essere la coda di un gallo. Per questo motivo non si "parlarono più" per un giorno. Mary trattò la bambola senza capelli e con un occhio solo di Una con rispetto. Ma quando Una le mostrò il suo altro tesoro prezioso – l'immagine di un angelo che portava un bambino, presumibilmente in Paradiso – Mary disse che per lei somigliava fin troppo a un fantasma. Una per questo se ne andò in camera sua e pianse, ma Mary la seguì, l'abbracciò pentita e le chiese di perdonarla. Nessuno riusciva a rimanere a lungo arrabbiato con Mary... neppure Nan, che era decisamente propensa a covare rancore e a non perdonare mai gli insulti rivolti a sua madre. Mary era allegra. Conosceva e sapeva raccontare emozionantissime storie di fantasmi. Le sedute nella Valle dell'Arcobaleno furono innegabilmente più eccitanti dopo l'arrivo di Mary. Imparò a suonare lo scacciapensieri e ben presto eclissò Jerry.

"Non ho ancora mai trovato nulla che non riesco a imparare, se mi ficco in testa di farlo", affermò. Raramente Mary perdeva un'opportunità di dar fiato alle proprie trombe. Insegnò loro a fare "sacchetti esplosivi" con le foglie spesse dei sempreverdi che prosperavano nel vecchio giardino dei Bailey, li iniziò alle gustose qualità delle erbe aspre che crescevano nei recessi del canale attorno al cimitero, e poi sapeva fare meravigliose figure di ombre con le sue dita lunghe e flessibili. E quando andavano tutti a raccogliere gomma nella Valle dell'Arcobaleno, Mary scovava sempre "la gomma più grossa" e se ne vantava. C'erano momenti in cui la detestavano e momenti in cui l'amavano. Ma la trovavano sempre interessante. Così si sottomisero docili alla sua autorità, e dopo due settimane fu come se lei fosse con loro da sempre.

"È stranissimo che la signora Wiley non mi abbia cercata", disse Mary, "Non riesco a capirlo."

"Forse non ti seccherà per niente", disse Una, "E allora potresti continuare a stare da noi."

"Questa casa non è abbastanza grande per me e la vecchia Martha", disse Mary, cupa, "È bellissimo avere abbastanza da mangiare – spesso mi sono chiesta come fosse – ma io sono pignola sulla cucina. E la signora Wiley prima o poi verrà qui. E ha un bastone in serbo per me. Di giorno non ci penso tanto, però, ragazze, quando di notte sono lassù in soffitta ci penso continuamente, e alla fine quasi comincio a sperare che venga così la facciamo finita. Non so se una battuta veramente forte possa essere peggio di tutte le dozzine che ho già vissuto nella mia mente fin da quando sono scappata. Voi siete mai stati picchiati?"

"Certo che no", disse Faith, indignata, "Papà non farebbe mai una cosa del genere."

"Voi non sapete neanche che siete vivi", disse Mary con un sospiro a metà d'invidia e a metà di superiorità, "Voi non sapete cos'ho passato io. E immagino che neanche i Blythe siano mai stati bastonati."

"Nooo, credo di no. Ma *credo* che qualche volta, quando erano piccoli, siano stati sculacciati."

"Una sculacciata non vuol dire niente", disse Mary, sprezzante, "Se i miei mi avessero solo sculacciata, avrei pensato che mi stessero coccolando. Beh, non è un mondo giusto. Non mi dispiacerebbe aver preso la mia parte di bastonate, io però ne ho viste dannatamente troppe."

"Non si deve dire quella parola", la rimproverò Una, "Mi avevi promesso che non l'avresti detta più."

"E piantala", rispose Mary, "Se tu sapessi certe parole che

potrei dire, se solo volessi, non ti agiteresti tanto solo per un 'dannato'. E sai bene che non ho più detto bugie da quando sono venuta qui."

"E allora quei fantasmi che dici di aver visto?", domandò Faith. Mary arrossì.

"Quello è diverso", disse Mary, spavalda, "Sapevo che non avreste creduto a quelle frottole, e non volevo farvici credere. E ho veramente visto qualcosa di strano una sera, passando davanti al cimitero di oltrebaia, ve lo giuro. Non so se era un fantasma o solo il ronzino bianco del vecchio Sandy Crawford, ma pareva dannatamente strano e vi dico che me la sono filata via come una matta."

Capitolo 7
Un episodio... che sa di pesce

Rilla Blythe camminava orgogliosa, e forse pure un pochino sostenuta, per la "strada principale" di Glen e su per la collina della canonica, portando con attenzione un cestino di fragole precoci che Susan aveva reso deliziose in un angolino assolato di Ingleside. Susan aveva incaricato Rilla di consegnare il cestino solo a zia Martha o al signor Meredith, e a nessun altro. E Rilla, molto orgogliosa che le fosse stata affidata quella commissione, era decisa a eseguire quelle istruzioni alla lettera. Susan l'aveva vestita con garbo, col suo elegante abito bianco inamidato e ricamato, con la cintura azzurra e le scarpette con le perline. I suoi lunghi boccoli rossi erano lucidi e gonfi e Susan le aveva lasciato mettere il suo miglior cappello, per rispetto alla canonica. Era una tenuta in un certo senso elaborata, nella quale il gusto di Susan si era espresso più di quello di Anna, e la piccola anima di Rilla si beava nei suoi splendori di sete, e merletti, e fiori. Era molto consapevole del suo cappello, e temo che fosse piuttosto impettita quando risalì la collina della canonica. L'andatura impettita, o il cappello, o entrambi, diede ai nervi a Mary Vance, che si stava dondolando sul cancello del prato. Per sopraggiunta, Mary in quel momento era d'umore irritato. Zia Martha si era rifiutata di lasciarle pelare le patate e le aveva ordinato di uscire dalla cucina.

"Ma sì! Porta pure le patate in tavola con le strisce di buccia che pendono e mezze crude, come al solito! Diamine, sarà bello venire al tuo funerale", strillò Mary. Uscì dalla cucina sbattendo la porta così forte che perfino zia Martha la sentì, e il signor Meredith nel suo studio sentì la vibrazione e pensò distrattamente che dovesse esserci stata una leggera scossa di terremoto. E poi continuò col suo sermone.

Mary scivolò giù dal cancello e affrontò la pulita e ordinata damigella di Ingleside.

"Cos'hai qui?", domandò cercando di prendere il cestino.

Rilla resistette. "È per il fignor Meredith", disse con la sua lisca.

"Dallo a me. Glielo darò io", disse Mary.

"No. Fufan ha detto che non devo darlo a neffuno, folamente al fignor Meredith o alla fia Martha", insistette Rilla.

Mary la scrutò ostile.

"Ti credi di essere chissà chi, vero, tutta elegantina come una bambola? Guarda me. Il mio vestito è tutto stracciato ma a me non me ne importa! Preferisco essere una stracciona che sembrare una bambolina. Vattene a casa e di' ai tuoi di metterti in una bacheca di vetro. Guardami... guardami... guardami!"

Mary eseguì una danza sfrenata intorno alla disorientata e sconcertata Rilla, agitando la gonna cenciosa e sbraitando "Guardami... guardami...", finché alla povera Rilla non venne il capogiro. Ma quando quest'ultima cercò di allontanarsi furtivamente verso il cancello, Mary le balzò di nuovo addosso.

"Dammi quel cestino", ordinò con una smorfia. Mary era esperta nel fare "le boccacce". Riusciva a dare al suo volto un aspetto grottesco e innaturale dal quale i suoi occhi bianchi, strani e luminosi, splendevano con effetti bizzarri.

"Non te lo do", ansimò Rilla, spaventata ma determinata, "Laffami andare, Mary Vanf."

Mary si fermò per un istante e si guardò attorno. Proprio dentro il cancello c'era una piccola grata sulla quale era stata messa a essiccare una mezza dozzina di merluzzi. Uno dei parrocchiani del signor Meredith glieli aveva portati un giorno, forse in luogo della sottoscrizione che avrebbe dovuto pagare per il suo stipendio e che non aveva mai versato. Il signor Meredith l'aveva ringraziato e poi si era completamente dimenticato dei merluzzi, che si sarebbero subito guastati se l'infaticabile Mary non li avesse preparati per l'essiccazione e sistemati sulla griglia sulla quale seccarli.

Mary ebbe una diabolica ispirazione. Corse alla griglia e afferrò il pesce più grande che c'era lì: una cosa enorme e piatta, grande quasi quanto lei. Con un grido, calò sulla terrorizzata Rilla brandendo quel singolare proiettile. Il coraggio di Rilla venne meno. Venire bastonata con un merluzzo secco era una cosa tanto inaudita che Rilla non poteva affrontarla. Con uno strillo, lasciò cadere il cestino e scappò. Le belle bacche, che Susan aveva scelto con tanta cura per il ministro, rotolarono in un roseo torrente sulla strada polverosa e vennero calpestate dai piedi in corsa dell'inseguitrice e dell'inseguita. Il cestino e il suo contenuto non erano più tra i pensieri di Mary. Pensava solo a quanto si divertiva nel far prendere a Rilla il più grande spavento della sua vita. Le avrebbe insegnato lei a darsi le arie per i suoi bei vestiti.

Rilla scappò giù dalla collina e in strada. Il terrore le aveva messo le ali ai piedi e riuscì appena a essere in vantaggio su Mary, che era intralciata dalle proprie risate ma che aveva ancora abbastanza fiato da lanciare urla raccapriccianti mentre correva, brandendo in aria il suo merluzzo. Corsero sulla via di Glen, mentre tutti correvano alle finestre e ai cancelli per vederle. Mary capì che stava facendo un tremendo scalpore e se lo godette. Rilla, accecata dal terrore e senza fiato, sentiva di non poter più correre. Da un istante all'altro quella terribile ragazzina le sarebbe piombata addosso col merluzzo. A questo punto la povera piccina inciampò e cadde nella pozzanghera in fondo alla strada proprio mentre Miss Cornelia stava uscendo dal negozio di Carter Flagg.

Miss Cornelia comprese tutta la situazione alla prima occhiata. E così pure Mary. Quest'ultima si bloccò di colpo nella sua folle corsa e, prima che Miss Cornelia potesse parlare, si era voltata rapidamente e stava correndo su velocemente com'era corsa giù. Le labbra di Miss Cornelia si strinsero minacciosamente, ma lei sapeva che era inutile inseguirla. Perciò raccolse la povera, singhiozzante, scarmigliata Rilla e la portò a casa. Rilla era affranta. Il suo vestito, le scarpe e il cappello erano rovinati, e il suo orgoglio seienne aveva ricevuto terribili ferite.

Susan, pallida per l'indignazione, sentì il racconto di Miss Cornelia sull'impresa di Mary Vance.

"Oh, la sfrontata... oh, la piccola sfrontata!", disse, e portò via Rilla per purificarla e consolarla.

"Questa faccenda è andata fin troppo in là, Anna cara", disse Miss Cornelia, risoluta, "Bisogna fare qualcosa. *Chi è* quella creatura che sta alla canonica, e da dove viene?"

"Mi sembra di aver capito che sia una ragazzina di oltrebaia in visita alla canonica", rispose Anna, che vedeva il lato comico dell'inseguimento a base di merluzzo e in segreto pensava che Rilla fosse effettivamente un po' vanesia e avesse bisogno di un paio di lezioni.

"Conosco tutte le famiglie di oltrebaia che vengono alla nostra chiesa e quella monella non appartiene a nessuna di loro", ribatté Miss Cornelia, "Il suo vestito è praticamente a brandelli e quando va in chiesa si mette i vecchi abiti di Faith Meredith. Qui c'è un mistero e io voglio indagarlo, visto che sembra non voglia farlo nessun altro. Credo che ci fosse lei in fondo agli eventi strani nel boschetto di abeti di Warren Mead, l'altro giorno. Hai saputo che hanno spaventato sua madre fino a farle venire un attacco?"

"No. So che Gilbert è stato chiamato per andarla a vedere, ma non so che problema avesse."

"Be', tu sai che lei è debole di cuore. E un giorno, l'altra settimana, mentre lei stava tutta sola in veranda, sentì orribili strilla di 'all'assassino' e 'aiuto' che venivano da dietro il boschetto... suoni veramente spaventosi, Anna cara. Le cedette il cuore. Le sentì anche Warren, che stava nel fienile, e andò subito al boschetto per indagare, e lì trovò tutti i bambini della canonica seduti su un albero caduto che strillavano 'all'assassino' a pieni polmoni. Gli dissero che stavano solo giocando e che non pensavano che qualcuno potesse sentirli. Stavano solo giocando all'imboscata indiana. Warren tornò a casa e trovò la sua povera mamma svenuta in veranda."

Susan, che era tornata, sbuffò sprezzante.

"Penso che fosse tutt'altro che svenuta, signora Marshall Elliott, e su questo ci potete contare. È da quarant'anni che sento parlare del cuore debole di Amelia Warren. L'aveva già quando aveva vent'anni. Lei si diverte a creare scompiglio e far chiamare il dottore, e ogni scusa è buona per farlo."

"Non credo che Gilbert abbia considerato molto serio il suo attacco", disse Anna.

"Oh, questo può anche essere", disse Miss Cornelia, "Ma la faccenda ha dato origine ha un mucchio di chiacchiere, e il fatto che i Mead siano metodisti peggiora soltanto le cose. Che ne sarà di quei bambini? Certe volte non riesco a dormire la notte pensando a loro, Anna cara. Mi chiedo perfino se mangino abbastanza, perché loro padre è così perso nei suoi sogni che non ricorda spesso di avere uno stomaco, e quella donna pigra non si dà la pena di cucinare quanto dovrebbe. Si stanno proprio sfrenando, e ora che la scuola chiude sarà anche peggio."

"Si divertono", disse Anna, ridendo per i ricordi di certi eventi nella Valle dell'Arcobaleno che erano arrivati alle sue orecchie, "E sono tutti coraggiosi, schietti, leali e sinceri."

"Questo è vero, Anna cara, e quando ripenso a tutti i problemi avuti in chiesa a causa dei due ragazzini pettegoli e disonesti dell'ultimo ministro, tendo a lasciar correre parecchio sui Meredith."

"Tutto sommato, cara signora Dottore, sono bambini molto simpatici", disse Susan, "Hanno in sé parecchio del peccato originale, e questo lo ammetto, ma forse è meglio così. Se non ce l'avessero potrebbero guastarsi per la troppa dolcezza. Solo che penso che non sia decoroso che giochino nel cimitero, e su questo punto resto salda."

"Be', quando giocano lì lo fanno in silenzio", li scusò Anna, "Non corrono o strillano come fanno altrove. Certe volte dalla Valle dell'Arcobaleno vengono su certi strilli! Anche se penso che i miei piccini giochino una parte valorosa in quel baccano. Ieri sera hanno simulato una battaglia e hanno dovuto 'rombare' loro stessi perché non avevano artiglieria per farlo, così ha detto Jem. Jem sta passando la fase in cui tutti i ragazzi aspirano a diventare soldati."

"Ma grazie al Cielo non diventerà mai un soldato", disse Miss Cornelia, "Non ho mai approvato il fatto che i nostri giovani andassero in quella baruffa in Sud Africa[10]. Ma è finita, e non è probabile che qualcosa di simile possa accadere di nuovo. Credo che il mondo stia diventando sempre più assennato. E sui Meredith l'ho detto tante volte e lo ripeto, se il signor Meredith avesse una moglie andrebbe tutto bene."

"La settimana scorsa è andato due volte dalle Kirk, così mi hanno detto", disse Susan.

"Be'", disse Miss Cornelia, pensierosa, "di norma non approvo che un ministro sposi nella sua congregazione. Di solito lo rovina. Ma in questo caso non farebbe nessun male, perché Elizabeth Kirk piace a tutti e nessun'altra aspira al ruolo di matrigna per quei ragazzini. Perfino le ragazze Hill sono riluttanti. Non hanno teso nessuna trappola per il signor Meredith. Elizabeth sarebbe una buona moglie per lui, se solo lui ci pensasse. Ma il problema è che lei è veramente poco attraente, Anna cara, e il signor Meredith, per quanto sia distratto, le guarda le belle donne, tipica cosa da uomini. Non è così oltremondano quando si tratta di questo, credi a me."

"Elizabeth Kirk è un'ottima persona, ma dicono che già prima d'ora la gente sia quasi congelata a morte nella stanza degli ospiti di sua madre, cara signora Dottore", disse Susan, oscura, "Se io avessi un qualche diritto a dire la mia opinione a proposito di una cosa seria come il matrimonio di un ministro, io penserei che Sarah, la cugina di Elizabeth di oltrebaia, potrebbe essere una moglie migliore per il signor Meredith."

"Ma Sarah Kirk è una metodista", disse Miss Cornelia, come se Susan avesse proposto un'ottentotta come sposa da mandare in parrocchia.

"Probabilmente se sposasse il signor Meredith si farebbe

---

10 Si riferisce alla Guerra Boera, avvenuta tra il 1899 e il 1902 tra la Gran Bretagna e il Sud Africa. Fu la prima guerra alla quale il Canada partecipasse ufficialmente (NDR)

presbiteriana", ribatté Susan.

Miss Cornelia scosse la testa. Evidentemente per lei valeva il detto "metodista una volta, metodista per sempre".

"Sarah Kirk è assolutamente fuori questione", disse decisa, "E anche Emmeline Drew... anche se i Drew stanno tutti cercando di combinare la coppia. Gli stanno letteralmente gettando addosso Emmeline, e lui non ne ha la minima idea."

"Emmeline Drew non ha nessuno spirito d'iniziativa, devo concedere", disse Susan, "È il tipo di donna, cara signora Dottore, che vi metterebbe una borsa d'acqua calda nel letto in una notte di canicola, e poi si offenderebbe se voi non foste riconoscente. E sua madre era una pessima massaia. Avete mai sentito la storia dello strofinaccio dei piatti? Un giorno perse il suo strofinaccio. Ma il giorno dopo lo ritrovò. Oh, sì, cara signora Dottore, lo ritrovò a tavola, nell'oca, mescolato col ripieno. Pensate che una donna del genere vada bene come moglie di un ministro? Io no. Ma senza dubbio occuperei meglio il mio tempo a rammendare i pantaloni di Jem che a spettegolare sui miei vicini. Se li è strappati in maniera scandalosa ieri sera nella Valle dell'Arcobaleno."

"Dov'è Walter?", domandò Anna.

"Temo che stia per combinarne una, cara signora Dottore. È in solaio a scrivere qualcosa su un quaderno. E questo trimestre non è andato bene in aritmetica quanto avrebbe dovuto, così mi ha detto l'insegnante. E conosco fin troppo bene il motivo. Si è messo a scrivere stupide rime quando avrebbe dovuto fare i compiti di matematica. Temo che il ragazzo diventerà un poeta, cara signora Dottore."

"È un poeta già adesso, Susan."

"La prendete veramente con calma, cara signora Dottore. Immagino che sia la cosa migliore, se uno ne ha la forza. Io avevo uno zio che cominciò diventando poeta e finì diventando barbone. La nostra famiglia si vergognava terribilmente di lui."

"Sembra che tu non abbia molta stima dei poeti, Susan", disse Anna, ridendo.

"E chi ce l'ha, cara signora Dottore?", domandò Susan, genuinamente sbalordita.

"E che ne è di Milton e Shakespeare? E dei poeti della Bibbia?"

"Dicono che Milton non riuscisse ad andare d'accordo con sua moglie, e Shakespeare certe volte era tutt'altro che rispettabile. E certo ai tempi sacri della Bibbia le cose andavano in maniera diversa... anche se non ho mai avuto un'alta opinione di Re

Davide, dite quel che volete. Per quanto ne sappia non viene mai nulla di buono dallo scrivere poesie, io spero e prego che quel benedetto ragazzo si liberi di queste tendenze. Se no... vedremo quanto olio di fegato di merluzzo ci vorrà per fargliele passare."

Capitolo 8
L'intervento di Miss Cornelia

Miss Cornelia si recò alla canonica il giorno seguente e contro-interrogò Mary la quale, essendo una ragazzina di notevole perspicacia e scaltrezza, le raccontò tutta la storia semplicemente e con sincerità, con una completa assenza di rimostranze o di spavalderia. Miss Cornelia ne trasse un'impressione migliore di quanto si sarebbe aspettata, ma ritenne fosse suo dovere essere severa.

"Pensi", disse, seria, "di avere dimostrato la tua gratitudine a questa famiglia, che è stata fin troppo gentile con te, insultando e inseguendo una delle sue piccole amiche come hai fatto ieri?"

"Lo so, è stato dannatamente scorretto da parte mia", ammise tranquillamente Mary, "Non so cosa mi sia preso. Quello stupido merluzzo sembrava così splendidamente a portata di mano. Ma mi è dispiaciuto tantissimo... ieri sera ci ho pianto, dopo essere andata a letto, lo giuro. Chiedete a Una se non è così. Io non le ho voluto dire di cosa mi vergognassi e così s'è messa a piangere anche lei, perché temeva che qualcuno mi avesse ferito nei sentimenti. Diamine, io non ho sentimenti da ferire, o di cui valga la pena di parlare. Quello che mi preoccupa è che la signora Wiley non mi abbia cercata. Non è da lei."

Anche Miss Cornelia pensò che fosse strano, ma si limitò ad ammonire Mary severamente di non prendersi più libertà con i merluzzi del ministro, e andò a riferire i suoi progressi a Ingleside.

"Se la storia di quella bambina è vera, bisogna esaminare meglio questa faccenda", disse, "Io so qualcosa di quella signora Wiley, credi a me. Marshall la conosceva bene quando viveva oltrebaia. L'estate scorsa l'ho sentito che diceva qualcosa su di lei e su una servetta che aveva... probabile che fosse proprio questa Mary. Disse che qualcuno gli aveva detto che faceva ammazzare quella bambina di fatica e che non le dava abbastanza da mangiare e da vestirsi. Tu lo sai, Anna cara, che è sempre stata mia abitudine non impegolarmi con la gente di oltrebaia. Ma domani ci mando Marshall a scoprire il dritto e il rovescio di questa faccenda, se può. E *poi* parlerò anche col ministro. E bada, Anna cara, che i Meredith hanno trovato questa ragazzina che stava letteralmente morendo di fame nel vecchio fienile di James Taylor. Era rimasta lì tutta la notte al freddo, affamata e sola. E noi che dormivamo al calduccio dei nostri letti dopo una bella cena."

"Povera piccina", disse Anna, figurandosi i suoi amati bambini al freddo, affamati e soli in simili circostanze, "Se è stata maltrattata, Miss Cornelia, non bisogna riportarla in quel posto. Io un tempo sono stata orfana in condizioni molto simili."

"Dobbiamo consultare quelli dell'orfanotrofio di Hopetown", disse Miss Cornelia, "A ogni modo, non può rimanere in canonica. Dio sa cosa potrebbero imparare quei poveri bambini da lei. Ho saputo che è noto che lei imprechi. Ma tu pensa solo, lei è lì da due settimane intere e il signor Meredith non se n'è mai accorto! Ma che diritto ha un uomo come quello di avere una famiglia? Io dico, Anna cara, che dovrebbe fare il frate."

Più tardi quella sera Miss Cornelia tornò a Ingleside.

"È una cosa straordinaria!", disse, "La signora Wiley è stata trovata morta nel suo letto esattamente il mattino dopo che questa Mary era scappata. Aveva problemi al cuore da anni e il dottore l'aveva avvertita che poteva capitarle in qualunque momento. Lei aveva mandato via il lavorante e in casa non c'era nessuno. Alcuni vicini l'hanno trovata il giorno dopo. Non hanno visto la bambina, ma hanno pensato che la signora Wiley l'avesse mandata da sua cugina vicino Charlottetown, come lei aveva detto di voler fare. La cugina non è andata al funerale così nessuno sapeva che Mary non era da lei. La gente con cui ha parlato Marshall gli ha detto delle cose sul modo in cui la signora Wiley trattava questa Mary, che gli ha fatto ribollire il sangue nelle vene, così sostiene. Lo sai, Marshall diventa una furia quando sente di bambini maltrattati. Dicono che la frustasse spietatamente per ogni minimo difetto o sbaglio. Qualcuno aveva parlato di scrivere alle autorità dell'orfanotrofio ma sai com'è, i fatti di tutti sono i fatti di nessuno, e così nessuno l'ha mai fatto."

"Mi dispiace che quella Wiley sia morta", disse Susan, furiosa, "Mi sarebbe piaciuto andare oltrebaia a dirle quel che penso di lei. Affamare e picchiare una bambina, cara signora Dottore! Come sapete, io considero legittime le sculacciate, ma non vado oltre. E che ne sarà adesso di questa povera bambina, signora Marshall Elliott?"

"Immagino che dovrà tornare a Hopetown", disse Miss Cornelia, "Credo che da queste parti tutti quelli che avessero bisogno di un bambino di casa[11] ne abbiano già uno. Domani

---

11 Erano chiamati bambini di casa quei bambini che venivano presi a

vedo il signor Meredith e gli dico la mia opinione su tutta questa faccenda."

"E senza dubbio lo farà, cara signora Dottore", disse Susan, dopo che Miss Cornelia se ne fu andata, "Non si ferma davanti a nulla, neanche davanti alla prospettiva di coprire di tegole il campanile della chiesa, se si mette in testa di farlo. Ma io non capisco come pure Cornelia Bryan possa parlare a un ministro come fa lei. Come se fosse una persona qualsiasi."

Quando Miss Cornelia se ne fu andata, Nan Blythe si svolse dall'amaca dove aveva fatto i compiti e sgattaiolò nella Valle dell'Arcobaleno. Gli altri erano già lì. Jem e Jerry giocavano al lancio degli anelli con vecchi ferri di cavallo presi in prestito dal fabbro di Glen. Carl pedinava formiche su una collinetta assolata. Walter, disteso a pancia in giù tra le felci, stava leggendo ad alta voce per Mary, Di, Faith e Una un meraviglioso libro di miti nel quale c'erano gli affascinanti racconti del Prete Gianni[12] e dell'Ebreo Errante[13], delle bacchette rabdomanti e degli uomini con la coda, dello Shamir[14], il verme che spaccava le pietre e apriva la via per tesori preziosi, delle Isole Fortunate[15] e delle ragazze-cigno. Fu un grande choc per Walter scoprire che anche Guglielmo Tell e

---

lavorare in casa. Era infatti pratica comune dal XVII secolo fino al periodo della Grande Depressione (ma pare che la cosa sia proseguita addirittura fino a tutti gli anni Sessanta) inviare bambini poveri o orfani ai coloni affinché venissero sfruttati come manodopera (NDR)

12 Prete Gianni: personaggio leggendario, molto popolare nel medioevo, doveva essere un re e sacerdote cristiano che regnava su un grande impero in Africa (NDR)

13 Ebreo Errante: figura leggendaria, nata in epoca medievale, della tradizione cristiana europea, secondo la leggenda poiché aveva negato l'accoglienza a Gesù, egli venne condannato a vagare per il mondo senza meta fino alla fine dei tempi (NDR)

14 Shamir: creatura della mitologia ebraica, era un verme che spaccava le pietre per il santuario. Secondo alcune fonti è lo strumento usato da Salomone per costruire il tempio al posto di quelli di ferro (NDR)

15 Isole Fortunate, o Isole dei Beati: mitologiche isole situate nell'Oceano Atlantico, dove la natura sarebbe così rigogliosa che i suoi abitanti non hanno bisogno di lavorare la terra per avere cibo (NDR)

Gelert[16] erano miti; e la storia del vescovo Hatto[17] non l'avrebbe fatto dormire per tutta la notte. Ma più di tutte gli piacquero la storia del Pifferaio Magico e quella del Santo Graal. Le lesse con molta emozione, mentre le campanelle sugli Alberi Innamorati tintinnavano al vento estivo e la freschezza delle ombre della sera s'insinuava nella valle.

"Ehi, non sono bugie interessanti?", disse Mary, ammirata, quando Walter chiuse il libro.

"Non sono bugie", disse Di, indignata.

"Non vorrai dire che sono vere?", disse Mary, incredula.

"No... non esattamente. Sono come le tue storie di fantasmi. Non erano vere... ma tu non ti aspettavi che noi ci credessimo, perciò non erano bugie."

"Però quel fatto della bacchetta rabdomante non è una bugia", disse Mary, "Il vecchio Jake Crawford di oltrebaia sa farlo. Lo mandano a chiamare da ogni parte quando devono scavare un pozzo. E credo di conoscere l'Ebreo Errante."

"Oh, Mary", disse Una, intimorita.

"Lo conosco, è vero quant'è vero che sei viva. L'autunno scorso c'era un vecchio dalla signora Wiley. Sembrava tanto vecchio da poter essere *qualunque cosa*. Lei gli stava chiedendo dei pali di cedro, se duravano a lungo. E lui disse 'Durare a lungo? Dureranno mille anni. Lo so, perché li ho provati due volte'. Ora, se lui aveva duemila anni chi poteva essere se non l'Ebreo Errante?"

"Io non credo che l'Ebreo Errante vorrebbe frequentare una persona come la signora Wiley", disse Faith, decisa.

---

16 Gelert: cane leggendario appartenuto al principe scozzese Llewelin il Grande (1173-1240). Secondo la leggenda Llewelin tornando da una battuta di caccia entrò in camera del figlioletto trovandola a soqquadro, col bambino sparito e il cane col muso sporco di sangue. Pensando che Gelert gli avesse divorato il figlio, il principe lo uccise trafiggendolo con la spada. Ma subito dopo si accorse che il bimbo era vivo, nascosto sotto un mucchio di coperte, e accanto c'era un lupo morto, ammazzato dal cane che aveva difeso e non aggredito il bambino. E quindi, pentito, Llewelin fece seppellire Gelert come un eroe, in pompa magna (NDR)

17 Secondo la leggenda, Hatto, vescovo di Magonza nel X secolo, incurante della fame patita dai fedeli durante una carestia, fece chiudere i questuanti in un granaio al quale diede fuoco e poi, per sfuggire ai topi in fuga dal fuoco, si rifugiò su una torre e qui i topi lo divorarono vivo (NDR)

"Mi piace la storia del Pifferaio Magico", disse Di, "E anche alla mamma. Mi dispiace sempre tanto per quel povero bambino zoppo che non riesce a tenere il passo con gli altri e rimane chiuso fuori dalla montagna. Dev'essere rimasto tanto deluso. Mi domando se per il resto della sua vita si sia chiesto cosa si era perso, desiderando di essere riuscito ad andare con gli altri."

"Ma come dev'essere stata contenta sua mamma", disse Una, dolcemente, "Penso che lei sia stata triste per tutta la vita, per il fatto che era zoppo. Forse ne piangeva perfino. Ma non le sarebbe dispiaciuto mai più... mai più. Era contenta che fosse zoppo, perché per questo motivo non l'aveva perso."

"Un giorno", disse Walter, sognante, guardando lontano nel cielo, "il Pifferaio Magico arriverà sulla collina lassù e poi giù nella Valle dell'Arcobaleno, suonando il flauto allegramente e dolcemente. E io lo seguirò... lo seguirò fino alla spiaggia... in fondo al mare... lontano da tutti voi. Non credo che vorrò andare... Jem vorrà andare... sarà una grande avventura... ma io non vorrò andare. Solo che *dovrò farlo*... la musica continuerà a chiamarmi, a chiamarmi, a chiamarmi, e alla fine sarò *costretto* a seguirlo."

"Andremo tutti", esclamò Di, prendendo fuoco dalla fiamma della fantasia di Walter e quasi credendo di poter vedere la figura beffarda, indietreggiante, del mistico pifferaio sul fondo lontano e brumoso della valle.

"No. Voi vi siederete qui ad aspettare", disse Walter, gli occhi grandi e splendenti pieni di un fascino strano, "Aspetterai il nostro ritorno. E noi potremmo non tornare più... perché non possiamo tornare finché il pifferaio suona. Suonando potrebbe farci girare tutto il mondo. E voi starete ancora qui sedute ad aspettare... e *aspettare*."

"Oh, e piantala", disse Mary, rabbrividendo, "Non fare quello sguardo, Walter Blythe. Mi fai accapponare la pelle. Vuoi che mi metta a gridare? Mi sembra quasi di vederlo, quell'orribile Pifferaio che se ne va, e voi ragazzi che lo seguite, e noi ragazze che ci sediamo qui ad aspettare tutte sole. Non so perché è così... non sono mai stata un tipo piagnucoloso... ma tutte le volte che tu cominci a raccontare a me viene voglia di piangere."

Walter sorrise trionfante. Gli piaceva esercitare questo potere sui suoi compagni... giocare coi loro sentimenti, risvegliare le loro paure, eccitare i loro animi. Soddisfaceva un qualche istinto drammatico in lui. Ma sotto il suo trionfo c'era lo strano, piccolo brivido di una paura misteriosa. Il Pifferaio Magico gli era sembrato molto reale... come se il velo fluttuante che nascondeva il futuro si fosse scostato per un istante nel crepuscolo stellato della Valle dell'Arcobaleno mostrandogli una vaga e fuggevole apparizione di quello che gli anni futuri gli avrebbero portato.

Carl, tornando nel gruppo con una relazione su quel che si faceva nella terra delle formiche, li riportò tutti nel regno della realtà.

"Le formiche sono dannatamente interessanti", esclamò Mary, felice di sfuggire alla misteriosa schiavitù del Pifferaio, "Io e Carl abbiamo guardato quell'aiola nel cimitero per tutto sabato pomeriggio. Non avevo mai pensato che ci fossero tante cose negli insetti. Accidenti, certi di loro sono creature veramente litigiose... per quel che abbiamo visto, alcuni si mettono a litigare senza motivo. E certi sono dei veri codardi. Si spaventano così tanto che si fanno tutti a palla e si lasciano prendere a calci dai loro compagni. Non si metterebbero mai a litigare. Certi sono pigri e non vogliono lavorare. Li abbiamo visti che s'imboscavano. E c'era una formica che era morta di dolore perché un'altra formica era stata ammazzata... non voleva lavorare... non voleva mangiare... è solo morta. È vero, lo giuro per Di... per dirindindina, cioò."

S'impose un silenzio scandalizzato. Tutti sapevano che Mary non aveva conciato a dire "dirindindina". Faith e Di si lanciarono sguardi che avrebbero fatto onore alla stessa Miss Cornelia. Walter e Carl parvero a disagio e a Una tremarono le labbra.

Mary si agitò, a disagio.

"Mi è scappato prima di poterci pensare... è vero, lo giuro... cioè, parola d'onore. E me ne sono inghiottita la metà. A me sembra che voi gente, da queste parti, vi scandalizzate in fretta. Avreste dovuto sentire i Wiley quando litigavano."

"Le signore non dicono cose del genere", disse Faith, molto sostenuta per essere lei.

"Non è corretto", sussurrò Una.

"Io non sono una signora", disse Mary, "Che opportunità ho mai avuto di diventare una signora? Ma non lo dico più, se ci riesco. Lo prometto."

"E poi", disse Una, "non puoi aspettarti che Dio risponda alle tue preghiere se tu nomini il suo nome invano, Mary."

"Non mi aspetto comunque che mi risponda", disse Mary di poca fede, "È da una settimana che gli chiedo di chiarire questa faccenda della signora Wiley e lui non ha fatto niente. Io mi arrendo."

In quel frangente arrivò Nan, trafelata.

"Oh, Mary, ho una notizia per te. La signora Elliott è stata oltrebaia e indovina cos'ha scoperto? La signora Wiley è morta... l'hanno trovata morta nel suo letto la mattina dopo che tu eri scappata. Perciò non dovrai mai più tornare da lei."

"Morta?", disse Mary, stupefatta. Poi rabbrividì.

"Pensi che la mia preghiera c'entri qualcosa?", strillò, implorante, a Una, "Se è così non pregherò mai più finché vivo. Lei potrebbe tornare indietro e perseguitarmi."

"No, no, Mary, non è così", disse Una, consolante, "La signora Wiley è morta molto prima che tu cominciassi a pregare per questa faccenda."

"È vero", disse Mary, riprendendosi dal panico, "Ma mi ha fatto venire un colpo. Non mi piacerebbe aver pregato per ottenere la morte di qualcuno. Mentre pregavo non avevo mai pensato che potesse morire. Non sembrava il tipo che muore. La signora Elliott ha detto qualcosa di me?"

"Ha detto che probabilmente dovrai tornare all'orfanotrofio."

"Lo pensavo", disse Mary, tetra, "E poi mi daranno via di nuovo... probabilmente a un'altra come la signora Wiley. Be', penso di poterlo sopportare. Sono forte, io."

"Io pregherò perché tu non debba tornare indietro", sussurrò Una, e lei e Mary tornarono alla canonica.

"Tu fa' come ti pare", disse Mary, decisa, "Ma io non lo farò. Mi fa paura questa faccenda delle preghiere. Vedi cos'è successo? Se la signora Wiley fosse morta dopo che avevo cominciato a pregare, sarebbe stata colpa mia."

"Oh, no, non sarebbe stata così", disse Una, "Vorrei sapertelo spiegare meglio... potrebbe farlo papà, Mary, lo so, se solo tu parlassi con lui."

"Macché! Io non so che pensare di lui, questo è il succo della questione. Mi passa vicino in pieno giorno e non mi vede neanche. Io non sono orgogliosa... ma non sono neppure uno zerbino."

"Oh, Mary, è solo il modo di fare di papà. La maggior parte delle volte non vede neanche noi. È che è profondamente assorto nei suoi pensieri, ecco tutto. E io intendo pregare perché Dio ti faccia rimanere ai Quattro Venti... perché *tu mi piaci,*

Mary."

"Va bene. Però non voglio più sapere di gente che muore per questo motivo", disse Mary, "Vorrei poter rimanere ai Quattro Venti. Mi piace, mi piacciono la baia e il faro... e voi, e i Blythe. Siete i soli amici che abbia mai avuto, detesterei dovervi lasciare."

Capitolo 9
L'intervento di Una

Miss Cornelia ebbe con il signor Meredith un incontro che si rivelò un vero choc per quel distratto gentiluomo. Lei gli sottolineò, senza troppo riguardo, le sue inadempienze nel permettere a una trovatella come Mary Vance di entrare nella sua famiglia e frequentare i suoi figli senza che lui ne sapesse nulla o s'informasse sul suo conto.

"Non dico che sia stato fatto un grave danno, naturalmente", concluse, "Questa Mary non la si può definire cattiva, tutto considerato. Ho interrogato i vostri figli e i Blythe, e da quel che ho capito non si può dire molto contro la bambina, se non che tende a parlare lo slang e non ha un linguaggio molto raffinato. Ma pensate a cosa sarebbe potuto succedere se fosse stata come uno di quei bambini di casa di cui sappiamo entrambi. Lo sapete anche voi cosa quella povera creatura che stava dai Flagg aveva insegnato e raccontato ai piccoli Flagg."

Il signor Meredith lo sapeva ed era sinceramente sconvolto per la propria negligenza su questa faccenda.

"Ma che dobbiamo fare, signora Elliott?", domandò, disarmato, "Non possiamo mandare via quella povera bambina. Ha bisogno di qualcuno che si prenda cura di lei."

"Ma naturalmente. Dobbiamo scrivere subito alle autorità di Hopetown. Intanto penso che potrà stare ancora da voi qualche giorno, finché non abbiamo loro notizie. Ma tenete aperti occhi e orecchie, signor Meredith."

Susan sarebbe morta d'orrore sul posto se avesse sentito Miss Cornelia ammonire a questo modo un sacerdote. Ma Miss Cornelia se ne andò con un caldo fremito di soddisfazione per avere compiuto il proprio dovere, e quella sera il signor Meredith chiese a Mary di andare con lui nel suo studio. Mary ubbidì, letteralmente esangue per la paura. Ma ebbe la più grande sorpresa della sua povera, maltrattata, piccola vita. Quest'uomo, per il quale lei aveva nutrito un terribile timore, era l'anima più generosa e gentile che avesse mai conosciuto. Prima di capire cosa stesse accadendo, Mary si ritrovò a confidargli tutti i suoi problemi ricevendo in cambio una solidarietà e una tenera comprensione come non le era mai neppure capitato di immaginare. Mary lasciò lo studio col volto e gli occhi così addolciti che Una quasi non la riconobbe.

"Tuo padre è uno a posto quando si sveglia", disse con uno

sbuffo che quasi le sfuggì come un singulto, "È un peccato che non si svegli più spesso. Ha detto che non è colpa mia se la signora Wiley è morta, ma che devo cercare di pensare alle sue cose positive e non a quelle negative. Io non so quali lati positivi aveva, se non quello di tenere la casa pulita e fare un burro di prima qualità. So solo che mi sono quasi consumata le braccia a furia di strofinare il suo vecchio pavimento della cucina con dentro i nodi. Ma dopo stavolta, tutto quel che dice tuo padre mi sta bene."

Però nei giorni seguenti Mary si rivelò una compagna piuttosto apatica. Confidò a Una che più pensava di dover tornare all'orfanotrofio più detestava quell'idea. Una si lambiccò quel suo piccolo cervello per cercare un modo di evitarlo, ma fu Nan Blythe ad arrivare al salvataggio con una proposta in un certo senso sconcertante.

"Potrebbe essere la signora Elliott a prendere Mary. Ha una casa enorme e il signor Elliott ha sempre voluto che lei avesse un aiuto. Sarebbe un posto splendido per Mary. Solo che deve comportarsi bene."

"Oh, Nan, pensi che la signora Elliott la prenderebbe?"

"Non c'è niente di male a chiederglielo", disse Nan. All'inizio Una non pensava di potercela fare. Era così timida che per lei chiedere un favore a qualcuno era uno strazio. E aveva molto timore della frenetica, energica signora Elliott. Le piaceva molto e amava andarla a trovare a casa; ma andare da lei e chiederle di adottare Mary Vance sembrava una tale vetta di presunzione che lo spirito timido di Una si sgomentò.

Quando le autorità di Hopetown scrissero al signor Meredith di mandare indietro Mary senza indugio, Mary quella notte pianse fino allo sfinimento in solaio e Una trovò il coraggio della disperazione. La sera seguente sgattaiolò via dalla canonica verso la strada della baia. Lontano, nella Valle dell'Arcobaleno, sentiva risate allegre, ma il suo cammino non conduceva lì. Era terribilmente pallida e terribilmente ansiosa... così tanto che non notava le persone che incontrava... e la vecchia signora Stanley Flagg si offese e disse che Una Meredith da grande sarebbe diventata svagata come suo padre.

Miss Cornelia viveva a metà strada tra Glen e Punta Quattro Venti, in una casa in cui l'originale tinta verde sgargiante si era attenuata in un gradevole grigio verdastro. Marshall Elliott vi aveva piantato intorno degli alberi e aveva sistemato un roseto e una siepe di abeti rossi. Era un posto decisamente diverso da quello che era stato tanti anni prima. Ai bambini della canonica e ai bambini di Ingleside piaceva andare lì. Era una bella passeggiata, quella sulla vecchia via della baia, e alla fine c'era sempre una scatola di biscotti piena.

Il mare indistinto lambiva dolcemente la spiaggia in lontananza. Tre grandi navi procedevano leggere fuori dalla baia come grandi uccelli marini bianchi. Uno schooner stava risalendo il canale. Il mondo dei Quattro Venti era immerso in colori brillanti, e in una musica sottile, e in un fascino strano, e tutti quelli che si trovavano lì dovevano essere felici. Ma quando Una voltò nel cancello di Miss Cornelia le sue gambe quasi si rifiutarono di portarla avanti.

Miss Cornelia era da sola in veranda. Una aveva sperato che ci fosse anche il signor Elliott. Lui era così grosso, affabile e ammiccante che la sua presenza sarebbe stata d'incoraggiamento. Si sedette sul piccolo sgabello che Miss Cornelia le aveva portato e cercò di mangiare la ciambella che Miss Cornelia le aveva dato. Le si incollò in gola, ma la inghiottì disperatamente per paura che Miss Cornelia potesse offendersi. Non riusciva a parlare; era ancora pallida; e i suoi grandi occhi azzurro scuro erano così patetici che Miss Cornelia giunse alla conclusione che la bambina avesse qualche problema.

"Che hai in mente, cara?", domandò, "Hai qualcosa, questo lo vedo chiaramente."

Una inghiottì l'ultimo pezzetto di ciambella con un singulto disperato.

"Signora Elliott, la prendereste voi Mary Vance?", disse, implorante.

Miss Cornelia la fissò, vacua.

"Io? Io prendere Mary Vance? Intendi dire tenerla?"

"Sì... tenerla... adottarla", disse Una, con ardore adesso che il ghiaccio era rotto, "Oh, signora Elliott, *vi prego*. Lei non vuole tornare all'orfanotrofio... piange tutte le notti per questo. Ha tanta paura che la rimandino in un altro brutto posto. E lei è tanto *intelligente*... non c'è niente che non riesca a fare. So che se la prendeste non ve ne pentireste."

"Non avevo mai pensato a una cosa del genere", disse Miss Cornelia, incapace di reagire.

"*Non volete* neanche pensarci?", la implorò Una.

"Ma cara, io non ho bisogno di aiuto. Riesco a fare da sola tutto il lavoro che c'è da fare qui. E non ho mai pensato che mi sarebbe piaciuto avere una bambina di casa, se pure avessi bisogno d'aiuto."

La luce si spense negli occhi di Una. Le sue labbra tremarono. Tornò a sedere sul suo sgabello, una patetica immaginetta delusa, e si mise a piangere.

"No... cara... no", esclamò Miss Cornelia, turbata. Non sopportava di ferire un bambino, "Non sto dicendo che *non voglio* prenderla... ma l'idea è così nuova che sono rimasta sconcertata. Ci devo pensare."

"Mary è tanto intelligente", disse Una, di nuovo.

"Umph! Così ho sentito dire. E ho sentito dire anche che bestemmia. È vero?"

"Io non l'ho mai sentita *esattamente* bestemmiare", balbettò Una, a disagio, "Ma ho paura che *potrebbe* farlo."

"Ti credo! Dice sempre la verità?"

"Penso di sì, tranne quando ha paura di venire frustata."

"Eppure vuoi che io la prenda!"

"*Qualcuno* deve pur prenderla", singhiozzò Una, "*Qualcuno* deve pur prendersi cura di lei, signora Elliott."

"Questo è vero. Forse è mio dovere farlo", disse Miss Cornelia con un sospiro, "Be', devo discuterne con il signor Elliott. Perciò per il momento non parlarne con nessuno. Prendi un'altra ciambella, cara."

Una la prese e la mangiò con più appetito.

"Mi piacciono molto le ciambelle", confessò, "Zia Martha non le fa mai. Ma Miss Susan a Ingleside le fa, e certe volte ce ne dà un vassoio intero da portare alla Valle dell'Arcobaleno. Sapete, signora Elliott, che faccio quando mi viene fame di ciambelle e non posso averne?"

"No, tesoro. Che fai?"

"Prendo il vecchio libro di cucina di mamma e leggo la ricetta delle ciambelle... e le altre ricette. Suonano così buone. Lo faccio sempre quando ho fame. Specialmente quando abbiamo avuto idem per cena. Allora leggo le ricette del pollo fritto e dell'oca arrosto. Mamma li faceva benissimo."

"Quei bambini della canonica moriranno di fame se il signor Meredith non si sposa", disse Miss Cornelia, indignata, al marito dopo che Una se ne fu andata, "E lui non lo fa... che possiamo fare noi? E dovremmo prendere questa Mary, Marshall?"

"Sì, prendila", disse Marshall, laconico.

"Roba da uomini", disse sua moglie, avvilita, "'Prendila'... come se fosse tutto qui. Ci sono centinaia di cose da prendere in considerazione, credi a me."

"Prendila... e poi le prenderemo in considerazione, Cornelia", disse suo marito.

Alla fine Miss Cornelia la prese e andò ad annunciare la sua decisione prima di tutto alla gente di Ingleside.

"Splendido!", disse Anna, soddisfatta, "Speravo proprio che lo faceste, Miss Cornelia. Voglio che quella povera bambina abbia una bella casa. Una volta anch'io ero un'orfana senza casa come lei."

"Io non credo che questa Mary sia, o sarà mai, come te", ribatté cupa Miss Cornelia, "Lei è un gatto di un altro colore. Ma è anche un essere umano con un'anima immortale da salvare. Ho preso un libretto da catechismo e un pettine a denti fitti per fare il mio dovere con lei, ora che ho messo mano alla faccenda, credimi."

Mary prese la notizia con moderata soddisfazione.

"È una fortuna migliore di quanto mi aspettassi", disse.

"Con la signora Elliott dovrai stare attenta alle buone maniere", disse Nan.

"Posso farlo", scattò Mary, "Quando voglio so comportarmi bene quanto te, Nan Blythe."

"E non devi dire parolacce, Mary", disse Una, ansiosa.

"Immagino che morirebbe per l'orrore se lo facessi", sogghignò Mary, gli occhi bianchi che scintillavano di malvagia esultanza al pensiero, "Ma non devi preoccuparti, Una. Dopo questo non mi si scioglierà più in bocca il burro. Sarò tutta ammodo."

"E non devi dire bugie", aggiunse Faith.

"Neppure per evitarmi le frustate?", scongiurò Mary.

"La signora Elliott non ti frusterebbe *mai... mai*", esclamò Di.

"No?", disse Mary, scettica, "Se mai mi trovassi in un posto dove non mi battono, penserei di essere già in Paradiso. Allora non temete che dica le bugie. A me non piace dirle... preferisco non dirle, se è per questo."

Il giorno prima della partenza di Mary dalla canonica, diedero un picnic in suo onore nella Valle dell'Arcobaleno, e quella sera tutti i bambini della canonica le diedero qualcosa dalla loro esigua riserva di cose preziose da tenere come ricordo. Carl le diede la sua arca di Noè e Jerry il suo secondo miglior scacciapensieri. Faith le diede una piccola spazzola per capelli con uno specchietto sul dorso che Mary aveva sempre considerato meravigliosa. Una esitò tra un borsellino con le perline e un allegro quadretto di Daniele nella fossa dei leoni, e alla fine offrì a Mary la scelta. Mary in realtà desiderava il borsellino con le perline, ma sapeva che Una lo amava e perciò disse:

"Dammi Daniele. Lo preferisco perché ho un debole per i leoni. Solo vorrei che avessero mangiato Daniele. Sarebbe stato più eccitante."

Quando fu ora di andare a letto, Mary persuase Una a dormire con lei.

"È per l'ultima volta", disse, "E stanotte piove, e io detesto dormire da sola quando piove per via del cimitero. Non mi dispiace nelle notti serene, ma in una notte come questa non riesco a vedere nient'altro che la pioggia che scroscia su quelle vecchie lapidi bianche, e il vento attorno alla finestra sembra come se fossero i morti che cercano di entrare e piangono perché non ci riescono."

"A me piacciono le notti di pioggia", disse Una, quando si raggomitolarono insieme nella stanzetta del solaio, "E così anche alle ragazze Blythe."

"A ma non dispiacciono quando non sto vicina ai cimiteri", disse Mary, "Se fossi da sola qui piangerei fino a consumarmi gli occhi, tanto mi sentirei sola. Mi sento malissimo a dovervi lasciare tutti."

"Sono sicura che la signora Elliott ti lascerà venire a giocare spesso nella Valle dell'Arcobaleno", disse Una, "E tu farai la brava, vero, Mary?"

"Oh, ci proverò", sospirò Mary, "Ma non sarà facile per me fare la brava – intendo dentro, oltre che fuori – come lo è per voi. Voi non avete i parenti birbanti che ho io."

"Ma i tuoi parenti devono pur avere buone qualità oltre a quelle cattive", sostenne Una, "Tu devi essere all'altezza di quelle buone e non badare a quelle cattive."

"Io non credo che avessero buone qualità", disse Mary, cupa, "Non ne ho mai saputo. Mio nonno aveva i soldi, ma dicono che fosse un mascalzone. No, dovrò cominciare per conto mio e fare del mio meglio."

"E Dio ti aiuterà se glielo chiedi, Mary, lo sai."

"Questo non lo so."

"Oh, Mary. Sai che abbiamo chiesto a Dio di trovarti una casa, e lui l'ha fatto."

"Non vedo che c'entri Dio in tutto questo", ribatté Mary, "Sei stata tu a ficcarlo in testa alla signora Elliott."

"Ma è stato Dio a ficcarle *nel cuore* di prenderti. Tutto quel che le avevo messo in testa io non sarebbe servito a niente se lui non l'avesse fatto."

"Be', può esserci qualcosa di vero", ammise Mary, "Bada, Una, io non ho niente contro Dio. Sono disposta a dargli un'opportunità. Ma onestamente penso che somigli un mucchio a tuo padre... è sbadato e per la maggior parte delle volte non si accorge di nessuno, ma certe volte si sveglia all'improvviso e diventa spaventosamente buono, gentile e sensibile."

"Oh, Mary, no!", esclamò Una, atterrita, "Dio non è affatto come papà... voglio dire, è mille volte migliore e più gentile."

"Se è buono come tuo padre allora mi sta bene", disse Mary, "Quando tuo padre mi parlava, io mi sentivo come se non sarei mai più stata capace di essere cattiva."

"Vorrei che avessi parlato di Dio con papà", sospirò Una, "Lui lo sa spiegare molto meglio di me."

"D'accordo, lo farò la prossima volta che si sveglia", promise Una, "Quella sera che mi parlò nel suo studio mi dimostrò davvero chiaramente che le mie preghiere non avevano ucciso la signora Wiley. Da allora mi sento più sollevata, ma ci vado ancora cauta con le preghiere. Penso che la vecchia filastrocca sia più sicura. Sai, Una, a me sembra che se proprio bisogna pregare qualcuno sarebbe meglio pregare il diavolo che Dio. Dio è buono, o comunque così dici tu, perciò non ti farebbe mai del male, ma da quello che ho capito è il diavolo che va rabbonito. Io credo che una cosa sensata sarebbe dirgli 'Buon diavolo, ti prego, non tentarmi. Lasciami in pace, per favore'. Tu no?"

"Oh, no, no, Mary, sono sicura che non sarebbe giusto pregare il diavolo. E non servirebbe a niente, perché lui è cattivo. Potrebbe irritarlo e sarebbe solo peggio."

"Be', su questa faccenda di Dio", disse Mary, ostinata, "dal momento che tu e io non riusciamo a metterci d'accordo, è inutile che continuiamo a parlarne finché non troviamo un'occasione per scoprirne il dritto e il rovescio. Fino ad allora farò del mio meglio da sola."

"Se mamma fosse viva potrebbe dirci tutto lei", sospirò Una.

"Vorrei che fosse viva", disse Mary, "Non so che ne sarà di voi ragazzi quando me ne sarò andata. A ogni modo, *cercate* di tenere la casa un po' in ordine. È scandaloso come ne parla la gente. E la prima cosa che scoprirai è che tuo padre si risposerà, e allora vi salterà a tutti la mosca al naso."

Una sussultò. L'idea che suo padre potesse risposarsi non le era mai venuta in mente prima. Non le piacque e rimase muta sotto il gelo di quell'idea.

"Le matrigne sono creature *tremende*", proseguì Mary, "Potrei farti gelare il sangue nelle vene se ti raccontassi tutto quello che so di loro. I ragazzi Wilson, che stavano dall'altra parte della strada rispetto alla signora Wiley, avevano una matrigna. Lei con loro era cattiva quanto la signora Wiley lo era con me. Sarà terribile se avrai una matrigna."

"Sono certa di no", disse Una, tremebonda, "Papà non sposerebbe mai nessun'altra."

"Lo costringeranno a farlo, credo", disse Mary, fosca, "Tutte le vecchie zitelle di questo insediamento gli vanno dietro. Non c'è verso di contrastarle. E la cosa peggiore delle matrigne è che ti mettono sempre tuo padre contro. Non gl'importerà più nulla di te. Prenderà sempre le parti sue e dei suoi figli. Vedrai, gli farà credere che siete tutti cattivi."

"Vorrei che non me l'avessi detto, Mary", esclamò Una, "Mi rende tanto infelice."

"Volevo solo avvertirti", disse Mary, piuttosto pentita, "Certo, tuo padre è così svagato che potrebbe non capitargli di pensare a risposarsi. Ma è meglio essere preparati."

Molto tempo dopo Mary dormiva serena e la piccola Una giaceva sveglia, gli occhi che le bruciavano per le lacrime. Oh, quanto sarebbe stato terribile se papà avesse sposato una che lo spingesse a odiare lei, e Jerry, e Faith, e Carl! Non poteva sopportarlo... non poteva!

Mary non aveva instillato nelle menti dei bambini della canonica nessun veleno del tipo temuto da Miss Cornelia. Però anche con le migliori intenzioni era riuscita a provocare un piccolo danno. Ma lei dormì tranquilla mentre Una giaceva sveglia, e la pioggia cadeva, e il vento soffiava attorno alla vecchia canonica grigia. E il reverendo John Meredith si era del tutto dimenticato di andare a letto perché era assorto nella lettura della vita di Sant'Agostino. Era già una grigia alba quando finì e andò di sopra, combattendo con problemi di duemila anni fa. La porta della stanza delle ragazze era aperta e lui vide Faith distesa addormentata, rosea e bella. Si chiese dove fosse Una. Forse era andata a "passare la notte" dalle ragazze Blythe. Ogni tanto lo faceva, considerandolo una gran festa. John Meredith sospirò. Capiva che sapere dove si trovasse Una non avrebbe dovuto essere un mistero per lui.

Cecilia si sarebbe occupata di lei meglio di così.

Se solo Cecilia fosse stata ancora con lui! Com'era graziosa e allegra! Com'era risuonata delle sue canzoni la vecchia canonica a Maywater! E se n'era andata via così improvvisamente, portandosi dietro l'allegria e la musica e lasciando solo il silenzio... così improvvisamente che lui non aveva ancora superato il suo stato di smarrimento. Come poteva *lei*, la bella e vivace, essere morta?

L'idea di un secondo matrimonio non era mai stata presa seriamente in considerazione da John Meredith. Aveva amato così profondamente sua moglie che pensava che non avrebbe mai più potuto voler bene a un'altra donna. Aveva la vaga idea che ben presto Faith sarebbe stata abbastanza grande da prendere il posto di sua madre. Fino ad allora, lui doveva fare del suo meglio da solo. Sospirò e andò nella sua stanza, dove il letto non era ancora stato rifatto. Zia Martha se n'era dimenticata e Mary non si era azzardata a rifarlo perché zia Martha le aveva proibito d'impicciarsi con qualunque cosa fosse nella stanza del ministro. Ma il signor Meredith non si accorse che era disfatto. I suoi ultimi pensieri furono per Sant'Agostino.

Capitolo 10
Le ragazze della canonica puliscono casa

"Ugh", disse Faith, mettendosi a sedere sul letto con un brivido, "Piove. Odio le domeniche di pioggia. La domenica è già abbastanza noiosa anche quando fa bel tempo."

"Non dovremmo considerare la domenica noiosa", disse Una, assonnata, cercando di radunare le sue facoltà mentali intorpidite con la convinzione agitata di aver dormito troppo.

"Ma lo facciamo", disse Faith, candidamente, "Mary Vance dice che la maggior parte delle domeniche le viene voglia d'impiccarsi."

"Noi dovremmo apprezzare la domenica più di quanto non faccia Mary Vance", disse Una, piena di rimorso, "Siamo i figli di un sacerdote."

"Vorrei che fossimo i figli di un fabbro", protestò Faith, nervosa, cercando le sue calze, "Allora la gente non si aspetterebbe che ci comportassimo meglio degli altri bambini. Guarda che buchi ho sui talloni. Mary li aveva rammendati tutti prima di andarsene, ma ora sono più malconci che mai. Una, alzati. Non posso preparare la colazione da sola. Oh, Cielo! Vorrei che papà e Jerry fossero a casa. Non pensavo che papà mi sarebbe mancato tanto... non lo vediamo spesso quando è a casa. Eppure è come se se ne fosse andato via *tutto*. Devo correre a vedere come sta zia Martha."

"Sta meglio?", domandò Una quando Faith ritornò.

"No. Si lamenta ancora per la sofferenza. Forse dovremmo chiamare il dottor Blythe. Ma le dice di no, che non ha mai avuto un dottore in vita sua e che non vuole cominciare adesso. Dice che i dottori campano avvelenando la gente. Tu credi che sia così?"

"No, certo che no", disse Una, indignata, "Sono certa che il dottor Blythe non avvelenerebbe mai nessuno."

"Be', dopo colazione dobbiamo strofinare di nuovo la schiena di zia Martha. È meglio se non scaldiamo la flanella tanto quanto abbiamo fatto ieri."

Faith ridacchiò al ricordo. Avevano quasi ustionato la pelle della schiena alla povera zia Martha. Una sospirò. Mary Vance avrebbe saputo quale dovesse essere la temperatura precisa della flanella per una sofferenza alla schiena. Mary sapeva tutto. Loro non sapevano niente. E come potevano imparare se non per amare esperienze come in questo caso, per il quale stava pagando la sventurata zia Martha?

Il lunedì precedente il signor Meredith era partito per la Nova Scotia a passare lì le sue brevi vacanze, e si era portato dietro Jerry. Mercoledì zia Martha era stata colta dal suo malanno ricorrente e misterioso che lei chiamava sempre "la sofferenza" e che con una relativa certezza la coglieva nei momenti meno opportuni. Non poteva alzarsi dal letto, ogni movimento era per lei uno strazio. Si rifiutava decisamente di chiamare un dottore. Faith e Una cucinavano i pasti e si prendevano cura di lei. Meno diciamo sui quei pasti, meglio è... eppure non erano tanto peggio di quelli di zia Martha. Molte donne al villaggio sarebbero state liete di andare a dar loro una mano, ma zia Martha si rifiutava di far sapere in giro la sua condizione di difficoltà.

"Ci dovete badare voi finché io non mi rimetto in piedi", gemette, "Grazie al Cielo John non c'è. C'è un mucchio di carne lessa fredda e voi vi potete esercitare col porridge."

Le ragazze si erano esercitate, ma finora senza troppo successo. Il primo giorno era stato troppo molle. Il giorno dopo così denso che lo si poteva tagliare a fette. Ed entrambi i giorni si era bruciato.

"Io detesto il porridge", disse Faith, maligna, "Quando avrò una casa mia non ci vorrò *mai* dentro neanche una goccia di porridge."

"E allora che mangeranno i tuoi figli?", domandò Una, "I bambini devono mangiare il porridge, altrimenti non crescono. Lo dicono tutti."

"Dovranno cavarsela senza o restare piccoli", ribatté Faith, ostinata, "Ecco, Una, tu giri e io apparecchio la tavola. Se la mollo un istante, quella robaccia schifosa brucia. Sono le nove e mezza. Faremo tardi alla scuola domenicale."

"Non ho ancora visto passare nessuno", disse Una, "Probabilmente non ci sarà molta gente. Guarda come piove. E se non c'è la predica la gente non viene da lontano per portare i bambini."

"Va' a chiamare Carl", disse Faith.

Carl, venne fuori, aveva il mal di gola, indotto dall'essersi bagnato nella palude della Valle dell'Arcobaleno, la sera precedente, mentre inseguiva le libellule. Era tornato a casa coi calzini e le scarpe gocciolanti ed era rimasto tutta la sera seduto con quelli addosso. Non riusciva a mandar giù la colazione e Faith lo fece tornare a letto. Lei e Una lasciarono la tavola così com'era e andarono alla scuola domenicale. Quando arrivarono in aula non c'era nessuno e nessun altro arrivò. Aspettarono fino alle undici, poi tornarono a casa.

"Pare che non ci sia nessuno neppure alla scuola domenicale metodista", disse Una.

"Sono *contenta*", disse Faith, "Detesterei pensare che i metodisti siano migliori dei presbiteriani ad andare alla scuola domenicale nelle domeniche di pioggia. Ma oggi non c'è la predica neanche nella loro chiesa, perciò probabilmente loro la scuola domenicale la faranno di pomeriggio."

Una lavò i piatti, e lo fece anche piuttosto bene perché l'aveva imparato da Mary Vance. Faith spazzò il pavimento, in un certo modo, e pelò le patate per il pranzo, tagliandosi un dito nel farlo.

"Vorrei che avessimo qualcosa per pranzo oltre all'idem", sospirò Una, "Sono così stufa di mangiarlo. I Blythe non sanno cosa sia l'idem. E noi non mangiamo *mai* il pudding. Nan dice che Susan sverrebbe se non ci fosse il pudding la domenica. Faith, perché noi non siamo come gli altri?"

"Io non voglio essere come gli altri", disse Faith, fasciandosi il dito sanguinante, "Mi piace essere me stessa. È più interessante. Jessie Drew è una brava massaia come sua madre, ma a te piacerebbe essere stupida come lei?"

"Ma la nostra casa non è a posto. Lo dice Mary Vance. Dice che la gente parla del fatto che è tanto disordinata."

Faith ebbe un'ispirazione.

"Puliremo tutto", esclamò, "Cominceremo proprio domani. È un'ottima occasione quando zia Martha è a letto e non può intralciarci. Quando papà tornerà a casa avremo reso tutta la casa bella e pulita, proprio com'era quando Mary se n'è andata. *Chiunque* può spazzare, spolverare e pulire le finestre. La gente non potrà più parlare di noi. Jem Blythe dice che sono solo le vecchie pettegole a parlare, ma le loro chiacchiere fanno male come quelle degli altri."

"Spero che domani sia una bella giornata", disse Una, infuocata dall'entusiasmo, "Oh, Faith, sarà meraviglioso essere tutti puliti come gli altri."

"Spero che la sofferenza di zia Martha duri anche domani", disse Faith, "Altrimenti non riusciremo a fare nulla."

L'amabile desiderio di Faith fu esaudito. Anche il giorno seguente zia Martha non fu in grado di alzarsi. Anche Carl era ancora malato e fu facile convincerlo a rimanere a letto. Faith e

Una non avevano idea di quanto gravemente fosse ammalato il bambino; una mamma vigile avrebbe mandato a chiamare un dottore senza indugio; ma non c'era una mamma e il povero, piccolo Carl, col suo mal di gola, il suo mal di testa e le guance arrossate, si rotolò tra le lenzuola attorcigliate e soffrì da solo, confortato in un certo senso dalla compagnia di una lucertolina verde nella tasca della sua cenciosa camicia da notte.

Il mondo era pieno del sole estivo dopo la pioggia. Era una giornata ineguagliabile per le pulizie di casa e Faith e Una si misero allegramente al lavoro.

"Puliremo la sala da pranzo e il soggiorno", disse Faith, "Meglio non mettere le mani nello studio, e il piano di sopra non è molto importante. La prima cosa da fare è portare tutto fuori."

Di conseguenza, tutto venne portato fuori. La mobilia venne accatastata in veranda e sul prato, e il cimitero metodista venne gaiamente drappeggiato di tappeti. Seguì un'orgia di spazzate, con il tentativo di spolverare di Una, mentre Faith lavava le finestre della sala da pranzo, rompendo una lastra e incrinandone altre due mentre lo faceva. Una ispezionò dubbiosa il risultato rigato.

"Non so, non sembrano a posto", disse, "Le finestre di Susan e della signora Elliott brillano e scintillano."

"Non fa niente. Fanno passare lo stesso la luce", disse Faith, allegramente, "*Devono* essere pulite con tutta l'acqua e il sapone che ho usato, e questa è la cosa più importante. Sono le undici passate, perciò adesso spazzo questa sporcizia dal pavimento e poi usciamo. Tu spolveri i mobili e io sbatto i tappeti. Lo faccio nel cimitero. Non voglio far volare polvere per tutto il giardino."

Faith si divertì a sbattere i tappeti. Stare sulla tomba di Hezekiah Pollock a sbatacchiare e scuotere i tappeti era veramente divertente. A dire il vero, Elder[18] Abraham Clow e sua moglie, che passavano lì davanti nel loro capiente calesse a due posti, sembrarono scrutarla con arcigna disapprovazione.

"Non è una visione terribile?", disse solenne Elder Abraham.

"Non ci avrei mai creduto se non l'avessi visto coi miei occhi", disse la signora Elder Abraham, ancor più solenne.

Faith sventolò allegramente uno zerbino all'indirizzo dei Clow. Non la preoccupò il fatto che l'anziano e sua moglie non

18 Elder non è un nome proprio, indica un anziano, o presbitero, ovvero un responsabile della comunità cristiana locale (NDR)

ricambiarono il saluto. Sapevano tutti che Elder Abraham non sorrideva più da quando era stato nominato Sovrintendente della scuola domenicale quattordici anni prima. Ma la ferì il fatto che Minnie e Adella Clow non la salutarono. A Faith piacevano Minnie e Adella. Bella gratitudine! I suoi amici la snobbavano perché sbatteva i tappeti in un vecchio cimitero dove, come diceva Mary Vance, non si seppelliva più anima viva da cent'anni. Faith si avviò stizzita alla veranda, dove trovò Una afflitta perché le sorelle Clow non avevano salutato neppure lei.

"Immagino che siano arrabbiate per qualcosa", disse Faith, "Forse sono invidiose perché noi giochiamo sempre nella Valle dell'Arcobaleno con i Blythe. Ma aspetta solo che riapra la scuola e Adella mi chieda di farle vedere come si fanno le addizioni! Allora faremo pari. Forza, rimettiamo tutto dentro. Sono stanca morta, e non credo proprio che le stanze avranno un aspetto migliore di quando abbiamo cominciato... anche se nel cimitero ho sbattuto un mucchio di polvere. *Detesto* le pulizie di casa."

Erano le due quando le due stanche ragazzine finirono di pulire le due stanze. Mangiarono un tetro boccone in cucina e avevano l'intenzione di lavare subito i piatti. Ma a Faith capitò di raccogliere un romanzo nuovo che Di Blythe le aveva prestato e si smarrì in quel mondo fino al tramonto. Una portò una tazza di tè fetido a Carl, ma lo trovò addormentato. Perciò si raggomitolò sul letto di Jerry e si addormentò anche lei. Intanto una strana storia si diffondeva a Glen St. Mary e la gente cominciò a chiedersi cosa si dovesse fare per i ragazzini della canonica.

"Non è cosa da ridere, credimi", disse Miss Cornelia al marito, con un profondo sospiro, "All'inizio non ci potevo credere. Miranda Drew ha raccontato la storia a casa dopo averla sentita nel pomeriggio alla scuola domenicale metodista, e io me ne sono fatta beffe. Ma la signora Elder Abraham e suo marito dicono che l'hanno visto coi loro occhi."

"Visto cosa?", domandò Marshall.

"Faith e Una Meredith che sono rimaste a casa dalla scuola domenicale, stamattina, e hanno *pulito casa*", disse Miss Cornelia, con accenti sconfortati, "Quando Elder Abraham è rincasato dalla messa – era rimasto indietro per raddrizzare i libri della biblioteca – le ha viste che sbattevano i tappeti nel cimitero metodista. Non avrò mai più il coraggio di guardare in faccia un metodista. Pensa solo allo scandalo che solleverà!"

E sicuramente fece scandalo, uno scandalo che divenne via via più scandaloso man mano che si diffondeva, fino a che la gente di oltrebaia non venne a sapere che le bambine della canonica non solo avevano pulito casa e avviato il bucato di domenica, ma si erano ritrovate a fare un picnic nel cimitero metodista mentre alla scuola domenicale metodista c'era lezione. L'unica famiglia a rimanere beatamente ignara della terribile faccenda fu proprio quella della canonica; nessuno andò dalle parti della canonica; la gente della canonica non andò da nessuna parte; forse avrebbe potuto arrancare per la brumosa Valle dell'Arcobaleno fino a Ingleside, ma tutta la famiglia Blythe, eccetto Susan e il dottore, era in visita ad Avonlea.

"Questo era l'ultimo pezzo di pane", disse Faith, "E anche l'idem è finito. Se zia Martha non guarisce presto, che cosa faremo?"

"Possiamo comprare del pane in paese, e ci sono i merluzzi essiccati di Mary", disse Una, "Ma non sappiamo cuocerli."

"Oh, questo è facile", rise Faith, "Basta lessarli."

E li lessarono; ma non venne loro in mente che prima li dovevano mettere in ammollo perché erano troppo salati da mangiare. Quella notte ebbero molta fame; ma il giorno dopo i loro guai finirono. Il sole ritornò nel mondo; Carl stava bene e la sofferenza di zia Mary se ne andò improvvisamente com'era arrivata. Il macellaio andò alla canonica e scacciò la fame. A coronare il tutto, i Blythe tornarono a casa e quella sera al tramonto loro, i bambini della canonica e Mary Vance tennero ancora una volta un convegno nella Valle dell'Arcobaleno, dove le margherite ondeggiavano sul prato come spiriti della rugiada e le campanelle sugli Alberi Innamorati tintinnavano di rintocchi fatati nel crepuscolo profumato.

Capitolo 11
Una scoperta terribile

"Be', l'avete combinata grossa", fu il saluto di Mary, quando li raggiunse nella Valle.

Miss Cornelia era a Ingleside, a tenere un tormentato conclave con Anna e Susan, e Mary sperava che quella sessione fosse lunga perché erano passate due settimane da quando aveva potuto per l'ultima volta fare baldoria con i suoi amici nella bella valle degli arcobaleni.

"Combinato cosa?", domandarono tutti eccetto Walter, che come al solito sognava a occhi aperti.

"Intendo voi, ragazze della canonica", disse Mary, "È stato terribile da parte vostra. Io non avrei fatto una cosa del genere neanche per tutto l'oro del mondo, e io non sono stata allevata in una canonica... anzi, non sono stata allevata *da nessuna parte*... sono solo *venuta su*."

"Ma *che cosa* abbiamo fatto?", domandò Faith, con voce incolore.

"Fatto? E lo chiedi anche? Girano voci tremende. M'immagino che vostro padre sia rovinato in questa congregazione. Non potrà mai farsi perdonare, pover'uomo. Danno tutti la colpa a lui per quello che è successo, e non è giusto. Ma a questo mondo non c'è giustizia. Dovreste vergognarvi di voi stessi."

"Ma *che cosa* abbiamo fatto?", domandò di nuovo Una, disperata. Faith non disse nulla, ma i suoi occhi lanciarono a Mary un'occhiataccia bruno-dorata.

"Oh, non fate le innocentine", disse Mary, folgorante, "Lo sanno tutti che cosa avete fatto."

"Io no", s'intromise Jem Blythe, indignato, "Non farti vedere da me che fai piangere Una, Mary Vance. Di che stai parlando?"

"Immagino che tu non lo sappia, dal momento che siete appena tornati dall'ovest", disse Mary, contenendosi alquanto. Jem sapeva sempre come trattarla, "Ma tutti gli altri lo sanno, devi credermi."

"Cosa sanno?"

"Che domenica scorsa Faith e Una sono rimaste a casa dalla scuola domenicale e hanno *pulito casa*."

"Ma non l'abbiamo fatto", esclamarono Faith e Una negando con fervore.

Mary le guardò con alterigia.

"Non credevo che avreste negato, dopo che mi avete fatto tutte quelle storie sulle bugie", disse, "A che vi giova dire che non l'avete fatto? Lo sanno tutti che *l'avete fatto*. Elder Clow e sua moglie vi hanno visto. Qualcuno dice che questa cosa distruggerà la chiesa, ma io non arrivo a tanto. Voi siete bravi ragazzi."

Nan Blythe intervenne e abbracciò le sbigottite Faith e Una.

"Sono state tanto brave da accoglierti, nutrirti e vestirti quando tu morivi di fame nel fienile di Taylor, Mary Vance", disse, "Sei proprio *tanto* riconoscente, bisogna dire."

"Io *sono* riconoscente", ribatté Mary, "Lo sapreste, se mi aveste visto come difendevo il signor Meredith, nel bene e nel male. Questa settimana mi sono fatta venire le piaghe sulla lingua a furia di difenderlo. Ho detto continuamente che non era colpa sua se le sue figlie hanno pulito casa di domenica[19]. Lui non c'era... e loro sapevano come stavano le cose."

"Ma non l'abbiamo fatto", protestò Una, "Era *lunedì* quando abbiamo pulito casa. Non è così, Faith?"

"Ma certo che era lunedì", disse Faith, con uno scintillio negli occhi, "Eravamo andate alla scuola domenicale nonostante la pioggia... e non c'era nessuno... neppure Elder Clow, nonostante tutte le sue chiacchiere su quelli che sono cristiani solo quando è bel tempo."

"Era sabato quand'è piovuto", disse Mary, "Domenica era una bellissima giornata. Io non sono andata alla scuola domenicale perché avevo mal di denti, ma ci sono andati tutti gli altri e hanno visto che avevate messo tutta la roba in giardino. Ed Elder Abraham e la signora Elder Abraham ti hanno vista che battevi i tappeti nel cimitero."

Una si sedette tra le margherite e si mise a piangere.

"Ecco", disse Jem, risoluto, "questa cosa va chiarita. Qualcuno ha commesso un errore. Domenica era una bella giornata, Faith. Come hai potuto pensare che sabato fosse domenica?"

"La riunione di preghiera c'è stata giovedì sera", esclamò Faith, "E Adam è volato nella terrina della zuppa venerdì, quando il gatto di zia Martha l'ha inseguito, e ci ha rovinato la cena. E sabato c'era un serpente in cantina, e Carl l'ha catturato con un bastone biforcuto e l'ha portato fuori. E domenica pioveva.

---

19 Evidentemente la proibizione religiosa di lavorare alla domenica era a quei tempi più rigorosa di adesso, e lavorare in un giorno che doveva essere dedicato solo alla preghiera e al riposo, anche se solo per pulire casa, era considerata un'azione piuttosto grave, molto poco pia, un atto degno di biasimo (NDR)

Ecco qui!"

"La riunione di preghiera c'è stata mercoledì sera", disse Mary, "Doveva condurla Elder Baxter e lui giovedì sera non poteva, perciò l'abbiamo spostata a mercoledì. Avete saltato un giorno, Faith Meredith, e avete *davvero* lavorato di domenica." Improvvisamente Faith scoppiò in uno scroscio di risate.

"Immagino di sì. Che cosa ridicola!"

"Non è molto divertente per vostro padre", disse Mary, acida.

"Andrà tutto a posto quando la gente saprà che si è trattato solo di un errore", disse Faith, spensierata, "Lo spiegheremo noi."

"Potrete spiegare fino a farvi paonazze", disse Mary, "ma una bugia come questa viaggia più in lungo e in largo di quanto possa fare tu. Io conosco il mondo meglio di voi e *lo so*. Inoltre un mucchio di gente non crederà che sia stato un errore."

"Ci crederanno, se glielo dirò io", disse Faith.

"Non puoi dirlo a tutti", disse Mary, "No, vi ripeto che avete disonorato vostro padre."

La serata di Una venne rovinata da questa spaventosa riflessione, ma Faith si rifiutò di preoccuparsi. Inoltre aveva un piano che avrebbe sistemato tutto. Così si buttò alla spalle il passato con il suo errore e si dedicò a godersi il presente. Jem andò a pescare e Walter uscì dalle sue fantasticherie e si mise a descrivere i boschi del Paradiso. Mary tese le orecchie e lo ascoltò con rispetto. Nonostante il timore che nutriva per Walter, il suo "parlare come un libro stampato" era una vera festa per lei. Le dava sempre una sensazione deliziosa. Quel giorno Walter aveva letto Coleridge e perciò immaginò un Paradiso dove

"C'erano giardini splendenti di sinuosi ruscelli
Dove alberi d'incenso erano in piena fioritura,
E c'eran foreste antiche come i colli
Attorno a macchie assolate di verzura"[20]

"Non sapevo che ci fossero boschi in Paradiso", disse Mary, con un profondo sospiro, "Pensavo ci fossero solo strade... e

---

20 Citazione dalla poesia "Kubla Kahn", del 1797, di Samuel Taylor Coleridge. La poesia, incompiuta, narra della costruzione per ordine di Kubla Kahn, condottiero mongolo e imperatore della Cina, di un magnifico "palazzo di delizie" nella città di Xanadu. Scopo della poesia è dimostrare la potenza dell'immaginazione, in grado di ideare e descrivere mondi incommensurabili e sublimi, dando peso più alle immagini e alle sensazioni che queste producono che a una trama vera a propria (NDR)

strade... e strade..."

"Ma certo che ci sono i boschi", disse Nan, "Mamma non può vivere senza alberi e neppure io, perciò a che servirebbe andare in Paradiso se non ci fossero gli alberi?"

"Ci sono anche le città", disse il giovane sognatore, "Splendide città... colorate come il tramonto, con torri di zaffiro e cupole iridescenti. Sono fatte d'oro e di diamanti... intere strade fatte di diamanti che risplendono come il sole. Nelle piazze ci sono fontane di cristallo baciate dalla luce e ovunque fiorisce l'asfodelo... il fiore del Paradiso."

"Pensa!", disse Mary, "Una volta vidi la strada principale di Charlottetown e pensai che fosse veramente magnifica, ma immagino che non sia nulla in confronto al Paradiso. Be', da come lo dici sembra tutto meraviglioso. Ma non sarà un po' noioso?"

"Mah, credo che potremo divertirci un po' quando gli angeli voltano le spalle", disse consolante Faith.

"Il Paradiso è *tutto* un divertimento", affermò Di.

"La Bibbia non dice così", esclamò Mary, che le domeniche pomeriggio leggeva così tanto la Bibbia, sotto lo sguardo vigile di Miss Cornelia, da cominciare a considerarsi un'autorità in materia.

"Mamma dice che nella Bibbia usano un linguaggio metaforico", disse Nan.

"Vuol dire che non è vero?", disse Mary, speranzosa.

"No... non proprio... ma penso che voglia dire che il Paradiso è esattamente come tu vuoi che sia."

"Io vorrei che fosse proprio come la Valle dell'Arcobaleno", disse Mary, "Con tutti voi bambini con cui chiacchierare e giocare. Per me è *questo* a essere veramente bello. A ogni modo, non possiamo andare in Paradiso finché non siamo morti, e forse neppure allora, quindi perché preoccuparsi? Ecco Jem con una fila di trote, è il mio turno di friggerle."

"Noi dovremmo conoscere il Paradiso meglio di Walter, dal momento che siamo la famiglia di un sacerdote", disse Una quella sera, mentre tornavano a casa.

"Noi *ne sappiamo* quanto lui, ma Walter ha più fantasia", disse Faith, "La signora Elliott dice che l'ha presa da sua mamma."

"Vorrei che non avessimo fatto quell'errore sulla domenica", sospirò Una.

"Non preoccuparti per questo. Ho escogitato un piano magnifico per spiegarlo a tutti", disse Faith, "Aspetta solo fino a domani sera."

Capitolo 12
Una spiegazione e una sfida

La sera seguente il reverendo dottor Cooper predicò a Glen St. Mary e la chiesa presbiteriana era affollata di gente proveniente da vicino e da lontano. Il reverendo dottore era considerato un oratore molto eloquente e, tenendo in mente il vecchio motto secondo il quale un ministro dovrebbe portare il suo miglior vestito in città e il suo miglior sermone in campagna, lui pronunciò in discorso molto erudito e molto solenne. Ma quando quella sera la gente tornò a casa, non fu del sermone del dottor Cooper che parlò. Di quello se n'era completamente dimenticata.

Il dottor Cooper aveva concluso con una fervente invocazione, si era asciugato il sudore dalla fronte massiccia e aveva detto "Preghiamo", come notoriamente diceva, e aveva giudiziosamente pregato. Ci fu una breve pausa. Nella chiesa di Glen St. Mary la vecchia moda di fare la colletta dopo il sermone e non prima ancora persisteva... soprattutto perché i metodisti avevano adottato la nuova moda per primi, e Miss Cornelia ed Elder Clow non volevano neanche sentirne parlare di seguire la scia dei metodisti. Charles Baxter e Thomas Douglas, che avevano il compito di far passare il piattino, stavano per alzarsi in piedi. L'organista aveva tirato fuori lo spartito del suo inno e il coro si era schiarito la gola. Improvvisamente Faith Meredith si alzò dalla panca della canonica, avanzò fino al pulpito e poi si voltò a fronteggiare l'uditorio sbalordito.

Miss Cornelia fece per alzarsi, ma poi tornò a sedersi. La sua panca era lontana e le era venuto in mente che Faith sarebbe già stata a metà di quel che voleva fare o dire prima che lei potesse raggiungerla. Era inutile rendere l'esibizione peggiore di quanto già non avrebbe potuto essere. Lanciando un'occhiata angosciata alla signora Blythe, e un'altra al diacono Warren della chiesa metodista, Miss Cornelia si mise il cuore in pace e si preparò a un altro scandalo.

"Se solo quella bambina fosse vestita in modo decente", gemette tra sé e sé.

Faith, essendosi rovesciata dell'inchiostro sul vestito buono, ne aveva indossato un altro vecchio rosa, uno stampato scolorito. Uno strappo diagonale sulla gonna era stato rammendato con del filo da ricamo scarlatto e l'orlo era stato lasciato penzolante in modo da mostrare una vivace striscia di rosa non scolorito attorno alla gonna. Ma Faith non pensava affatto ai suoi vestiti. All'improvviso si sentiva nervosa. Quello che nella sua fantasia era sembrato semplice, adesso sembrava decisamente difficile. Di fronte a tutti quegli occhi perplessi, che la fissavano, il coraggio di Faith le venne quasi meno.

Le luci erano così forti, il silenzio così spaventoso. Penso che alla fine non ce l'avrebbe fatta a parlare. Ma *doveva* farlo... suo padre *doveva* essere discolpato da ogni sospetto... Solo che... le parole *non volevano saperne* di uscire.

Il faccino perlaceo e puro di Una brillava verso di lei implorante dalla panca della canonica. I piccoli Blythe erano assolutamente stupefatti. Dietro, sotto la galleria, Faith vide la dolce gentilezza del sorriso di Miss Rosemary West e il divertimento di quello di Miss Ellen. Ma nulla di tutto questo la aiutò. Fu Bertie Shakespeare Drew a salvare la situazione. Bertie Shakespeare sedeva sulla panca di fronte alla galleria e lanciò un'occhiata beffarda a Faith. Faith gliene restituì prontamente un'altra terribile e, per la rabbia di aver ricevuto una smorfia da Bertie Shakespeare, dimenticò il suo panico da palcoscenico. Ritrovò la voce e parlò con chiarezza e coraggio.

"Voglio spiegare qualcosa", disse, "e voglio farlo adesso, così tutti potranno sentire quel che ho da dire. La gente dice che domenica scorsa io e Una siamo rimaste a casa e abbiamo pulito la canonica invece di andare alla scuola domenicale. Be', l'abbiamo fatto... ma non avevamo l'intenzione di farlo. Ci siamo confuse coi giorni della settimana. Ed è stata tutta colpa di Elder Baxter", agitazione nella panca dei Baxter, "perché lui ha spostato il giorno della riunione di preghiera a mercoledì, così noi pensavamo che giovedì fosse venerdì e così via, finché non pensavamo che sabato fosse domenica. Carl era a letto malato, e così pure zia Martha, perciò loro non potevano correggerci. Siamo andate alla scuola domenicale sabato, con tutta quella pioggia, e non c'era nessuno. E perciò avevamo pensato di pulire casa di lunedì così le vecchie pettegole non potevano più dire quanto fosse sporca la canonica", agitazione generale per tutta la chiesa, "così l'abbiamo fatto. Ho battuto i tappeti nel cimitero metodista perché era un posto tanto comodo, non perché volevo mancare di rispetto ai morti. E comunque non sono stati i morti a fare tanta confusione... sono stati i vivi. E non è giusto che qualcuno di voi dia la colpa a mio padre, perché lui non c'era e non lo sapeva, e comunque noi pensavamo che fosse lunedì. Lui è il papà migliore del mondo e noi lo amiamo con tutto il cuore."

L'atteggiamento spavaldo di Faith si dissolse in un singulto. Corse giù per gli scalini e schizzò fuori dalla porta laterale della chiesa. Lì la notte estiva, amica e stellata, la consolò e le fece passare il bruciore dagli occhi e dalla gola. Era molto infelice. La spaventosa spiegazione era finita e adesso tutti sapevano che non era stata colpa di papà e che lei e Una non erano stato tanto malvagie da mettersi a pulire casa sapendo che era domenica.

Dentro la chiesa la gente si scambiava sguardi incolori, ma Thomas Douglas si alzò e risalì la navata col volto risoluto. Il suo dovere gli era chiaro: cascasse il cielo, la colletta andava fatta. E venne fatta. Il coro cantò l'inno, con la desolata consapevolezza che suonasse terribilmente scialbo, e il dottor Cooper terminò l'inno finale e pronunciò la benedizione, notevolmente meno mellifluo di prima. Il reverendo dottore aveva senso dell'umorismo e l'esibizione di Faith l'aveva divertito. Inoltre John Meredith era ben noto nei circoli presbiteriani.

Il signor Meredith tornò a casa l'indomani pomeriggio, ma prima del suo ritorno Faith riuscì a scandalizzare di nuovo Glen St. Mary. Per reazione all'intensità e alla tensione di domenica sera, al lunedì fu piena di ciò che Miss Cornelia avrebbe chiamato "ribalderia". Questo la portò a sfidare Walter Blythe ad attraversare la via principale a dorso di un maiale, mentre lei ne cavalcava un altro.

I maiali in questione erano due bestie alte, allampanate, presumibilmente appartenenti al padre di Bertie Shakespeare Drew, che infestavano il margine della strada accanto alla canonica da due settimane. Walter non voleva cavalcare un maiale per Glen St. Mary, ma doveva fare tutto quel che Faith Meredith lo sfidava a fare. Si precipitarono giù dalla collina e attraverso il paese, con Faith piegata in due dalle risate sul suo terrorizzato destriero e Walter rosso per la vergogna. Corsero davanti allo stesso ministro, che stava rincasando dalla stazione; lui, essendo un po' meno distratto e trasognato del solito − e questo lo si doveva al fatto che in treno aveva avuto una conversazione con Miss Cornelia, che riusciva sempre a svegliarlo temporaneamente − li notò e pensò che avrebbe veramente dovuto parlarne con Faith e dirle che una condotta del genere non era decente. Ma quando giunse a casa aveva già dimenticato quell'insignificante incidente. Passarono davanti alla signora Alec Davis, che strillò di raccapriccio, e passarono davanti a Miss Rosemary West, che rise e sospirò. Alla fine, proprio prima che i maiali piombassero nel cortile di Bertie Shakespeare Drew, per non uscirne mai più tanto grande era stato lo choc subito, Faith e Walter balzarono in terra, proprio mentre stavano passando il dottore e la signora Blythe.

"Ah, è così che allevi i tuoi ragazzi?", disse Gilbert con finta severità.

"Forse li vizio un po'", disse Anna, contrita, "Ma Gilbert, quando penso alla mia infanzia prima di arrivare ai Tetti Verdi non ho il cuore di essere severa. Quant'ero affamata di amore e divertimento... ero una piccola schiava non amata che non aveva mai l'opportunità di giocare! Loro si divertono tanto con i bambini della canonica."

"E quei poveri maiali?", domandò Gilbert.

Anna cercò di apparire seria ma non ci riuscì.

"Pensi che si siano fatti male?", disse, "Io non credo che ci sia qualcosa che possa far loro del male. Quest'estate sono stati una piaga per il circondario e i Drew non li vogliono tenere chiusi dentro. Ma parlerò con Walter... se riesco a non ridere mentre lo faccio."

Miss Cornelia andò a Ingleside quella sera per trarre sollievo dopo la serata di domenica. Con sua sorpresa, scoprì che Anna non vedeva sotto la sua stessa luce l'esibizione di Faith.

"Penso che ci fosse qualcosa di coraggioso e patetico nel suo alzarsi davanti a una chiesa piena di gente, debbo confessarlo", disse, "Si vedeva che era spaventata a morte... eppure doveva riabilitare suo padre. L'ho amata per questo."

"Oh, certo, la povera bambina aveva buone intenzioni", sospirò Miss Cornelia, "ma è stata lo stesso una cosa terribile da fare, e sta suscitando più chiacchiere di quanto abbiano fatto le pulizie di casa di domenica. Quelle voci stavano cominciando a smorzarsi e adesso sono ripartite. Rosemary West è come te... ieri sera, all'uscita dalla chiesa, ha detto che è stato un gesto audace da parte di Faith, ma che allo stesso tempo le dispiaceva per quella povera bambina. Miss Ellen pensava che fosse stato uno spasso, ha detto che erano anni che non si divertiva tanto in chiesa. Certo, a loro non importa... sono episcopali, loro. Ma noi presbiteriani ne risentiamo. E c'erano un sacco di persone dall'hotel, ieri sera, e un mucchio di metodisti. La signora Leander Crawford s'è messa a piangere, tanto c'è rimasta male. E la signora Alec Davis ha detto che quella piccola sfacciata andrebbe sculacciata."

"La signora Leander Crawford piange sempre in chiesa", disse Susan, con disprezzo, "Piange per ogni minima cosa commovente che il ministro dica. Ma non troverete spesso il suo nome in una lista di sottoscrizioni, cara signora Dottore. Le lacrime costano meno. Una volta cercò di parlarmi di che massaia sporca fosse zia Martha; io volevo risponderle 'Ma se lo sanno tutti che voi siete stata vista che preparavate le torte nel lavello in cucina, signora Leander Crawford!' Ma non lo dissi, cara signora Dottore, perché io ho troppo rispetto per me stessa per abbassarmi a litigare con quelle come lei. Ma potrei dire cose *molto peggiori* di questa sulla signora Leander Crawford, se fossi incline ai pettegolezzi. E se quella signora Alec Davis avesse detto quelle parola a me, cara signora Dottore, sapete che le avrei risposto? Le avrei detto 'Lo so che voi vorreste tanto sculacciare Faith, signora Davis, ma non avrete mai l'opportunità di sculacciare la figlia di un sacerdote, né in questo mondo né in quello che verrà.'"

"Se solo la povera Faith fosse stata vestita in maniera decente", si lamentò ancora Miss Cornelia, "non sarebbe stato tanto brutto. Ma quel vestito, con lei lì in piedi sul pulpito, era spaventoso."

"Però era pulito, cara signora Dottore", disse Susan, "Sono bambini *veramente* puliti. Potranno essere sventati e spericolati, cara signora Dottore, non dico che non lo siano, ma non dimenticano *mai* di lavarsi dietro le orecchie."

"E che idea, Faith che si dimentica che è domenica", insistette Miss Cornelia, "Crescerà sbadata e priva di senso pratico come suo padre, credimi. Penso che Carl se ne sarebbe accorto se non fosse stato malato. Non so cos'abbia avuto, ma credo sia molto probabile che abbia mangiato quei mirtilli che crescono nel cimitero. Non mi sorprende che l'abbiano fatto star male. Se io fossi metodista cercherei almeno di tener pulito il mio cimitero."

"Io sono dell'opinione che Carl abbia mangiato solo le erbe aspre che crescono nel fossato", disse Susan, speranzosa, "Io non credo che il figlio di un sacerdote mangerebbe mai i mirtilli che crescono sulle tombe dei morti. E voi sapete, cara signora Dottore, che non può essere tanto male mangiare le cose che crescono in un fossato."

"La cosa peggiore dell'esibizione di ieri sera è stata la smorfia che Faith ha fatto a qualcuno della congregazione prima di cominciare", disse Miss Cornelia, "Elder Clow sostiene che l'ha fatta a lui. E avete saputo che oggi l'hanno vista cavalcare un maiale?"

"L'ho vista. C'era Walter con lei. L'ho sgridato un poco... molto poco. Lui non ha detto molto, ma mi ha dato l'impressione che fosse stata una sua idea e che non fosse colpa di Faith."

"Questo non lo credo proprio, cara signora Dottore", esclamò Susan, protestando, "Questo è solo il modo di agire di Walter... prendersi lui la colpa. Ma voi lo sapete bene quanto me, cara signora Dottore, che a quel benedetto bambino non sarebbe mai venuta in mente l'idea di mettersi a cavalcare un maiale, neppure se scrive poesie."

"Senza dubbio quell'idea è stata partorita dal cervello di Faith Meredith", disse Miss Cornelia, "E non dico che mi dispiaccia che per una volta quei vecchi maiali di Amos Drew abbiano avuto una punizione adeguata. Ma è cosa da farsi per la figlia di un sacerdote?"

"E per il figlio di un dottore?", disse Anna imitando il tono di Miss Cornelia. Poi rise, "Cara Miss Cornelia, sono soltanto bambini. E voi *sapete* che non hanno ancora mai fatto nulla di male... sono solo sventati e impulsivi... come lo ero anch'io, un tempo. Cresceranno e diventeranno posati e seri. Come ho fatto io."

Anche Miss Cornelia si mise a ridere.

"Ci sono momenti, Anna cara, in cui capisco dal tuo sguardo che *la tua serietà* è solo come un abito che indossi, ma che in realtà tu muori dalla voglia di fare ancora qualcosa di giovanile e folle. Be', mi sento incoraggiata. In un qualche modo, chiacchierare con te mi fa sempre questo effetto. Quando vado a trovare Barbara Samson, invece, è esattamente l'opposto. Lei mi dà sempre la sensazione che sia tutto sbagliato, e che lo sarà per sempre. Ma naturalmente passare tutta la vita con un uomo come Joe Samson non è esattamente una cosa che ti mette di buon umore."

"È stranissimo che abbia sposato Joe Samson con tutte le opportunità che aveva", osservò Susan, "Quando era ragazza era molto richiesta. Si vantava sempre con me che aveva ventuno spasimanti più il signor Pethick."

"Chi era il signor Pethick?"

"Era una specie di tirapiedi, cara signora Dottore, ma non lo si poteva definire esattamente uno spasimante. Non aveva realmente intenzioni serie. Ventuno spasimanti... e io non ne ho mai avuto nemmeno uno! Ma alla fine Barbara è andata nel bosco e ha scelto il bastone storto. Eppure dicono che suo marito sappia fare i biscotti lievitati meglio di lei, e lei glieli fa sempre fare quando ci sono ospiti per il tè."

"Il che mi ricorda che io domani ho ospiti per il tè, e che devo tornare a casa a preparare il pane", disse Miss Cornelia, "Mary dice che sa farlo lei, e senza dubbio ne è capace. Ma finché vivo, mi muovo e sono padrona di me, il mio pane me lo faccio io, credimi."

"Come se la cava Mary?", domandò Anna.

"Non ho nulla da ridire su di lei", disse Miss Cornelia, vagamente cupa, "Sta mettendo un po' di carne sulle ossa, è pulita e rispettosa... anche se in lei c'è molto più di quanto riesca a indovinare. È una furbetta. Anche a scavare mille anni, non riusciresti ad arrivare fino in fondo alla mente di quella bambina, credi a me! E poi non ho mai visto nessuno lavorare quanto lei. Il lavoro *se lo magia*, letteralmente. La signora Wiley sarà stata crudele con lei, ma la gente non dovrebbe dire che la faceva lavorare. Mary è una lavoratrice nata. Certe volte mi chiedo cosa le si consumerà prima, le gambe o la lingua. In questi giorni non ho abbastanza da fare per tenermi lontana dai guai. Sarò veramente felice quando riapriranno le scuole, perché allora avrò di nuovo qualcosa da fare. Mary non vuole andare a scuola, ma io mi sono impuntata e ho detto che ci deve andare. Non permetterò ai metodisti di dire che la tengo via da scuola per adagiarmi nell'ozio."

Capitolo 13
La casa sulla collina

C'era una sorgente piccola e costante, sempre gelida come il ghiaccio e pura come il cristallo, in un certo avvallamento schermato dalle betulle della Valle dell'Arcobaleno, nell'angolo più basso accanto alla palude. Naturalmente i bambini della canonica e quelli di Ingleside la conoscevano, come conoscevano tutto quello che riguardava quella magica valle. Di tanto in tanto andavano lì a bere e quella compariva in molti dei loro giochi come fontana di vecchie epoche romantiche. Anna la conosceva e la amava, perché in qualche modo le ricordava la sua amata Bolla della Driade ai Tetti Verdi. Rosemary West la conosceva, perché era stata anche la sua fonte di romanticismo. Diciotto anni prima vi si era seduta accanto in un crepuscolo di primavera e aveva ascoltato il giovane Martin Crawford balbettare una confessione d'amore fervente e fanciullesca. Anche lei in cambio aveva sussurrato il suo segreto, si erano baciati e si erano scambiati promesse accanto a quella selvaggia sorgente di bosco. Dopo quella sera non ci andarono mai più... poco dopo Martin si era imbarcato per il suo viaggio fatale; ma per Rosemary era sempre rimasto un angolo sacro, benedetto da quell'ora immortale di giovinezza e amore. Tutte le volte che passava da quelle parti deviava lì per tenere un convegno segreto con un vecchio sogno... un sogno dal quale il dolore era scomparso da tempo, lasciando solo la sua indimenticabile dolcezza.

La sorgente era nascosta. Potevi passarci a pochi metri senza mai sospettare la sua presenza. Due generazioni prima un enorme pino ci era caduto quasi sopra. Dell'albero non era rimasto nulla se non il tronco sgretolato dal quale le felci crescevano folte creando un tetto verde e uno schermo di pizzo per l'acqua. Accanto vi cresceva un acero con il tronco curiosamente rugoso e ritorto, che strisciava per un po' lungo il terreno prima di lanciarsi in aria, formando così un pittoresco sedile; e settembre aveva gettato una sciarpa di astri azzurro-fumo attorno alla buca.

John Meredith, che una sera aveva preso la strada che tagliava per i campi e attraversava la Valle dell'Arcobaleno per tornare a casa da una visita pastorale ad Harbour Head, deviò per bere dalla piccola sorgente. Walter Blythe gliel'aveva mostrata un pomeriggio di pochi giorni prima e avevano fatto una lunga chiacchierata insieme sul sedile dell'acero. John Meredith, sotto tutta la timidezza e il distacco, aveva il cuore di un ragazzino. Da giovane lo chiamavano Jack, anche se adesso a Glen St. Mary non lo avrebbe mai creduto nessuno. Lui e Walter si erano presi vicendevolmente in simpatia e avevano parlato con schiettezza. Il signor Meredith si era fatto strada in alcune camere sigillate e segrete, nelle quali neanche Di aveva mai guardato, dell'anima del ragazzo. Da quell'ora in poi sarebbero stati amici e Walter comprese che non avrebbe mai più avuto paura del sacerdote.

"Non avevo mai creduto prima che si potesse essere davvero amici di un ministro", aveva detto a sua mamma quella sera.

John Meredith bevve dalla mano esile e bianca, la cui presa d'acciaio sorprendeva sempre quelle persone che non lo conoscevano bene, e poi si sedette sul sedile dell'acero. Non aveva fretta di tornare a casa; questo era un angolino delizioso e lui era mentalmente stanco dopo un giro di conversazioni decisamente noiose con tanta gente buona e stupida. La luna si stava levando. La Valle dell'Arcobaleno era battuta dal vento e sorvegliata dalle stelle solo dov'era lui, ma da lontano, dall'estremità superiore, venivano le note allegre delle risate e delle voci dei bambini.

La bellezza eterea degli astri al chiaro di luna, lo scintillio della piccola sorgente, il dolce mormorio del ruscello, la grazia oscillante delle felci aquiline, tutto s'intesseva in una bianca magia attorno a John Meredith. Dimenticò le preoccupazioni della congregazione e i problemi spirituali; gli anni gli scivolarono via di dosso; era di nuovo un giovane studente di teologia e le rose di giugno sbocciavano rosse e fragranti sulla testa scura e regale della sua Cecilia. Sedeva lì e sognava come tutti i ragazzi. E fu in quel momento propizio che Rosemary West emerse da un sentiero secondario e si fermò accanto a lui in quel punto pericoloso, che tesseva incantesimi. Quando lei arrivò John Meredith si alzò e la vide – la vide *davvero* – per la prima volta.

L'aveva incontrata già un paio di volte in chiesa e le aveva stretto la mano distrattamente, come faceva con tutti quelli che gli capitava d'incontrare quando percorreva la navata. Non l'aveva mai incontrata da nessun'altra parte, perché le West erano episcopali, frequentavano la chiesa di Lowbridge, e non s'era mai creata l'occasione di andare in visita da loro. Prima di stasera se qualcuno avesse chiesto a John Meredith che aspetto avesse Rosemary West lui non ne avrebbe avuta la minima idea. Ma non l'avrebbe dimenticata più ora che gli apparve nel fascino del gentile chiaro di luna accanto alla sorgente.

Certamente non era per nulla come Cecilia, che era sempre stata il suo ideale di bellezza femminile. Cecilia era stata piccola, mora e vivace... Rosemary West era alta, bionda e tranquilla, eppure John Meredith pensò di non aver mai visto prima una donna più bella di lei.

Era a capo scoperto e i suoi capelli d'oro – capelli d'un caldo color oro, "come un toffee alla melassa", come aveva detto Di Blythe – erano appuntati in volute lucenti e stretta sulla testa. Aveva occhi azzurri grandi e tranquilli che sembravano sempre colmi di cordialità, la fronte alta e bianca e un volto finemente modellato.

Rosemary West era sempre stata definita "una donna dolce". Era così dolce che perfino la sua aria nobile e maestosa non le aveva mai procurato la reputazione di "spocchiosa", cosa che sarebbe sicuramente successa a chiunque altro a Glen St. Mary. La vita le aveva insegnato a essere coraggiosa, a essere paziente, ad amare, a perdonare. Aveva visto la nave sulla quale viaggiava il suo innamorato uscire al tramonto dalla Baia dei Quattro Venti. Ma nonostante avesse atteso a lungo, non l'aveva mai più vista tornare indietro. Quella veglia le aveva tolto la fanciullezza dagli occhi, eppure lei conservava la sua giovinezza a un livello meraviglioso. Questo forse era perché lei sembrava conservare sempre quell'atteggiamento di lieta sorpresa verso la vita che molti di noi si lasciano alle spalle con l'infanzia... un atteggiamento che non solo faceva sembrare Rosemary giovane, ma che gettava anche una piacevole illusione di giovinezza sulla coscienza di tutti quelli che parlavano con lei.

John Meredith fu sorpreso dalla sua bellezza e Rosemary fu sorpresa dalla presenza di lui. Non aveva mai pensato di poter trovare qualcuno accanto a quella remota sorgente, men che meno l'eremita della canonica di Glen St. Mary. Quasi fece cadere la pesante bracciata di libri che stava portando a casa dalla biblioteca pubblica di Glen e poi, per mascherare la confusione, disse una di quelle piccole bugie che anche la migliore delle donne dice certe volte.

"Sono... sono venuta a bere", disse, balbettando un po', in risposta al serio "Buonasera, Miss West" del signor Meredith. Le sembrò di essere un'imperdonabile oca e desiderò darsi una scossa. Ma John Meredith non era un vanitoso e sapeva che lei sarebbe rimasta altrettanto sorpresa anche se avesse incontrato il vecchio Elder Clow in modo tanto inaspettato. La sua confusione lo mise a suo agio, dimenticò di essere timido; inoltre perfino il più timido degli uomini può essere audace al chiaro di luna.

"Lasciate che vi trovi una tazza", disse, sorridendo. Lì vicino c'era una tazza, se solo lui l'avesse saputo, una tazza azzurra, incrinata e senza manici nascosta sotto l'acero dai bambini della Valle dell'Arcobaleno. Ma lui non lo sapeva, perciò si avvicinò a una delle betulle e strappò una striscia di corteccia bianca. Destramente la modellò in una tazza a tre punte, la riempì nella sorgente e la porse a Rosemary.

Rosemary la prese e bevve fino all'ultima goccia per punirsi della bugia, perché non aveva per nulla sete, e bere una grossa tazza d'acqua quando non hai sete è un po' un supplizio. Eppure il ricordo di quella bevuta sarebbe diventato molto piacevole per Rosemary. Negli anni a seguire ebbe la sensazione che fosse stato come un sacramento. Forse fu per quello che il ministro fece quando lei gli restituì la tazza. Lui si chinò di nuovo, la riempì e bevve anche lui. Fu solo per caso che posò le labbra esattamente dove Rosemary aveva messo le proprie, e Rosemary lo sapeva. Ciononostante questo ebbe un curioso significato per lei. I due avevano bevuto dalla stessa tazza. Ricordò oziosamente che una sua vecchia zia diceva sempre che quando due persone facevano questa cosa, poi nell'aldilà sarebbero state unite in qualche modo, nel bene o nel male.

John Meredith strinse la tazza, incerto. Non sapeva che farne. La cosa più logica sarebbe stato buttarla via, ma in un certo senso non voleva farlo. Rosemary tese la mano.

"Posso tenerla io?", disse, "L'avete fatta tanto abilmente. Non avevo mai visto nessuno fare tazze di corteccia di betulla così da quando le faceva mio fratello, tanto tempo fa... prima di morire."

"Io imparai a farle da ragazzo, un'estate in campeggio. Fu un vecchio cacciatore a insegnarmelo", disse il signor Meredith, "Lasciate che vi porti io i libri, Miss West."

Rosemary fu così sorpresa che disse un'altra bugia e affermò che oh, no, non erano pesanti. Ma il ministro glieli prese con piglio autoritario, e i due se ne andarono insieme. Era la prima volta che Rosemary andava alla sorgente della valle senza pensare a Martin Crawford. Il convegno mistico era stato infranto.

Il piccolo sentiero secondario girava attorno alla palude e poi saliva su per la collina boscosa in cima alla quale Rosemary viveva. Ma il piccolo sentiero era ombroso e stretto. Gli alberi vi si affollavano sopra, e quando scende la notte gli alberi non sono mai cordiali con gli umani quanto lo sono alla luce del giorno. Si nascondono da noi. Bisbigliano e complottano furtivamente. Se tendono una mano verso di noi, questa ha un tocco ostile, esitante. Le persone che camminano di notte tra gli alberi si avvicinano sempre istintivamente e involontariamente, formando un'alleanza, fisica e mentale, contro le forze estranee che le circondano. Mentre camminavano, il vestito di Rosemary sfregava contro John Meredith. Neppure un ministro distratto, che in fin dei conti era ancora giovane, anche se era fermamente convinto di aver superato l'età del romanticismo, poteva essere insensibile al fascino della notte, del sentiero e della sua compagna.

Non è mai prudente pensare che per noi sia già finita. Quando crediamo di aver concluso la nostra storia, il destino usa lo stratagemma di voltare la pagina e rivelarci che c'è ancora un capitolo. Quelle due persone pensavano entrambe che i loro cuori appartenessero irrevocabilmente al passato; ma entrambe trovarono molto piacevole quella camminata fino in cima alla collina. Rosemary pensò che il ministro di Glen non fosse affatto timido e taciturno come lo dipingevano. Lui sembrava non avere difficoltà a parlare con disinvoltura e apertamente. Le massaie di Glen sarebbero rimaste sbalordite se l'avessero sentito. Ma del resto tante massaie di Glen parlavano solo di pettegolezzi e del prezzo delle uova, e John Meredith non era interessato a nessuno dei due argomenti. Con Rosemary parlò di libri, di musica, di quel che succedeva nel vasto mondo e un po' della sua storia, e scoprì che lei capiva e reagiva positivamente. Rosemary, venne fuori, possedeva un libro che il signor Meredith non aveva letto e desiderava leggere. Lei si offrì di prestarglielo e quando raggiunsero la vecchia casa sulla collina lui entrò per prenderlo.

La casa in sé era vecchia e grigia, coperta di rampicanti attraverso i quali la luce del salotto ammiccava cordiale. Guardava su Glen, sulla baia inargentata dalle luce lunare, sulle dune di sabbia e sull'oceano che gemeva. Attraversarono un giardino che sembrava sempre profumato di rose, perfino quando non c'erano rose in fiore. C'era una sorellanza di lillà al cancello, e un nastro di astri su ogni lato dell'ampio viale d'accesso, e una trina di abeti sul ciglio della collina dietro la casa.

"Avete tutto il mondo sulla soglia di casa, qui", disse John Meredith, con un lungo sospiro, "Che vista... che panorama! Certe volte giù a Glen mi sento soffocare. Qui potete respirare."

"È una serata tranquilla", disse Rosemary, ridendo, "Se ci fosse vento vi soffierebbe via il respiro. Qui abbiamo 'tutte l'arie ch'il vento può soffiare'[21]. Questo posto dovrebbe chiamarsi Quattro Venti invece di Baia."

"A me piace il vento", disse lui, "Un giorno senza vento mi sembra *morto*. Un giorno di vento mi sveglia", rise consapevolmente, "Nei giorni di quiete sprofondo nei miei sogni a occhi aperti. Senza dubbio conoscete la mia reputazione, Miss West. Se la prossima volta che c'incontriamo v'ignoro non attribuitelo alla maleducazione. Cercate di capire che è solo distrazione e perdonatemi... e parlatemi."

Quando entrarono trovarono Ellen West in salotto. Lei posò gli occhiali e il libro che stava leggendo e li guardò con stupore e una punta di qualcos'altro. Ma strinse amabilmente la mano al signor Meredith quando lui si sedette e si mise a parlare con lei, mentre Rosemary cercava il suo libro.

Ellen West aveva dieci anni più di Rosemary, ed era così diversa da lei che era difficile credere che fossero sorelle. Era scura e massiccia, con capelli neri, sopracciglia nere e folte e occhi dell'azzurro-ardesia chiaro delle acque del golfo quando spira il vento dal nord. Aveva un aspetto piuttosto severo, torvo, ma in realtà era molto allegra, con una risata sincera e gorgogliante e una voce profonda, calda, piacevole, che aveva un cenno di mascolinità. Una volta aveva detto a Rosemary che le sarebbe piaciuto davvero fare una chiacchierata col ministro presbiteriano di Glen, per vedere se fosse riuscito a trovare qualcosa da dire a una donna quando fosse stato messo alle strette. Adesso era la sua occasione e lo affrontò con la politica mondiale. Miss Ellen, che era una gran lettrice, aveva appena divorato un libro sul Kaiser di Germania e domandò al signor Meredith la sua opinione in proposito.

"Un uomo pericoloso", disse lui.

"Lo credo bene!", annuì Miss Ellen, "Ricordate le mie parole, signor Meredith, quell'uomo si metterà in guerra con qualcuno.

---

21 È una poesia di Robert Burns, poeta e compositore scozzese del Settecento (NDR)

Muore dalla voglia di farlo. Metterà il mondo a ferro e fuoco."

"Se intendete dire che affretterà immotivatamente una grande guerra, questo non lo credo", disse il signor Meredith, "Non è più tempo per queste cose."

"Magari fosse vero!", brontolò Ellen, "Non passa mai per gli uomini e le nazioni il tempo di rendersi ridicoli e venire alle mani. L'età della pace non è così vicina, signor Meredith, e voi non potete crederlo, così come non lo credo io. E il Kaiser, segnatevi le mie parole, ci procurerà un mucchio di guai", e Miss Ellen toccò enfaticamente il libro col suo lungo dito, "Sì, se non lo bloccano sul nascere procurerà un mucchio di guai. Vivremo e vedremo... voi e io vivremo e vedremo, signor Meredith. E chi lo bloccherà? Dovrebbe farlo l'Inghilterra, ma non vuole. *Chi* lo bloccherà? Ditemi questo, signor Meredith."

Il signor Meredith non glielo sapeva dire, ma si tuffarono in una discussione sul militarismo tedesco che continuò a lungo dopo che Rosemary aveva trovato il libro. Rosemary non disse nulla, ma si sedette in una piccola sedia a dondolo dietro Ellen ad accarezzare pensierosa un imponente gatto nero. John Meredith andava a caccia grossa con Ellen, ma guardava più spesso Rosemary che Ellen, ed Ellen se ne accorse. Dopo che Rosemary l'ebbe accompagnato alla porta e fu tornata, Ellen si alzò e la guardò con aria accusatrice.

"Rosemary West, quell'uomo s'è messo in mente di corteggiarti."

Rosemary rabbrividì. Il discorso di Ellen fu come un colpo per lei. Cancellò tutto lo splendore di quella piacevole serata. Ma non volle far vedere a Ellen quanto l'avesse ferita.

"Sciocchezze", disse, e rise, un po' troppo spensierata, "Tu vedi spasimanti per me in ogni cespuglio. Lui stasera mi ha raccontato tutto di sua moglie... quanto significasse per lui... quanto il mondo gli sembri vuoto dopo la sua morte."

"Be', questo potrebbe essere *il suo modo* di fare la corte", controbatté Ellen, "Ogni uomo ha i suoi modi, da quel che ho capito. Ma tu non dimenticarti della tua promessa, Rosemary."

"Non è necessario né che me la dimentichi né che me la ricordi", disse Rosemary, un po' stancamente, "Tu, piuttosto, dimentichi che io sono una vecchia zitella, Ellen. È solo una tua illusione da sorella che io sia ancora giovane, e florida, e pericolosa. Il signor Meredith vuole semplicemente esserci amico... se pure vuole così tanto. Si sarà già dimenticato di noi ancor prima di tornare alla canonica."

"Non ho nulla da obiettare a una vostra amicizia", concesse Ellen, "ma ricordati che non devi andare oltre l'amicizia. Io sospetto sempre dei vedovi. Loro non sono portati ad avere idee romantiche sull'amicizia. Sono propensi a essere pratici. E quel presbiteriano, poi, perché dicono che è timido? Non è timido per niente, anche se può essere distratto... così distratto che si è dimenticato di augurarmi la buonanotte quando tu l'hai accompagnato alla porta. Ed è anche intelligente. Ci sono pochissimi uomini da queste parti che sappiano fare discorsi sensati. Mi è piaciuta questa serata. Non mi dispiacerebbe vederlo più spesso. Ma niente corteggiamenti, Rosemary, bada... niente corteggiamenti."

Rosemary era abituata a sentire Ellen che l'ammoniva contro i corteggiamenti non appena lei parlava per cinque minuti con un qualunque uomo maritabile sotto gli ottanta e sopra i diciott'anni. Lei aveva sempre riso di quegli ammonimenti con sincero divertimento. Ma quello di stavolta non la divertì... la irritò un po'. E chi aveva voglia di corteggiamenti?

"Non essere sciocca, Ellen", disse con inconsueta stringatezza prendendo la lampada. Andò di sopra senza dire buonanotte.

Ellen scosse la testa, dubbiosa, e guardò il gatto nero.

"Perché è così irritata, St. George?", domandò, "Se strilli è perché ti hanno colpito sul vivo, ho sempre sentito dire, George. Ma lei ha promesso, Saint... ha promesso, e noi West manteniamo sempre la parola data. Perciò non importa se lui vuole corteggiarla, George. Lei ha promesso e io non mi preoccupo."

Di sopra, nella sua stanza, Rosemary rimase seduta a lungo a guardare dalla finestra oltre il giardino illuminato dalla luna, verso la baia lontana e scintillante. Si sentiva vagamente agitata e turbata. Improvvisamente si sentì stanca di logori sogni. E in giardino i petali dell'ultima rosa rossa vennero dispersi da un'improvvisa, piccola brezza. L'estate era finita... adesso era autunno.

Capitolo 14
La signora Alec Davis fa una visita

John Meredith camminò lentamente verso casa. All'inizio pensò un po' a Rosemary, ma quando raggiunse la Valle dell'Arcobaleno si era già dimenticato di lei e stava meditando su un punto riguardante la teologia tedesca che Ellen aveva sollevato. Attraversò la Valle dell'Arcobaleno senza accorgersene. Il fascino della Valle dell'Arcobaleno non aveva alcun potere contro la teologia tedesca. Quando raggiunse la canonica, andò nel suo studio e tirò giù un voluminoso libro per controllare chi avesse ragione, lui o Ellen. Rimase immerso nei suoi labirinti fino all'alba, tracciò una nuova pista speculativa e la seguì come un segugio per la settimana seguente, completamente assente dal mondo, dalla sua parrocchia e dalla sua famiglia. Leggeva giorno e notte; dimenticava di andare a mangiare quando non c'era Una a trascinarcelo; non pensò più a Rosemary e ad Ellen. L'anziana signora Marshall, di oltrebaia, si ammalò gravemente e lo mandò a chiamare, ma il messaggio rimase ignorato sulla scrivania a raccogliere polvere. La signora Marshall guarì, ma non lo perdonò mai. Una giovane coppia venne alla canonica per sposarsi e il signor Meredith, spettinato, con le ciabatte e la vestaglia scolorita, li sposò. A dire il vero cominciò a leggere loro l'orazione funebre, e arrivò fino al punto in cui recita "cenere alla cenere, polvere alla polvere" prima di cominciare a sospettare vagamente che ci fosse qualcosa di storto.

"Santo Cielo!", disse, distratto, "È strano... molto strano."

La sposa, che era molto nervosa, cominciò a piangere. Lo sposo, che non era affatto nervoso, si mise a ridacchiare.

"Credo, signore, che ci stiate seppellendo invece di sposarci", disse.

"Scusatemi", disse il signor Meredith, come se la cosa non fosse poi così importante. Voltò le pagine e lesse il servizio matrimoniale, ma la sposa non si sentì mai decentemente sposata per il resto della sua vita.

Si dimenticò di nuovo della riunione di preghiera... ma non importava perché era una sera di pioggia e non ci andò nessuno. Avrebbe potuto dimenticarsi anche della funzione di domenica se non fosse stato per la signora Alec Davis. Zia Martha arrivò sabato pomeriggio e gli disse che la signora Davis era in salotto e voleva vederlo. Il signor Meredith sospirò. La signora Davis era l'unica donna in tutta Glen St. Mary che lui detestasse profondamente. Sventuratamente, era anche la più ricca e il suo consiglio direttivo aveva avvertito il signor Meredith di non offenderla mai. Il signor Meredith raramente pensava a faccende mondane come gli stipendi; ma i direttori erano più pratici. Ed erano anche astuti. Senza menzionare il denaro, erano riusciti a instillare nella mente del signor Meredith la convinzione che la signora Davis non dovesse venire offesa. Altrimenti molto probabilmente lui si sarebbe dimenticato di lei non appena zia Martha fosse uscita. Ma per come stavano le cose, chiuse il suo Ewald[22], seccato, e attraversò l'anticamera, diretto in salotto.

La signora Davis sedeva sul divano e si guardava attorno con aria di sprezzante disapprovazione.

Che stanza scandalosa! Non c'erano neppure le tende alle finestre. La signora Davis non sapeva che Faith e Una le avevano tirate giù il giorno prima per usarle come strascichi di corte in uno dei loro giochi e si erano dimenticate di rimetterle a posto, ma anche se l'avesse saputo non avrebbe potuto accusare quelle finestre più spietatamente di quanto non fece. Le persiane erano rotte e piegate. I quadri alla parete erano storti. I tappeti erano sghembi. I vasi erano pieni di fiori appassiti. E c'era polvere a mucchi... letteralmente a mucchi.

"A che livello stiamo arrivando?", si domandò la signora Davis, poi atteggiò la brutta bocca a un'espressione sostenuta.

Quando lei era arrivata nell'anticamera, Jerry e Carl stavano gridando e scivolando giù dal corrimano. Non l'avevano vista e avevano continuato a gridare e scivolare, e la signora Davis si era fatta convinta che l'avessero fatto di proposito. Il gallo domestico di Faith entrò a passo lento in anticamera, sì fermò sulla soglia del salotto e la guardò. Non gli piacque il suo aspetto e non si azzardò a entrare. La signora Davis mandò uno sbuffo di disprezzo. Bella canonica davvero, dove i galli sfilavano per le anticamere e mettevano in imbarazzo la gente fissandola.

"Sciò!", ordinò la signora Davis, spintonandolo col parasole frangiato di seta cangiante.

Adam se ne andò. Era un gallo saggio, e la signora Davis, con le sue belle mani, aveva tirato il collo a così tanti galli nel corso dei suoi cinquant'anni, che attorno a lei sembrava aleggiare

---

22 Heinrich Ewald (1803-1875), orientalista e teologo tedesco (NDR)

l'aria del boia. Adam se la filò per l'anticamera mentre il ministro entrava.

Il signor Meredith portava ancora le pantofole e la vestaglia, e i suoi capelli sembravano ancora trascurati al di sopra della fronte alta. Ma sembrava il gentiluomo che era; e la signora Davis, col suo vestito di seta, il cappello con le piume, i guanti di pelle di capretto e la collana d'oro, sembrava la donna volgare e meschina che era. Ognuno colse l'antagonismo della personalità dell'altro. Il signor Meredith si ritrasse, ma la signora Davis si rimboccò le maniche per gettarsi nella mischia. Era andata alla canonica per proporre una certa cosa al ministro e non intendeva perdere tempo nel proporgliela. Stava per fargli un favore – un grande favore – e prima lui se ne fosse reso conto meglio era. Ci aveva pensato su tutta l'estate e alla fine aveva preso una decisione. Questo era tutto ciò che contava, pensava la signora Davis. Quando lei decideva una cosa, era cosa *fatta*. Nessun altro doveva dire nulla in proposito. Era sempre stato questo il suo atteggiamento. Quando lei aveva deciso di sposare Alec Davis l'aveva sposato e basta. Alec non aveva mai capito come fosse successo, ma che importava? Perciò in questo caso... la signora Davis aveva stabilito tutto e ne era soddisfatta. Ora non rimaneva altro da fare che informarne il signor Meredith.

"Volete cortesemente chiudere la porta?", disse la signora Davis, rilassando brevemente la bocca per parlare, ma parlando con asprezza, "Ho qualcosa d'importante da dirvi, e non posso dirvela con quel baccano là fuori."

Il signor Meredith chiuse la porta, mansueto. Poi si sedette davanti alla signora Davis. Non era ancora completamente consapevole della sua presenza. La sua mente combatteva ancora con le argomentazioni di Ewald. La signora Davis percepì il suo distacco e la cosa la infastidì.

"Sono venuta a dirvi, signor Meredith", disse, aggressiva, "che ho deciso di adottare Una."

"A... adottare... Una?", il signor Meredith la fissò vacuo, senza capire nulla.

"Sì. È da un po' che ci penso. Ho spesso pensato di adottare un bambino, fin da quando mio marito è morto. Ma pareva così difficile trovarne uno adatto. Sono pochissimi i bambini che vorrei portare *a casa mia*. Non ci penso neppure a prendere un bambino di casa... un disgraziato dei bassifondi, con tutta probabilità. E non ci sono quasi altri bambini da poter scegliere.

Uno dei pescatori giù alla baia è morto sei mesi fa e ha lasciato sei bambini. Hanno tentato di convincermi a prendere uno di loro, ma ho fatto subito capire che non ho la minima intenzione di adottare rifiuti della società come quelli. Il loro nonno rubò un cavallo. Inoltre erano tutti maschi, e io volevo una femmina... una bambina tranquilla e ubbidiente che io possa allevare per farne una signora. Una sarebbe perfetta per me. Sarebbe una creaturina deliziosa se avesse qualcuno che bada a lei come si deve... completamente diversa da Faith. Non mi sognerei mai di adottare Faith. Ma prenderò Una e le darò una bella casa e un'educazione, signor Meredith, e se si comporta bene quando morirò le lascerò tutti i miei soldi. In ogni caso nessuno dei miei parenti riceverà un solo cent, su questo sono determinata. È stata l'idea di indispettirli, più di ogni altra, a farmi venire in primo luogo in mente di adottare un bambino. Una sarà ben vestita, istruita ed educata, signor Meredith, io le farò prendere lezioni di musica e di pittura e la tratterò come fosse mia figlia."

Ormai il signor Meredith era decisamente sveglio. Aveva un lieve rossore sulle guance pallide e una luce pericolosa nei begli occhi scuri. Questa donna, in cui la volgarità e l'amore per il denaro trasudavano da ogni poro, gli stava davvero chiedendo di darle Una? La sua cara, piccola, nostalgica Una che aveva gli stessi occhi azzurro scuro di Cecilia? La bambina che la madre morente si era stretta al cuore dopo che gli altri bambini erano stati portati via in lacrime dalla stanza? Cecilia si era aggrappata alla sua bambina fino a che i cancelli del Paradiso non si erano chiusi tra di loro. E da dietro quella testolina scura aveva guardato suo marito.

"Prenditi cura di lei, John", l'aveva implorato, "È tanto piccola... e sensibile. Gli altri lotteranno per farsi strada... ma a lei il mondo farà *del male*. Oh, John, non so cosa farete tu e lei. Avete così tanto bisogno di me. Ma tienila accanto a te... tienila accanto a te."

Queste erano state quasi le sue ultime parole, con l'eccezione di poche altre, indimenticabili, destinate solo a lui. Ed era questa la bambina che la signora Davis gli aveva detto tanto freddamente di volersi prendere. Si mise seduto dritto e guardò la signora Davis. Nonostante la vestaglia consunta e le pantofole lise c'era in lui qualcosa che fece percepire alla signora Davis un po' della vecchia riverenza per "l'abito talare" alla quale era stata educata. Dopotutto c'era una certa aria di divinità a circondare un sacerdote, perfino un sacerdote povero, ingenuo e distratto.

"Vi ringrazio per le vostre intenzioni, signora Davis", disse il signor Meredith con una cortesia dolce, determinata e decisamente spaventosa, "ma non posso darvi la mia bambina." La signora Davis apparve confusa. Non si era mai sognata che lui potesse rifiutare.

"Ma signor Meredith", disse, esterrefatta, "Dovete essere pazz... non potete dire sul serio. Dovete pensarci bene. Pensate a tutti i vantaggi che potrei offrirle."

"Non c'è bisogno di pensarci, signora Davis. È una cosa completamente fuori questione. Tutti i vantaggi materiali che voi possiate elargirle, non compenseranno mai la perdita dell'amore e delle premure di un padre. Vi ringrazio ancora... ma non è neanche il caso di pensarci."

La delusione fece infuriare la signora Davis al di là del suo abituale potere di autocontrollo. La sua grande faccia rossa si fece viola e la voce le tremò.

"Pensavo che foste perfino troppo felice di lasciarmela prendere", disse con disprezzo.

"E perché lo pensavate?", domandò il signor Meredith, composto.

"Perché nessuno ha mai pensato che a voi importi qualcosa dei vostri figli", ribatté sprezzante la signora Davis, "Li trascurate in maniera scandalosa. Siete la favola del paese. Non vengono nutriti e vestiti a dovere, non vengono educati. Non hanno più buone maniere di un branco di indiani selvaggi. Non fate mai il vostro dovere di padre. Permettete che una bambina vagabonda arrivi tra loro per due settimane e neppure ve ne accorgete... una bambina che bestemmiava come un soldato, mi hanno detto. Non vi sarebbe importato nulla se avessero preso da lei il vaiolo. E Faith si è messa in mostra andando sul pulpito durante la predica e facendo quel discorso! E ha liberato i maiali in strada... proprio sotto i vostri occhi, da quel che ho saputo. Il modo in cui si comportano è più che incredibile, e voi non alzate un solo dito per fermarli o per insegnare loro qualcosa. E ora che io offro a una di loro una bella casa e ottime prospettive, voi vi rifiutate di darmela e mi insultate. Bel padre che siete, e poi parlate di amore e premure per i vostri bambini!"

"Basta così, donna!", disse il signor Meredith. Si alzò e guardò la signora Davis con occhi che la fecero tremare di paura,

"Basta così", ripeté, "Non voglio sentire altro, signora Davis. Avete parlato fin troppo. Può darsi che come genitore io sia stato negligente in alcuni dei miei doveri, ma non spetta a voi ricordarmelo nei termini che avete usato. È meglio se ci salutiamo. Buon pomeriggio."

La signora Davis non disse nulla di tanto amabile come buon pomeriggio, ma prese commiato. Mentre passava davanti al ministro, un rospo grosso e grasso che Carl aveva nascosto sotto il divano le balzò quasi sotto i piedi. La signora Davis lanciò un urlo e, per evitare di pestare quella cosa orribile, perse l'equilibrio e il parasole. Non che cadde esattamente, ma vacillò e barcollò per tutta la stanza in maniera molto poco dignitosa, e poi andò a sbattere contro la porta con un tonfo che la frastornò da capo a piedi. Il signor Meredith, che non aveva visto il rospo, si chiese se non fosse stata colta da un colpo apoplettico o da paralisi fulminante e, allarmato, corse in suo aiuto. Ma la signora Davis, rimettendosi in piedi, lo allontanò furiosa.

"Non osate toccarmi", quasi strillò, "Questa è un'altra delle malefatte dei vostri bambini, immagino. Questo non è un posto adatto a una donna perbene. Datemi il mio ombrello e lasciatemi andare. Non varcherò mai più la porta della vostra canonica, né della vostra chiesa."

Il signor Meredith raccolse il parasole, con una certa umiltà, e glielo diede. La signora Davis lo afferrò e uscì a passo di marcia. Jerry e Carl avevano smesso di scivolare giù dal corrimano ed erano seduti sul ciglio della veranda con Faith. Sfortunatamente, stavano tutti e tre cantando a pieni polmoni "Ci saranno tempi duri in città stanotte". La signora Davis credette che quella canzone fosse indirizzata a lei e a lei sola. Si fermò e agitò contro di loro il parasole.

"Vostro padre è uno stupido", disse, "E voi siete tre piccoli pidocchiosi che meriterebbero di essere frustati a sangue."

"No, papà non lo è", esclamò Faith. "No, non lo siamo", esclamarono i ragazzi. Ma la signora Davis se n'era andata.

"Buon Dio, è impazzita!", disse Jerry, "E comunque, cos'è un 'pidocchioso'?"

Il signor Meredith passeggiò su e giù per il salotto per alcuni minuti; poi tornò nel suo studio e si sedette. Ma non ritornò sulla sua teologia tedesca. Era troppo turbato per quello. La signora Davis l'aveva risvegliato con gran forza. *Era davvero un padre tanto negligente e sconsiderato come lei l'aveva accusato di essere? Aveva davvero* così scandalosamente trascurato il benessere fisico e spirituale delle quattro creaturine senza madre che dipendevano da lui? Doveva essere così, dal momento che la signora Davis era venuta a chiedere Una nella piena e assoluta convinzione che lui le avrebbe dato la bambina con l'indifferenza e la gioia con cui si potesse dar via un gattino randagio e non gradito. E se era così, che doveva fare? John Meredith gemette e riprese a passeggiare su e giù per la stanza polverosa e disordinata. Che poteva fare? Lui amava i suoi bambini profondamente quanto può amarli un padre e sapeva, senza che i poteri della signora Davis e di quelli della sua sorta potessero turbare questa convinzione, che anche loro lo amavano. Ma era degno di avere la responsabilità della loro custodia? Lui conosceva – nessuno li conosceva meglio di lui – i suoi limiti e le sue debolezze. Quel che serviva era la presenza di una brava donna, col suo buonsenso e la sua influenza. Ma come si poteva fare a rimediarla? Se anche fosse stato in grado di assumere una governante, questo avrebbe ferito zia Martha. Lei credeva ancora di poter fare tutto quello che era appropriato e necessario. Non poteva ferire e insultare quella povera vecchia che era stata tanto gentile con lui e con i suoi. E quanto era stata devota a Cecilia! E Cecilia gli aveva chiesto di essere molto premuroso con zia Martha. A dire il vero, ricordò improvvisamente che una volta zia Martha aveva accennato al fatto che lui dovesse risposarsi. Lui capì che una moglie non le avrebbe dato fastidio come una governante. Ma questo era fuori questione. Non aveva intenzione di risposarsi... non amava, e non avrebbe mai amato, un'altra. E allora che poteva fare? Improvvisamente gli venne in mente di andare a Ingleside e discuterne con la signora Blythe. La signora Blythe era una delle poche donne con le quali lui non fosse timido né taciturno. Lei era sempre così comprensiva e gradevole. Forse lei poteva consigliargli una soluzione ai suoi problemi. E anche se non poteva, il signor Meredith era certo di aver bisogno di un po' di compagnia umana decente dopo la dose di signora Davis... qualcosa che gli levasse dall'anima il sapore di quella donna. Si vestì in tutta fretta e consumò la sua cena meno distrattamente del solito. Si accorse che era un pasto misero. Guardò i suoi figli; erano abbastanza rosei e in salute... tranne Una, e lei non era mai stata molto robusta neppure quando sua madre era viva. Stavano tutti ridendo e parlando... certamente sembravano felici. Soprattutto Carl era felice perché aveva due splendidi ragni che girellavano nel suo piatto. Le loro voci erano gradevoli, le loro maniere non sembravano brutte, erano premurosi e gentili l'uno con l'altro. Eppure la signora Davis aveva detto che il loro comportamento era la favola della congregazione.

Quando il signor Meredith varcò il cancello, il dottor e la signora Blythe gli passarono davanti, in calesse, sulla strada che andava a Lowbridge. Al sacerdote si sbiancò il viso. La signora Blythe se ne stava andando... era inutile andare a Ingleside. E lui bramava più che mai un po' di compagnia. Mentre guardava con un certo senso di disperazione il paesaggio, la luce del tramonto colpì una finestra della vecchia casa delle West sulla collina. Divampava lucente come un faro di buone speranze. Improvvisamente si ricordò di Rosemary ed Ellen West. Pensò di potersi gustare la sapida conversazione di Ellen. Pensò che sarebbe stato piacevole vedere di nuovo il sorriso lento e dolce e gli occhi calmi, celestialmente azzurri di Rosemary. Come diceva quella vecchia poesia di sir Philip Sidney[23]? "Costante consolazione in un volto"... le si adattava proprio. E lui aveva bisogno di consolazione. Perché non andare a trovarle? Ricordò che Ellen gli aveva detto di andare da loro, qualche volta, e poi c'era il libro di Rosemary da restituire... doveva assolutamente restituirlo prima di dimenticarsene. Ebbe l'inquietante sospetto che nella sua biblioteca ci fossero moltissimi libri che aveva preso in prestito in vari momenti e in diversi posti e che si era dimenticato di restituire. Era sicuramente suo dovere guardarsene in questo caso. Tornò nel suo studio, prese il libro e si tuffò nella Valle dell'Arcobaleno.

---

23 Sir Philip Sidney (1554-1586), poeta, cortigiano e soldato inglese, una delle figure prominenti dell'età elisabettiana (NDR)

Capitolo 15
Ancora pettegolezzi

La sera dopo che venne seppellita la signora Myra Murray, della sezione di oltrebaia, Miss Cornelia e Mary Vance andarono a Ingleside. C'erano diverse cose sulle quali Miss Cornelia desiderava levarsi un peso dall'anima. Bisognava parlare del funerale, naturalmente. Susan e Miss Cornelia ne discussero a lungo tra loro; Anna non ebbe parte né diletto in tali conversazioni morbose. Si sedette un po' in disparte e guardò la fiamma autunnale delle dalie in giardino, e la baia sognante e affascinante del tramonto settembrino. Mary Vance le sedeva accanto, sferruzzando mansueta. Il cuore di Mary era nella Valle dell'Arcobaleno, da dove venivano i suoni dolci, attutiti dalla distanza, delle risate dei bambini, ma le sue dita erano sotto gli occhi di Miss Cornelia. Doveva sferruzzare un certo numero di maglie della sua calza prima di poter andare nella valle. Mary sferruzzava e teneva la bocca chiusa, ma usava le orecchie.

"Non ho mai visto un cadavere più grazioso", disse Miss Cornelia, critica, "Myra Murray è sempre stata una bella donna... era una Corey di Lowbridge, e i Corey erano noti per il bell'aspetto."

"Quando le sono passata davanti, ho detto al cadavere 'Povera donna. Spero tu sia felice come sembri'", sospirò Susan, "Non era cambiata molto. Il vestito che indossava era quello di raso nero che si era fatta per il matrimonio di sua figlia quattordici anni fa. Sua zia le aveva detto di metterlo da parte per il suo funerale, ma Myra s'era messa a ridere e aveva detto 'Posso anche mettermelo al mio funerale, zietta, ma prima voglio godermelo un pochino'. E posso dire che l'ha fatto. Myra Murray non era tipo da preoccuparsi del suo funerale prima d'esser morta. In seguito tante volte che l'ho vista che si divertiva in compagnia, ho pensato 'Sei una bella donna, Myra Murray, e quel vestito ti sta bene, ma è probabile che alla fine sarà il tuo sudario'. E vedete che le mie parole si sono avverate, signora Marshall Elliott."

Susan sospirò di nuovo e pesantemente. Si stava divertendo un mondo. Un funerale era un argomento di conversazione veramente delizioso.

"Mi è sempre piaciuto incontrare Myra", disse Miss Cornelia, "Lei era sempre tanto gioviale e allegra... ti faceva star meglio solo dandoti la mano. Lei sfruttava sempre al meglio qualunque cosa."

"È vero", asserì Susan, "Sua cognata m'ha detto che quando alla fine il dottore le disse che non potava fare più nulla per lei e che non si sarebbe più alzata dal letto, Myra gli rispose allegramente 'Be', se è così sono contenta di aver preparato già tutte le marmellate e di non dover affrontare le pulizie autunnali. Io ho sempre amato fare le pulizie di casa in primavera', ha detto, 'ma ho sempre detestato farle in autunno. Quest'anno, grazie al cielo, ne farò a meno'. Certa gente la chiamerebbe superficialità, signora Marshall Elliott, e credo che sua cognata se ne vergognasse un po'. Diceva che la malattia aveva reso Myra un po' stordita. Ma io le ho detto 'No, signora Murray, non vi preoccupate. Era solo il modo di Myra di guardare il lato positivo della storia'."

"Sua sorella Luella era esattamente l'opposto", disse Miss Cornelia, "Non c'era mai il lato positivo per Luella... per lei era tutto nero con sfumature di grigio. Per anni ha continuato a dire che sarebbe morta entro una settimana o giù di lì. 'Non sarò ancora a lungo un peso per voi', diceva gemendo ai suoi familiari. E se qualcuno di loro si azzardava a parlare dei propri piccoli programmi futuri lei gemeva di nuovo e diceva 'Ah, per allora io non sarò più qui'. Quando andavo a trovarla concordavo sempre con lei e questo la faceva arrabbiare talmente tanto che poi stava meglio per diversi giorni. Adesso è migliorata di salute ma non è diventata più allegra. Myra era tanto diversa. Faceva o diceva sempre qualcosa per farti star bene. Forse c'entravano gli uomini che hanno sposato. L'uomo di Luella era un vero bruto, credi a me, mentre Jim Murray era decente, per quanto possa esserlo un uomo. Oggi sembrava distrutto. Non mi capita spesso di dispiacermi per un uomo al funerale di sua moglie, ma oggi mi è successo."

"Non mi sorprende che fosse triste. Non troverà un'altra moglie come Myra tanto presto", disse Susan, "Forse non ci proverà neanche a cercarla, dal momento che i suoi figli sono tutti grandi e Mirabel è in grado di badare alla casa. Ma non c'è modo di prevedere cosa un vedovo farà o non farà e io, per dirne una, non mi ci proverei neanche."

"Myra ci mancherà molto in chiesa", disse Miss Cornelia, "Era una tale lavoratrice. Nulla poteva lasciarla disorientata. Se non riusciva a risolvere una difficoltà la aggirava, e se non riusciva ad aggirarla fingeva che non ci fosse... e di solito non c'era.

'Terrò saldo il labbro fino alla fine del viaggio', mi disse una volta. Be', ora il suo viaggio è finito."

"Lo credete davvero?", domandò Anna, improvvisamente, tornando dal paese dei sogni, "Io non riesco a immaginarmi che il suo viaggio sia finito. Voi potete immaginarvela seduta con le mani in mano? Con quel suo spirito entusiasta e curioso? Con il suo atteggiamento avventuroso? No, io credo che nella morte abbia solo aperto un cancello e sia andata avanti... avanti... verso nuove, scintillanti avventure."

"Forse... forse", asserì Miss Cornelia, "Sai, Anna cara, a me non è mai piaciuta tanto questa dottrina dell'eterno riposo... anche se spero che non sia un'eresia dirlo. Io in Paradiso voglio essere indaffarata esattamente come qui. E spero che ci siano sostituti celestiali per le torte e le ciambelle... qualcosa che vada *fatto*. Certo, uno delle volte si stanca terribilmente... e più ti fai vecchio, più ti stanchi. Ma perfino il più stanco può riposarsi in un tempo più breve dell'eternità... tranne, forse, uno molto pigro."

"Quando vedrò di nuovo Myra Murray", disse Anna, "voglio vederla che mi viene incontro svelta e ridente, proprio come ha sempre fatto qui."

"Oh, cara signora Dottore", disse Susan, shoccata, "di certo non intendete dire che Myra riderà nell'aldilà?"

"Perché no, Susan? Tu pensi che lì piangeremo?"

"No, no, cara signora Dottore, non fraintendetemi. Io non credo che piangeremo né che rideremo."

"E cosa faremo, allora?"

"Be'", disse Susan, messa alle strette, "è mia opinione, cara signora Dottore, che staremo solo lì con l'aria solenne e santa."

"E pensi davvero, Susan", disse Anna, con aria discretamente solenne, "che io o Myra Murray potremmo starcene tutto il tempo con un'aria solenne e santa? *Tutto* il tempo, Susan?"

"Be'", ammise Susan, riluttante, "Posso arrivare tanto in là da ammettere che voi due potreste sorridere di tanto in tanto, ma non ammetterò mai che si possa ridere in Paradiso. La sola idea mi sembra irriverente, cara signora Dottore."

"Be', per tornare sulla terra", disse Miss Cornelia, "chi possiamo mettere al posto di Myra alla scuola domenicale? Julia Clow ci insegna fin da quando Myra s'è ammalata, ma in inverno va in città e dovremo trovare qualcun altro."

"Avevo saputo che la signora Laurie Jamieson voleva quel posto", disse Anna, "I Jamieson vengono in chiesa con grande regolarità da quando si sono trasferiti da Lowbridge a Glen."

"Novellini!", disse Miss Cornelia, dubbiosa, "Aspetta che siano regolari per almeno un anno."

"Non potete fare affidamento sulla signora Jamieson, cara signora Dottore", disse Susan, solenne, "Una volta morì e quando le stavano prendendo le misure per la bara, dopo averla messa bella distesa, non è mica tornata in vita? No, cara signora Dottore, *non è possibile* contare su una donna così."

"Potrebbe convertirsi al metodismo da un momento all'altro", disse Miss Cornelia, "Mi dicono che a Lowbridge andavano alla chiesa metodista spesso quasi quanto alla chiesa presbiteriana. Non li ho ancora beccati qui, ma non approverei di avere la signora Jamieson alla scuola domenicale. Però non li dobbiamo offendere. Stiamo perdendo troppa gente, per morte o per brutto carattere. La signora Alec Davis ha lasciato la chiesa e nessuno sa perché. Ha detto ai dirigenti che non verserà mai più neanche un centesimo per il salario del signor Meredith. Naturalmente la maggior parte della gente dice che è perché i bambini l'hanno offesa, ma per qualche ragione io questo non lo credo. Ho cercato di torchiare Faith, ma tutto quel che sono riuscita a sapere da lei è che la signora Davis è arrivata, apparentemente di buon umore, per vedere suo padre, e che poi se n'è andata infuriata e li ha chiamati tutti 'pidocchiosi!'"

"Pidocchiosi?", disse Susan, furibonda, "Ma la signora Alec Davis l'ha dimenticato che suo zio dalla parte di sua madre era sospettato di aver avvelenato la moglie? Non che l'abbiano mai provato, cara signora Dottore, e non bisogna credere a tutto quel che si sente in giro. Ma se io avessi uno zio la cui moglie è morta senza ragioni convincenti, non me ne andrei in giro per il paese a chiamare pidocchiosi dei bambini innocenti."

"Il punto è", disse Miss Cornelia, "che la signora Davis pagava una cospicua sottoscrizione, e sarà un problema sapere come reintegrare la perdita. E se lei mette gli altri Douglas contro il signor Meredith, come certamente cercherà di fare, lui dovrà andarsene."

"Io non credo che il resto del clan apprezzi molto la signora Davis", disse Susan, "Non è probabile che riesca a influenzarli."

"Ma quei Douglas si sostengono tutti l'un l'altro. Se ne tocchi uno, li tocchi tutti. E noi non possiamo fare a meno di loro, questo è sicuro. Loro pagano metà del salario. Non sono cattivi, qualunque cosa si possa dire di loro. Norman Douglas versava cento dollari all'anno tanto tempo fa, prima di andarsene."

"Perché se ne andò?", domandò Anna.

"Affermò che un membro della commissione l'avesse imbrogliato nella vendita di una mucca. Non viene più in chiesa da vent'anni. Sua moglie ci veniva regolarmente finché era in vita, poveretta, ma non le permetteva mai di pagare nulla, eccetto un centesimo rosso ogni domenica. Lei si sentiva terribilmente umiliata. Io non so se lui sia mai stato un bravo marito per lei, anche se per quanto si sappia lei non si è mai lamentata. Ma aveva sempre l'aria intimorita. Norman Douglas non riuscì ad avere la donna che avrebbe voluto trent'anni fa, e ai Douglas non è mai piaciuto sopportare una seconda scelta."

"Chi era la donna che voleva lui?"

"Ellen West. Credo che non fossero esattamente fidanzati, ma sono usciti insieme per due anni. E poi hanno rotto, così... nessuno ha mai saputo perché. Qualche stupido litigio, immagino. E Norman ha preso e ha sposato Hester Reese prima che la sua rabbia avesse il tempo di placarsi... l'ha sposata solo per fare dispetto a Ellen, non ho alcun dubbio. Che roba da uomini! Hester era una brava creaturina, ma non ha mai avuto molto carattere e lui ha rovinato quel poco che aveva. Era troppo mansueta per Norman. Lui aveva bisogno di una donna che sapesse tenergli testa. Ellen avrebbe mantenuto il controllo su di lui, e lui l'avrebbe apprezzata anche di più per questo. Lui disprezzava Hester, questa è la verità, solo perché lei gliela dava sempre vinta. Molte volte tanto tempo fa, quando era ragazzo, l'ho sentito dire 'Voglio una donna di fegato. Il fegato è quel che fa per me'. E poi ha preso e ha sposato una donna che non sapeva fare neanche 'bu' a una papera. Che roba da uomini! Quei Reese lì erano solo dei vegetali. Facevano solo l'atto di vivere, ma *non vivevano* davvero."

"Russell Reese usò l'anello nuziale della sua prima moglie per sposare la seconda", ricordò Susan, "Quello fu veramente *troppo* parsimonioso, secondo me, cara signora Dottore. E suo fratello John s'è già fatto erigere la propria tomba al cimitero, con tutto a posto eccetto la data di morte, e va a guardarsela tutte le domeniche. Per molta gente non sarebbe molto divertente, ma evidentemente per lui sì. La gente ha opinioni tanto diverse su cosa è divertente. Ma Norman Douglas è un vero pagano. Quando l'ultimo ministro gli chiese perché non andasse mai in chiesa, lui gli disse 'Ci sono troppe brutte donne, prete... troppe brutte donne'. Mi piacerebbe andare da un uomo simile, cara signora Dottore, e dirgli solennemente 'Esiste un inferno!'"

"Oh, Norman non crede che esista un posto simile", disse Miss Cornelia, "Spero che quando muore scopra che si sbaglia. Ecco, Mary, hai sferruzzato i tuoi tre pollici e puoi andare a giocare mezz'ora con gli altri bambini."

Mary non se lo fece ripetere due volte. Corse nella Valle dell'Arcobaleno col cuore leggero come i piedi, e nel corso della conversazione disse a Faith Meredith tutto a proposito della signora Alec Davis.

"E la signora Elliott dice che metterà tutti i Douglas contro tuo padre e che lui se ne dovrà andare da Glen perché non gli pagheranno più lo stipendio", concluse Mary, "In tutta onestà, io non so cosa si possa fare. Se solo Norman Douglas tornasse in chiesa e pagasse, non andrebbe tanto male. Ma lui non lo farà... e i Douglas se ne andranno... e ve ne dovrete andare anche voi."

Quella sera Faith andò a letto col cuore pesante. Il pensiero di abbandonare Glen era intollerabile. Amici come i Blythe non c'erano da nessun'altra parte al mondo. Il suo cuoricino si era straziato quando avevano dovuto lasciare Maywater... aveva versato molte lacrime amare quando si era separata dagli amici di Maywater e dalla vecchia canonica dove sua mamma aveva vissuto ed era morta. Non poteva prendere in considerazione con calma il pensiero di un altro e più doloroso distacco. Non poteva lasciare Glen St. Mary, e la cara Valle dell'Arcobaleno, e quel delizioso cimitero.

"È terribile essere la famiglia di un sacerdote", gemette Faith nel suo cuscino, "Non appena ti affezioni a un posto ti sradicano via. Io non sposerò mai, mai, *mai*, un sacerdote, neppure se fosse stupendo."

Faith si mise seduta sul letto e guardò fuori dalla piccola finestra coperta di rampicanti. La notte era molto tranquilla, il silenzio era rotto solo dal lieve respiro di Una. Faith si sentì terribilmente sola al mondo. Poteva vedere Glen St. Mary che giaceva sotto le distese stellate e azzurre della notte d'autunno. Oltre la valle c'era una luce che splendeva nella camera delle ragazze a Ingleside, e un'altra nella stanza di Walter. Faith si chiese se il povero Walter avesse di nuovo il mal di denti. Poi sospirò, con un piccolo, passeggero sospiro d'invidia per Nan e Di. *Loro* avevano una mamma e una casa stabile... loro non erano alla mercé di gente che s'infuriava senza motivo e le chiamava pidocchiose. Lontano, dietro Glen, tra i campi silenziosi di sonno, un'altra luce ardeva. Faith sapeva che brillava nella casa in cui viveva Norman Douglas. Si diceva che lui passasse tutta la notte alzato a leggere. Mary aveva detto che se solo fosse stato possibile convincerlo a tornare in chiesa sarebbe andato tutto bene. E perché no? Faith guardò una grande stella bassa, sospesa sull'alto abete appuntito al cancello della chiesa metodista, ed ebbe un'ispirazione. Sapeva cosa andava fatto e lei, Faith Meredith, l'avrebbe fatto. Avrebbe rimesso tutto a posto. Con un sospiro soddisfatto, voltò le spalle al mondo solitario e buio e si accoccolò accanto a Una.

Capitolo 16
Pan per focaccia

Per Faith decidere voleva dire agire. Non perse tempo a mettere in pratica la sua idea. Non appena tornò a casa da scuola il giorno dopo, lasciò la canonica e andò a Glen. Walter Blythe si unì a lei quando passò davanti all'ufficio postale.

"Sto andando dalla signora Elliott per fare una commissione per mamma", le disse lui, "Tu dove vai, Faith?"

"Vado in un posto per faccende che riguardano la chiesa", disse Faith, altera. Non si offrì di dare altre informazioni e Walter si sentì snobbato. Camminarono per un po' in silenzio. Era una serata calda e ventosa con un'aria dolce che sapeva di resina. Dietro le dune di sabbia c'erano mari grigi, morbidi e belli. Il ruscello di Glen portava giù un carico di foglie dorate e cremisi che parevano bastimenti fatati. Nel campo mietuto di grano saraceno del signor James Reese, con le sue belle tonalità di rossi e marroni, veniva tenuta un'assemblea di corvi, nella quale erano in corso solenni delibere riguardanti il benessere del paese dei corvi. Faith crudelmente disperse l'assemblea arrampicandosi sulla staccionata e lanciando contro i corvi un pezzo rotto di steccato. All'istante l'aria si riempì di agitate ali nere e gracchii indignati.

"Perché l'hai fatto?", la rimproverò Walter, "Si stavano divertendo tanto."

"Io detesto i corvi", disse Faith, vivace, "Sono tanto neri e scaltri e sono sicura che siano degli ipocriti. Lo sai che rubano le uova dal nido degli uccellini? La primavera scorsa ne ho visto uno che lo faceva nel nostro giardino. Walter, perché sei così pallido oggi? Stanotte hai avuto ancora il mal di denti?"

Walter rabbrividì.

"Sì, uno terribile. Non potevo chiudere occhio... così mi sono messo a camminare su e giù sul pavimento e ho immaginato che ero uno dei primi martiri cristiani e venivo torturato per ordine di Nerone. Questo per un po' mi ha aiutato... poi il dolore è aumentato così tanto che non sono più riuscito a immaginare niente."

"Hai pianto?", domandò Faith, ansiosa.

"No... ma mi sono sdraiato sul pavimento e mi sono messo a gemere", ammise Walter, "Poi sono arrivate le ragazze e Nan ci ha messo su del pepe di cayenna... e questo ha peggiorato le cose... Di mi ha fatto tenere in bocca una sorsata di acqua fredda... e quella non riuscivo neanche a sopportarla, così hanno chiamato Susan. Susan ha detto che mi stava bene così imparavo a star seduto tutta la giornata di ieri al freddo in solaio a scrivere spazzatura poetica. Ma ha acceso il fuoco in cucina e mi ha preparato una bottiglia dell'acqua calda, e quella ha fermato il dolore. Non appena mi sono sentito meglio ho detto a Susan che la mia poesia non è spazzatura e che lei non era certo un'esperta. E lei ha detto che no, grazie al cielo non lo era e che di poesia non sapeva nulla se non che è quasi tutta un mucchio di bugie. Ora, Faith, tu lo sai che non è vero. Questo è uno dei motivi per cui mi piace scrivere poesie... ci sono tantissime cose che sono vere in poesia ma non sono vere in prosa. L'ho detto a Susan, ma lei mi ha detto di piantarla di ciarlare e di andarmene a dormire prima che l'acqua si raffreddasse, altrimenti mi avrebbe lasciato a vedere se le rime curavano il mal di denti, e sperava che questa fosse una lezione per me."

"Ma perché non vai dal dentista a Lowbridge e ti fai togliere il dente?"

Walter rabbrividì di nuovo.

"I miei vogliono che ci vada... ma io non voglio. Mi farebbe molto male."

"Hai paura di un po' di dolore?", disse Faith, sprezzante.

Walter arrossì.

"Sarebbe un *grosso* dolore. Io detesto che mi facciano male. Papà dice che non insisterà per farmi andare... aspetterà che decida da solo."

"Non farebbe male tanto a lungo quanto il mal di denti", argomentò Faith, "Tu hai avuto cinque attacchi di mal di denti. Se tu andassi a fartelo levare non avresti più nottatacce. Io una volta mi feci levare un dente. Strillai per un istante, ma poi mi passò tutto... sanguinai solo un po'."

"Sanguinare è la parte peggiore... è bruttissimo", esclamò Walter, "Mi sentii male quando Jem si fece il taglio al piede l'estate scorsa. Susan disse che sembravo più io che Jem quello sul punto di svenire. Ma non potevo neppure sopportare di vedere Jem che si era fatto male. C'è sempre qualcuno che si fa male, Faith... ed è terribile. *Non posso sopportare* di vedere che qualcuno si fa male. Mi viene voglia di scappare... e scappare... e scappare... finché non li sento e non li vedo più."

"È inutile agitarsi tanto perché qualcuno si fa male", disse Faith, agitando i riccioli, "Certo, se ti sei fatto molto male devi gridare... e il sangue è sporco... e anche a me non piace vedere gli altri che si fanno male. Ma io non voglio scappare... voglio mettermi all'opera e aiutarli. Tuo padre *deve* fare male a un sacco di gente per curarla. E che farebbero loro se lui scappasse via?"

"Non ho detto che scapperei. Ho detto solo che mi viene voglia di farlo. È una cosa diversa. Anch'io voglio aiutare la gente. Ma io vorrei tanto che al mondo non ci fossero cose brutte e tremende. Io vorrei che fosse tutto bello e gioioso."

"Bah, non pensiamo a ciò che non è", disse Faith, "Dopotutto è molto divertente essere vivi. Se fossi morto non avresti il mal di denti, eppure non preferisci essere vivo che morto? Io lo preferirei cento volte. Oh, ecco Dan Reese. È andato alla baia a pescare."

"Io detesto Dan Reese", disse Walter.

"Anch'io. Tutte noi ragazze lo detestiamo. Ora gli passo davanti e non lo degno di uno sguardo. Osservami!"

Pertanto Faith gli camminò davanti tutta impettita, col mento sollevato e un'espressione di disprezzo che gli penetrò nell'anima. Lui si voltò e le gridò dietro.

"Ragazza-maiale! Ragazza-maiale! Ragazza-maiale!", in un crescendo di insulti.

Faith continuò a camminare, apparentemente incurante. Ma le labbra le tremarono leggermente per l'indignazione. Sapeva che non poteva competere con Dan Reese quando si trattava di scambiarsi epiteti. Desiderò che con lei ci fosse Jem Blythe invece di Walter. Se Dan Reese si fosse azzardato a chiamarla ragazza-maiale davanti a Jem, Jem gli avrebbe fatto raccogliere la polvere. Ma a Faith non venne mai in mente di aspettarsi che Walter facesse lo stesso, né di fargliene una colpa se lui non lo faceva. Walter, lei lo sapeva, non lottava mai con gli altri ragazzi. E non lo faceva neppure Charlie Clow, sulla via a nord. La cosa strana era che mentre disprezzava Charlie considerandolo un vile, non le sarebbe mai venuto in mente di disprezzare Walter. Semplicemente lui le sembrava l'abitante di un mondo tutto suo, dove predominavano tradizioni diverse. Faith si sarebbe aspettata che un giovane angelo dagli occhi stellati si mettesse a prendere a pugni lo sporco, lentigginoso Dan Reese per lei quanto se lo aspettava da Walter Blythe. Non avrebbe fatto una colpa all'angelo e non faceva una colpa a Walter. Ma avrebbe preferito che il robusto Jem, o Jerry, fosse stato lì. E l'insulto di Dan continuò a bruciarle nell'anima.

Walter non era più pallido. Era diventato paonazzo e i suoi begli occhi erano offuscati dalla vergogna e dalla rabbia. Sapeva che avrebbe dovuto vendicare Faith. Jem sarebbe andato difilato da Dan e gli avrebbe fatto rimangiare le sue parole condite con una salsa amara. Ritchie Warren avrebbe sbaragliato Dan con "ingiurie" peggiori di quelle che Dan aveva detto a Faith. Ma Walter non poteva – semplicemente non poteva – "lanciare ingiurie". Sapeva che avrebbe avuto la peggio. Non poteva neanche concepire di pronunciare gli insulti volgari, scurrili, sui quali Dan aveva una padronanza illimitata. E di pugni neanche a parlarne, Walter non sapeva fare a botte. Detestava la sola idea. Era una cosa rozza e dolorosa... e, ancora peggio, era brutta. Non riusciva mai a capire l'esultanza di Jem per i suoi conflitti occasionali. Ma desiderò *essere in grado* di fare a botte con Dan Reese. Si vergognava orribilmente perché Faith Meredith era stata insultata in sua presenza e lui non aveva neppure tentato di punire chi l'aveva insultata. Era sicura che lei lo disprezzasse. Non gli aveva più parlato da quando Dan l'aveva chiamata ragazza-maiale. Fu lieto quando arrivarono al bivio.

Anche Faith si sentì sollevata, però per motivi diversi. Voleva rimanere da sola perché improvvisamente si sentiva piuttosto nervosa per la sua commissione. Lo slancio si era quietato, specialmente da quando Dan aveva ferito il suo amor proprio. Doveva andare fino in fondo, ma non aveva più l'entusiasmo a sostenerla. Stava andando da Norman Douglas a chiedergli di tornare in chiesa, e cominciò ad avere paura di lui. Ciò che era sembrato tanto facile e semplice a Glen adesso sembrava completamente diverso. Aveva sentito molto parlare di Norman Douglas, e sapeva che anche i ragazzi più grossi a scuola avevano paura di lui. E se lui le avesse detto qualcosa di brutto? Aveva saputo che era propenso a farlo. Faith non sopportava di ricevere insulti... la schiacciavano più di un colpo fisico. Ma sarebbe andata avanti... Faith Meredith andava sempre avanti. Se non l'avesse fatto, suo padre avrebbe potuto essere costretto a lasciare Glen.

Alla fine di un lungo viale, Faith giunse alla casa... una grande, vecchia casa con una fila di pioppi che vi marciavano davanti come soldati. Nella veranda sul retro sedeva Norman Douglas in persona che leggeva il giornale. Accanto a lui c'era il suo grosso cane. Da dietro, in cucina, dove la governante signora Wilson preparava la cena, veniva l'acciottolio dei piatti... un acciottolio rabbioso, perché Norman Douglas aveva appena litigato con la signora Wilson e per questo motivo erano entrambi di pessimo umore. Di conseguenza quando Faith salì i gradini della veranda e Norman Douglas abbassò il giornale, lei si ritrovò a guardare gli occhi collerici di un uomo irritato.

Norman Douglas era un bel personaggio a modo suo. Aveva una lunga cascata di barba rossa sul petto ampio e una criniera di capelli rossi che l'età non aveva ingrigito sulla testa massiccia. La fronte alta e bianca era priva di rughe e gli occhi azzurri mandavano ancora lampi con tutto il fuoco della sua giovinezza. Poteva essere amabile quando voleva, e poteva anche essere terribile. La povera Faith, così ansiosamente decisa a salvare la situazione per il bene della chiesa, l'aveva colto in uno dei suoi momenti peggiori.

Lui non sapeva chi lei fosse e la scrutò con disapprovazione. A Norman Douglas piacevano le ragazze di spirito, ardenti, allegre. In quel momento Faith era molto pallida. Lei era quel tipo di ragazza in cui il colore vuol dire tutto. Priva del suo cremisi, sembrava mansueta e perfino insignificante. Sembrava contrita e spaventata e il bullo che viveva nel cuore di Norman Douglas si svegliò.

"E chi caspiterina sei? E cosa vuoi qui?", le domandò con la sua potente voce tonante e un cipiglio feroce.

Per la prima volta in vita sua, Faith non aveva nulla da dire. Non aveva mai immaginato che Norman Douglas fosse *così*. Era paralizzata dal terrore che lui le incuteva. Lui se ne accorse e questo peggiorò le cose.

"Che ti piglia?", tuonò, "Sembri una che voglia dire qualcosa e sia troppo spaventata per farlo. Che ti succede? Dannazione, sai parlare?"

No. Faith non riusciva a parlare. Non le uscivano le parole. Ma cominciarono a tremarle le labbra.

"Per amor del Cielo, non metterti a piangere", gridò Norman, "Non sopporto i piagnistei. Se hai qualcosa da dire, dilla e falla finita. Buon Dio, questa ragazzina è posseduta da uno spirito muto? Non guardarmi così... sono un essere umano... non ho la coda! Ma chi sei? Chi sei, ti ho detto?"

La voce di Norman si poteva sentire fino alla baia. Le operazioni in cucina vennero sospese. La signora Wilson ascoltava tendendo occhi e orecchie. Norman si mise le enormi mani marroni sulle ginocchia e si sporse in avanti, fissando il volto pallido e contratto di Faith. Sembrava incombere su di lei come il gigante cattivo di una fiaba. A lei parve che la sua prossima mossa sarebbe stata di mangiarla, tutta quanta, ossa incluse.

"Io... so... sono... Faith... Meredith", disse, con poco più di un sussurro.

"Meredith, eh? Una dei bambini del parroco, eh? Ho sentito parlare di voi... ho sentito parlare di voi! Cavalcate i maiali e infrangete lo Sabbath[24]! Una bella cricca! Che cosa vuoi qui, eh? Che vuoi da un vecchio pagano, eh? Io non chiedo favori ai parroci... e non ne faccio neanche. Che cosa vuoi, allora?" Faith desiderò essere a mille miglia di distanza. Balbettò il suo pensiero nella sua nuda semplicità.

"Io sono venuta... a chiedervi... di... di tornare in chiesa e... pagare il salario."

Norman la guardò truce, poi sbottò di nuovo.

"Sfacciata impudente... tu!... chi ti ha istigato, ragazza? Chi ti ha istigato?"

"Nessuno", disse la povera Faith.

"Bugia. Non mentirmi! Chi ti ha mandato qui? Non è stato tuo padre... lui non ha il vigore di una pulce... ma non manderebbe te a fare quello che lui non ha il coraggio di fare da solo. Immagino che sia stata una di quelle dannate vecchie zitelle di Glen, vero? Chi è stata? Chi è stata, eh?"

"No... so... sono venuta... per... per conto mio."

"Mi prendi per uno stupido?", strillò Norman.

"No... io pensavo che voi foste un gentiluomo", disse Faith debolmente, e certo senza alcuna intenzione di fare del sarcasmo.

Norman balzò in piedi.

"Bada ai fatti tuoi. Non voglio più sentire un'altra parola da parte tua. Se non fossi una bambina t'insegnerei io a immischiarti con cose che non ti riguardano. Quando vorrò un prete o un mediconzolo li manderò a chiamare. Fino ad allora non voglio avere niente a che fare con loro. Hai capito? Adesso vattene, faccia-di-formaggio."

Faith uscì. Incespicò alla cieca giù dai gradini, fuori dal giardino e sul viale. A metà del viale lo stordimento dovuto alla paura le passò e una collera bruciante s'impadronì di lei. Quando arrivò in fondo al viale era ormai preda di una rabbia furente come non l'aveva mai provata in vita sua. Gli insulti di

---

24 Sabbath: settimo giorno della settimana, da dedicare al riposo e alla preghiera. È sabato per gli ebrei e domenica per la maggior parte dei cristiani (NDR)

Norman Douglas le bruciavano nell'anima, accendendo una fiamma cocente. Andare a casa? Non lei! Lei sarebbe tornata dritta indietro e avrebbe detto a quel vecchio orco quel che pensava di lui. Gliel'avrebbe fatta vedere lei! Oh, se gliel'avrebbe fatta vedere! Faccia-di-formaggio! Proprio!

Senza esitare, si voltò e tornò indietro. La veranda era deserta e la porta della cucina chiusa. Faith aprì la porta senza bussare ed entrò. Norman Douglas si era appena messo a tavola per cenare ma aveva ancora il suo giornale. Faith, inflessibile, attraversò la stanza, gli strappò il giornale di mano, lo buttò per terra e lo calpestò. Poi lo affrontò, con gli occhi che mandavano lampi e le guance scarlatte. Era una così bella, giovane furia che Norman Douglas quasi non la riconobbe.

"E perché sei tornata?", ringhiò, più per lo sconcerto che per la rabbia.

Senza perdersi d'animo, lei fissò di nuovo quegli occhi furenti contro i quali molte poche persone sapevano tenere lo sguardo saldo.

"Sono tornata per dirvi esattamente quel che penso di voi", disse Faith con voce chiara e squillante, "Io non ho paura di voi. Siete soltanto un vecchio villano, ingiusto, tirannico e sgradevole. Susan dice che sicuramente andrete all'inferno, e prima mi dispiaceva per voi, ma adesso non mi dispiace più. Vostra moglie non ha avuto un cappello nuovo per dieci anni... non è strano che sia morta. Dopo stavolta vi farò le boccacce tutte le volte che vi vedo. Tutte le volte che vi starò dietro voi saprete cosa sta succedendo. Papà ha l'immagine del diavolo in un suo libro, e quando vado a casa voglio scriverci il vostro nome sotto. Siete un vecchio vampiro e spero che vi vengano le piattole!"

Faith non sapeva cosa fosse un vampiro, e neppure cosa fossero le piattole. Le aveva sentite nominare da Susan e dal suo tono di voce ne aveva desunto che fossero cose terribili. Ma Norman Douglas sapeva perlomeno cosa fossero le ultime. Aveva ascoltato in completo silenzio la tirata di Faith. Quando lei si fermò per riprendere fiato, sbattendo i piedi per terra, lui improvvisamente scoppiò in una risata fragorosa. Dandosi una poderosa manata su un ginocchio, esclamò:

"Be', dopotutto hai fegato. Mi piace il fegato. Vieni... vieni, siediti."

"No", gli occhi di Faith brillarono con ancora più ardore. Pensava che si stesse prendendo gioco di lei... che la stesse trattando con disprezzo. Le sarebbe piaciuto avere un altro scoppio di rabbia, ma tagliò corto, "Non mi siederò in casa vostra. Me ne vado a casa mia. Ma sono contenta di essere tornata e avervi detto esattamente qual è la mia opinione su di voi."

"Anch'io... anch'io", ridacchiò Norman, "Mi piaci... sei brava... sei forte! Che rose... e che vigore! Ti ho chiamata faccia-di-formaggio? Bah, non sai certo di formaggio. Siediti! Se solo fossi stata così fin dall'inizio, ragazzina! Così scriverai il mio nome sotto il ritratto del diavolo, eh? Ma lui è di pelo nero, ragazzina, è di pelo nero... e io sono rosso... non vado bene. Non vado bene. E speri che mi vengano le piattole, eh? Che Dio ti benedica, ragazzina, le ho avute da ragazzo. Non augurarmele ancora. Siediti... siediti. Prenderemo una tazza di cortesia."

"No, grazie", disse Faith, altezzosa.

"Oh, ma sì che lo farai. Andiamo... andiamo. Ti chiedo scusa, ragazzina. Mi sono reso ridicolo e mi dispiace. Un uomo non può dire di meglio. Perdona e dimentica. Diamoci la mano, ragazzina... diamoci la mano. No, non vuole. Oh, ma deve! Guarda qui, ragazzina, se mi dai la mano e spezzi il pane con me pagherò quel che davo una volta per il salario e verrò in chiesa la prima domenica di ogni mese, e farò chiudere la bocca a Kitty Alec. Io sono l'unico del clan a poterlo fare. Affare fatto, ragazzina?"

Sembrava un affare. Faith si ritrovò a stringere la mano all'orco e a sedersi alla sua tavola.

La rabbia le era passata – in Faith il malumore non durava mai a lungo – ma l'eccitazione le scintillava ancora negli occhi e le colorava le guance di cremisi. Norman Douglas la guardò ammirato.

"Porta una delle tue conserve migliori, Wilson", ordinò, "E piantala di tenere il broncio, donna, piantala di tenere il broncio. Che succederebbe se litigassimo, donna, eh? Una bella baraonda pulisce l'aria e vivacizza le cose. Ma niente pioggia e nebbia dopo... niente pioggia e nebbia, donna. Non lo sopporto. Mi piace la collera in una donna ma le lacrime non fanno per me. Eccoti un po' di pasticcio di carne e di patate, ragazzina. Comincia da qui. Wilson lo chiama in maniera fantasiosa, ma io lo chiamo cheddevomangiarlo. Tutto ciò che non riesco ad analizzare nel gruppo del cibo lo chiamo cheddevomangiarlo, e tutto quel che è umido e mi lascia perplesso lo chiamo cheddevoberlo. Il tè di Wilson è cheddevoberlo. Secondo me lo fa con la lappola. Non berti quell'assurdo liquido nero... eccoti un po' di latte. Come hai detto che ti chiami?"

"Faith."

"Non è un nome, quello... non è un nome. Non lo digerisco. Ce ne hai un altro?"

"No, signore."

"Non mi piace, quel nome. Non mi piace. Non ha spirito. E poi mi fa venire in mente mia zia Jinny. Lei chiamò le sue tre figlie Fede, Speranza e Carità. Fede non credeva in niente... Speranza era una pessimista nata... e Carità una spilorcia. Tu dovresti chiamarti Rosa Rossa... è quello che sembri quando t'arrabbi. Io ti chiamerò Rosa Rossa. E mi hai incastrato convincendomi a tornare in chiesa? Andiamo, ragazzina, questa me la lasci saltare? Ero solito pagare cento dollari l'anno e andare in chiesa. Se prometto di pagare duecento dollari l'anno mi permetti di non andare in chiesa? E dai!"

"No, no, signore", disse Faith con una fossetta birichina, "Voglio che andiate anche in chiesa."

"Be', un patto è un patto. Posso sopportarlo dodici volte all'anno. Che scalpore farà la prima domenica che ci andrò! E così la vecchia Susan Baker dice che andrò all'inferno, eh? Tu credi che ci andrò? Dai, dimmelo."

"Io spero di no, signore", balbettò Faith, confusa.

"*Perché* speri di no? Dai, dimmelo, *perché* speri di no? Dammi un motivo, ragazzina... coraggio, dammi un motivo."

"Dev'essere... un posto... molto sgradevole, signore."

"Sgradevole? Tutto dipende dai tuoi gusti, da cosa pensi che sia gradevole, ragazzina. Io mi stancherei subito degli angeli. Te l'immagini la vecchia Susan con l'aureola, eh?"

Faith la immaginò, e l'idea la divertì così tanto che dovette mettersi a ridere. Norman la guardò con approvazione.

"Vedi che cosa buffa? Oh, tu mi piaci... sei forte. Per questa faccenda della chiesa... tuo padre sa dire le prediche?"

"È uno splendido predicatore", disse Faith, leale.

"Ah, sì? Vedremo... starò attento a beccarlo in fallo. Dovrà fare attenzione a quel che dirà *davanti a me*. Lo beccherò... lo farò cadere... terrò le orecchie aperte sulle sue argomentazioni. Sono tenuto a divertirmi un po' in questa faccenda dell'andare in chiesa. Dice mai prediche sull'inferno?"

"N... no. Credo di no."

"Malissimo. A me piacciono i sermoni su quell'argomento. Digli che se vuole mantenermi di buon umore deve fare un bel sermone chiassoso sull'inferno una volta ogni sei mesi... e più zolfo ci mette, meglio è. Mi piace vederlo fumante. E pensa al piacere che darebbe anche alle vecchie zitelle. Si metterebbero tutte a guardare il vecchio Norman Douglas pensando 'Questa è per te, vecchio reprobo! Questo è quel che c'è in serbo per te!' Ti darò dieci dollari extra tutte le volte che riuscirai a convincere tuo padre a fare una predica sull'inferno. Ecco Wilson con la marmellata. Ti piace, eh? Questo non è cheddevomangiarlo. Assaggia!"

Faith, ubbidiente, mandò giù la cucchiaiata che Norman le porgeva. Fortunatamente era buona davvero.

"La marmellata di prugne più buona del mondo", disse Norman riempiendo un grosso piattino e lasciandoglielo cadere davanti, "Sono contento che ti piaccia. Te ne darò un paio di barattoli da portarti a casa. Non sono spilorcio, io... non lo sono mai stato. E comunque il diavolo non può acchiapparmi su quel punto. Non era colpa mia se Hester non ha avuto un cappello nuovo per dieci anni. Era colpa sua... lei risparmiava sui cappelli per mettere da parte i soldi da mandare ai musi gialli in Cina. Io non ho mai dato un cent alle missioni in vita mia... e mai lo farò. Non cercare mai di abbindolarmi a farlo! Cento dollari per il salario e andare in chiesa una volta al mese... ma non intendo rovinare dei bravi pagani per farne poveri cristiani. Eh, ragazzina, quelli non vanno bene né per l'inferno né per il paradiso. Troppo rovinati per entrambi. Troppo rovinati. Ehi, Wilson, non t'è venuto ancora un sorriso? È straordinario come le donne riescano a tenere il broncio! Io non ho mai messo il broncio in vita mia... con me è solo una grande vampata e uno schianto, e poi... puff... la burrasca passa e torna il sole, e mi si potrebbe mangiare in mano."

Norman insisté per accompagnare Faith a casa dopo cena, riempì il calesse di mele, cavoli, patate, zucche e vasetti di marmellata.

"C'è un bel gattino in fienile. Ti do anche quello, se vuoi. Basta che dici di sì", disse.

"No, grazie", disse Faith, decisa, "Non mi piacciono i gatti, e poi ho un gallo."

"Ma senti un po'. Non puoi mica coccolare un gallo come puoi fare con un gattino. E chi ha mai sentito parlare di galli da coccolare? Meglio se prendi il gattino. Voglio trovargli una bella casetta."

"No. Zia Martha ha un gatto e probabilmente lui ammazzerebbe un gattino estraneo."

Su questo punto, Norman cedette con riluttanza. Fece fare a Faith un'eccitante corsa fino a casa, dietro al suo cavallo selvaggio di due anni, e quando la fece scendere sulla soglia della cucina della canonica ed ebbe scaricato il suo carico sulla veranda sul retro, se ne andò via gridando:

"È solo una volta al mese... solo una volta al mese, bada."

Faith se ne andò a letto, frastornata e trafelata, come se fosse appena sfuggita alla presa di una tromba d'aria cordiale. Era felice e sollevata. Non c'era più timore che dovessero lasciare Glen, il cimitero e la Valle dell'Arcobaleno. Ma si addormentò turbata dalla sgradevole subcoscienza che Dan Reese l'aveva chiamata ragazza-maiale e che, essendosi imbattuto in un epiteto tanto appropriato, avrebbe continuato a usarlo tutte le volte che ne avesse avuta l'occasione.

Capitolo 17
Una doppia vittoria

Norman Douglas venne in chiesa la prima domenica di novembre e suscitò tutto lo scalpore che desiderava. Il signor Meredith gli strinse la mano, distratto, sui gradini della chiesa e gli disse, trasognato, che sperava che la signora Douglas stesse bene.

"Non stava molto bene prima che la seppellissi, dieci anni fa, ma scommetto che adesso è parecchio più in salute", tuonò Norman, per l'orrore e il divertimento di tutti eccetto il signor Meredith, che era assorto a chiedersi se avesse fatto l'inizio del sermone con chiarezza come avrebbe dovuto, e non aveva la minima idea di quel che Norman gli aveva detto, né di quel che lui aveva detto a Norman.

Norman intercettò Faith al cancello.

"Ho mantenuto la parola, hai visto? Ho mantenuto la parola, Rosa Rossa. Ora sono libero fino alla prima domenica di dicembre. Bel sermone, ragazzina... bel sermone. Tuo padre ha nella zucca più di quanto si veda dalla faccia. Ma una volta si è contraddetto. Diglielo che si è contraddetto. E digli che a dicembre voglio il sermone con lo zolfo. Splendido modo per terminare l'anno... col gusto dell'inferno, per così dire. E che ne dici di un bel discorso gustoso sul Paradiso per l'anno nuovo? Anche se non sarebbe neanche un po' interessante come l'inferno, ragazzina... neanche un po'. Però mi piacerebbe sapere cosa ne pensa tuo padre del Paradiso... lui è uno che pensa... una cosa rarissima a questo mondo, una persona che sa pensare. Però si è contraddetto. Ah, ah! Ecco una cosa che gli devi chiedere quando si sveglia, ragazzina. 'Dio può creare una pietra così grossa che neppure lui potrebbe sollevare?'[25] Non te

---

25 Si tratta del famoso paradosso dell'onnipotenza, che ha messo alla prova pensatori importanti come Averroè o Tommaso d'Aquino, ma che va fatto risalire a Pseudo-Dionigi l'Areopagita, nel 532 A.C. Il succo è: se Dio è onnipotente può creare una pietra che neppure lui riesca a spostare? Il quesito mira a negare la possibilità dell'esistenza dell'onnipotenza, perché se riesce a farlo vuol dire che non può spostare la pietra, quindi non è onnipotente, viceversa se non riesce a farlo vuol dire che c'è qualcosa che neanche lui può fare, e lo stesso vuol dire che non è onnipotente. Nel corso dei secoli sono state date diverse risposte da molti filosofi e teologi, tra i quali Cartesio e Abelardo (NDR)

lo dimenticare. Voglio sapere la sua opinione. Ho messo in imbarazzo più di un prete con questa domanda, ragazzina."

Faith fu contenta di sfuggirgli e correre a casa. Dan Reese, che stava tra la folla di ragazzi al cancello, la guardò e modellò le labbra in un "ragazza-maiale", ma non osò dirlo ad alta voce proprio lì. Il giorno dopo a scuola fu una faccenda diversa. All'intervallo di mezzogiorno Faith incontrò Dan nella piccola piantagione di abeti rossi dietro la scuola e Dan le strillò ancora una volta:

"Ragazza-maiale! Ragazza-maiale! *Ragazza-galletto!*"

Walter Blythe si alzò improvvisamente da un cuscino di muschio dietro un piccolo gruppo di abeti dove stava leggendo. Era molto pallido, ma gli brillavano gli occhi.

"Chiudi il becco, Dan Reese!", disse.

"Oh, ciao, signorina Walter", ribatté Dan per nulla imbarazzato. Volteggiò leggero in cima alla staccionata e canticchiò, insultante:

"Codardo codardone
Che ruba il torrone,
Codardo codardone!"

"Sei una concomitanza!", disse Walter, sprezzante, facendosi ancora più pallido. Aveva solo un'idea molto vaga di cosa fosse una concomitanza, ma Dan quell'idea non ce l'aveva affatto e pensò che fosse qualcosa di estremamente ingiurioso.

"Già! Codardo!", strillò di nuovo, "Tua madre scrive bugie-bugie-bugie! E Faith Meredith è una ragazza-maiale – una ragazza-maiale – una ragazza-maiale! E una ragazza-galletto – una ragazza-galletto – una ragazza-galletto! Sì! Codardo, codardo, co..."

Dan non andò oltre. Walter si era scagliato oltre lo spazio che li divideva e aveva buttato Dan all'indietro giù dalla staccionata con un colpo ben assestato. L'atteggiamento scomposto e improvviso di Dan venne salutato da uno scoppio di risate e un battere di mani da parte di Faith. Dan balzò in piedi, paonazzo dalla rabbia, e cominciò ad arrampicarsi sullo steccato. Ma proprio in quel momento suonò la campanella e Dan sapeva cosa succedeva ai ragazzi che arrivavano in ritardo sotto il regime del signor Hazard.

"Ce la vedremo a pugni", gridò, "Codardo!"

"Quando vuoi", disse Walter.

"Oh, no, no, Walter", protestò Faith, "Non picchiarti con lui. Non m'importa di quel che dice... io non mi abbasso a preoccuparmi di cosa dicono quelli come lui."

"Ha insultato te e ha insultato mia madre", disse Walter, con la stessa calma terrificante, "Stasera dopo scuola, Dan."

"Dopo scuola devo tornare subito a casa a raccogliere le patate dietro al frangizolle, ha detto papà", rispose Dan, corrucciato, "Ma domani sera mi va bene."

"D'accordo... qui, domani sera", concordò Walter.

"E così ti fracasso quella faccia da femminuccia", promise Dan.

Walter rabbrividì... non tanto per paura della minaccia, ma per la sua bruttezza, per la sua volgarità. Ma tenne la testa alta ed entrò a scuola a passo di marcia. Faith lo seguì, dilaniata da un conflitto di emozioni. Detestava il pensiero di Walter che faceva a botte con quel piccolo codardo, ma oh!, era stato magnifico! E si sarebbe battuto *per lei*, Faith Meredith, per punire chi l'aveva insultata! Naturalmente avrebbe vinto... occhi così significavano vittoria.

Però entro sera la fiducia di Faith nel suo campione si affievolì. Walter era apparso molto silenzioso e abbacchiato per tutto il resto della giornata.

"Se solo fosse Jem", disse, sospirando, a Una quando si sedettero sulla tomba di Hezekiah Pollock al cimitero, "Lui è un tale lottatore... potrebbe distruggere Dan in un batter d'occhio. Ma Walter non sa nulla di lotta."

"Ho paura che si farà male", sospirò Una, che detestava la lotta e non capiva la sottile, segreta esultanza che percepiva in Faith.

"Non dovrebbe", disse Faith, a disagio, "È grosso proprio come Dan."

"Ma Dan è più grande", disse Una, "Ha quasi un anno in più."

"Dan non ha fatto così tanto a pugni una volta che vai a contare", disse Faith, "Io credo che in realtà sia un codardo. Non pensava che Walter avrebbe fatto a botte, altrimenti non si sarebbe messo a insultarmi davanti a lui. Oh, se solo avessi visto la faccia di Walter quando l'ha guardato, Una! Mi ha fatto venire i brividi... brividi belli. Sembrava proprio Sir Galahad in quella poesia che papà ci ha letto sabato."

"Detesto l'idea che facciano a botte, vorrei poterli fermare", disse Una.

"Oh, ma adesso devono andare fino in fondo", esclamò Faith, "È una questione d'onore. *Non azzardarti* a dirlo a nessuno. Se lo fai, non ti racconterò più nessun segreto."

"Non lo dico", concordò Una, "Ma domani non rimango a vedere la lotta. Me ne torno subito a casa."

"Va bene. Ma io devo esserci... sarebbe meschino non farlo quando Walter si batte per me. Gli legherò i miei colori al braccio... è la cosa giusta da fare, visto che è il mio cavaliere. Che fortuna che la signora Blythe mi abbia regalato quel bel nastro per capelli azzurro per il mio compleanno! L'ho messo solo due volte perciò è quasi nuovo. Ma vorrei avere la certezza che Walter vinca. Sarebbe così... così *umiliante* se non vincesse."

Faith sarebbe stata ancora più incerta se avesse potuto vedere il suo campione in quel momento. Walter era rincasato da scuola con tutta la sua virtuosa rabbia defluita, al suo posto c'era una sgradevole sensazione. La sera seguente doveva picchiarsi con Dan Reese... e non voleva farlo... detestava anche solo pensarci. E continuava a pensarci tutto il tempo. Neanche per un istante riusciva a sfuggire a quel pensiero. Avrebbe fatto molto male? Aveva una paura terribile che avrebbe fatto male. E sarebbe stato sconfitto e svergognato?

A cena non riuscì a mangiare nulla che valesse la pena menzionare. Susan aveva fatto una grande infornata dei suoi biscotti preferiti, quelli a faccia di scimmia, ma lui, strozzandosi, riuscì a mandarne giù solo uno. Jem ne mangiò quattro. Walter si chiese come potesse farlo. E gli altri *come potevano* mangiare? E come facevano a parlare allegramente come stavano facendo? C'era mamma, coi suoi occhi lucenti e le guance rosa. Lei non sapeva che suo figlio doveva fare a botte la sera seguente. Walter si chiese, fosco, se sarebbe stata altrettanto allegra se l'avesse saputo. Jem aveva fatto una foto a Susan con la sua nuova macchina e il risultato venne passato per la tavola, e Susan ne era terribilmente indignata.

"Non sono bella, cara signora Dottore, e lo so bene, l'ho sempre saputo", disse, risentita, "ma non posso credere di essere così brutta come mi fa quella foto, no, non ci posso credere."

Jem ne rise e Anna rise di nuovo con lui. Walter non poteva sopportarlo. Si alzò e scappò in camera sua.

"Quel bambino ha qualcosa in mente, cara signora Dottore", disse Susan, "Non ha mangiato quasi niente. Credete che stia progettando un'altra poesia?"

Il povero Walter in quel momento era spiritualmente molto lontano dallo stellato reame della poesia. Poggiò il gomito sul davanzale della finestra e posò tristemente la testa sulla mano.

"Vieni giù in spiaggia, Walter", esclamò Jem, facendo irruzione in camera, "Stasera i ragazzi vanno a bruciare l'erba sulle dune

di sabbia. Papà dice che ci possiamo andare. Andiamo."
In qualunque altro momento Walter ne sarebbe stato felice. Si
esaltava quando bruciavano l'erba sulle dune di sabbia. Ma
adesso rifiutò recisamente di andare, e nessuna discussione,
nessuna supplica lo smosse.

Il deluso Jem, al quale non piaceva fare una lunga camminata
fino a Punta Quattro Venti al buio da solo, si ritirò nel suo
museo in solaio e si seppellì in un libro. Ben presto dimenticò la
delusione godendosi gli eroi di un vecchio romanzo e
fermandosi di tanto in tanto per immaginare di essere un
famoso generale che conduceva le sue truppe alla vittoria in un
grande campo di battaglia.

Walter rimase seduto alla finestra fino a che non fu ora di
andare a letto. Di scivolò in camera, sperando di sapere cosa
non andasse, ma Walter non riusciva a parlarne neppure con Di.
Parlarne sembrava dare alla faccenda una realtà dalla quale lui
rifuggiva. Per lui era già una tortura pensarci. Le foglie
scricchiolanti e avvizzite fruscivano sugli aceri fuori dalla
finestra. Il bagliore di rosa e di fiamma era svanito dal cielo
profondo e argenteo, e la luna piena sorgeva stupenda sulla
Valle dell'Arcobaleno. In lontananza un falò rubicondo
dipingeva una pagina di bellezza sull'orizzonte dietro le colline.
Era una serata pungente e limpida, quando si sentivano
chiaramente anche i suoni lontani. Una volpe abbaiava dall'altra
parte della palude. Un treno sbuffava alla stazione di Glen. Una
ghiandaia azzurra strillava come una pazza nel boschetto di
aceri. C'erano risate in tutto il giardino della canonica. Come
faceva la gente a ridere? Come facevano le volpi, le ghiandaie
azzurre e i treni a comportarsi come se domani non dovesse
capitare nulla?

"Oh, vorrei che fosse già finita", gemette Walter.

Quella notte dormì molto poco e la mattina fece fatica a
mandare giù il porridge. Susan era stata piuttosto prodiga nel
riempire i piatti. Quel giorno il signor Hazard lo trovò piuttosto
deludente come alunno. Anche Faith sembrava avere la testa tra
le nuvole. Dan Reese continuò a fare di nascosto disegnini di
ragazze con la testa da maiale o da gallo sulla lavagnetta, e ad
alzarla per farli vedere a tutti. La notizia della battaglia
imminente era trapelata e la maggior parte dei ragazzi e molte
ragazze erano già nel boschetto di abeti rossi quando Dan e
Walter vi andarono dopo scuola. Una era tornata a casa, ma
Faith era lì, e aveva legato il nastro attorno al braccio di Walter.

Walter era contento che né Jem, né Di, né Nan fossero nella folla di spettatori. In un qualche modo non avevano saputo cosa c'eran nell'aria ed erano tornati anche loro a casa. Adesso Walter fronteggiò Dan impavido. All'ultimo momento la sua paura era scomparsa, ma era ancora disgustato dall'idea di fare a botte. Dan, si vedeva, era ancora più pallido di Walter sotto le sue lentiggini. Uno dei ragazzi più grandi diede il via e Dan colpì Walter in faccia.

Walter vacillò un po'. Il dolore del colpo bruciò un istante per tutto il suo fisico sensibile. Poi non provò più dolore. Qualcosa che non aveva mai provato prima gli si riversò addosso come un'ondata di piena. Il volto gli si fece paonazzo, gli occhi ardevano come fiamme. Gli alunni di Glen St. Mary non si erano mai sognati che "la signorina Walter" potesse essere così. Si gettò su Dan e accettò la sua sfida come un giovane gatto selvatico.

Non c'erano regole particolari nelle lotte dei ragazzi della scuola di Glen. Era una lotta libera, un picchia dove capita. Walter lottò con furia e gioia selvagge nella sua battaglia e Dan non riusciva a mantenere il punto. Fu tutto molto rapido. Walter non aveva piena consapevolezza di quello che stava facendo fino a che all'improvviso la cortina rossa svanì dalla sua vista, e lui si ritrovò inginocchiato sul corpo del prostrato Dan dal cui naso – oh, quale orrore! – zampillava sangue.

"Ne hai avuto abbastanza?", domandò Walter a denti stretti.

Dan, corrucciato, annuì.

"Mia madre non scrive bugie?"

"No."

"Faith Meredith non è una ragazza-maiale?"

"No."

"E neanche una ragazza-galletto?"

"No."

"E io non sono un codardo?"

"No."

Walter avrebbe voluto chiedere "E tu sei un bugiardo?", ma intervenne la pietà e decise di non umiliare ulteriormente Dan. Inoltre, il sangue era terribile.

"Allora puoi andare", disse, sprezzante.

Ci fu un forte battimani da parte dei ragazzi che erano appollaiati sulla staccionata, ma alcune delle ragazze piangevano. Erano spaventate. Avevano già visto lotte prima, ma nulla come Walter avvinghiato in un corpo a corpo con Dan.

C'era stato qualcosa di terrificante in lui. Pensavano che avrebbe potuto uccidere Dan. Ora che era tutto finito singhiozzavano istericamente... tranne Faith, che era ancora tesa e con le guance arrossate.

Walter non rimase per ricevere il premio del conquistatore. Superò d'un balzo la staccionata e corse giù per la collina di abeti fino alla Valle dell'Arcobaleno. Non provava affatto la gioia del vincitore, ma provava una certa calma soddisfazione per il dovere compiuto e l'onore vendicato... mescolato con una sgradevole sensazione di nausea quando ripensava al naso di Dan. Era bruttissimo, e Walter detestava la bruttezza.

E poi cominciò a rendersi conto che anche lui era piuttosto indolenzito e malconcio. Aveva un labbro tagliato e gonfio e una sensazione molto strana a un occhio. Nella Valle dell'Arcobaleno incontrò il signor Meredith, che stava rincasando dopo una visita pomeridiana alle signorine West. Quel reverendo gentiluomo lo guardò con gravità.

"Sembra che tu abbia fatto a botte, Walter."

"Sì, signore", rispose Walter, aspettandosi un rimprovero.

"Perché?"

"Dan Reese ha detto che mia mamma scrive bugie e che Faith è una ragazza-maiale", rispose Walter, franco.

"Oh! Allora in questo caso sei certamente giustificato, Walter."

"Pensate che sia giusto fare a botte?", domandò Walter, curioso.

"Non sempre... e non spesso... ma certe volte... sì, certe volte", disse John Meredith, "Per esempio, quando si insultano le donne... come nel tuo caso. Il mio motto, Walter, è 'non combattere finché non sei sicuro di doverlo fare, e poi mettici tutto te stesso'. Nonostante tutte quelle macchie, desumo che tu abbia avuto la meglio."

"Sì. Gli ho fatto rimangiare tutto."

"Ottimo... ottimo davvero. Non pensavo che tu fossi un tale lottatore, Walter."

"Non avevo mai fatto a botte prima... e fino all'ultimo non volevo farlo... e poi", disse Walter, deciso a togliersi un peso dalla coscienza, "quando l'ho fatto m'è piaciuto."

Gli occhi del reverendo John sfavillarono.

"Eri... un po' spaventato... all'inizio?"

"Ero molto spaventato", disse Walter, onesto, "Ma non avrò più paura, signore. La paura delle cose è peggio delle cose stesse. Chiederò a papà di portarmi a Lowbridge domani a farmi togliere il dente."

"Giusto di nuovo. 'La paura è più dolorosa del dolore ch'essa teme'. Sai chi l'ha scritto, Walter? Era Shakespeare. C'è mai stato forse un sentimento, un'emozione, un'esperienza del cuore umano che quell'uomo meraviglioso non conoscesse? Quando torni a casa di' a tua mamma che sono fiero di te."

Però Walter non glielo disse; ma le disse tutto il resto e lei fu solidale con lui e gli disse che era felice che lui avesse preso le difese sue e di Faith, poi unse i punti che facevano male e gli strofinò l'acqua di colonia sulla testa dolorante.

"Le mamme sono tutte buone come te?", domandò Walter, abbracciandola, "*Vale la pena* prendere le tue difese."

Miss Cornelia e Susan erano in soggiorno quando Anna tornò giù, e ascoltarono la storia con molto piacere. Soprattutto Susan era estremamente compiaciuta.

"Sono molto contenta che abbia fatto una bella scazzottata, cara signora Dottore. Forse gli caccerà fuori quella stupidaggine della poesia. E io non ho mai, mai e poi mai, potuto sopportare quella piccola vipera di Dan Reese. Non volete sedervi più vicino al fuoco, signora Marshall Elliott? Queste notti di novembre sono gelide."

"Grazie, Susan, ma non ho freddo. Sono andata alla canonica prima di venire qui e mi sono scaldata... anche se sono dovuta andare in cucina per farlo, perché non c'era fuoco da nessun'altra parte. La cucina aveva l'aria di essere stata rimescolata con un bastone, credimi. Il signor Meredith non era in casa. Non sono riuscita a scoprire dove fosse, ma ho idea che sia andato dalle West. Sai, Anna cara, dicono che sia andato lì frequentemente tutto l'autunno e la gente comincia a credere che ci vada per vedere Rosemary."

"Troverebbe una moglie molto affascinante se sposasse Rosemary", disse Anna, ammucchiando relitti sul fuoco, "È una delle ragazze più deliziose che abbia mai conosciuto... davvero una della razza di Joseph."

"S... sì. Solo che è un'episcopale", disse Miss Cornelia, dubbiosa, "Certo, sempre meglio che se fosse metodista. Ma io penso che il signor Meredith potrebbe pure trovare una buona moglie della sua confessione. Comunque, è molto probabile che non ci sia nulla dietro. Solo un mese fa gli dissi 'Dovreste risposarvi, signor Meredith'. Lui sembrò shoccato come se gli avessi proposto qualcosa di indecente. 'Mia moglie è nella tomba, signora Elliott', mi disse in quel suo modo calmo da santo. 'Immagino di sì', gli risposi, 'altrimenti non vi consiglierei di risposarvi'. E lui sembrò ancora più shoccato. Perciò ho qualche dubbio che ci sia del vero in questa storia di Rosemary. Se un ministro scapolo va due volte in una casa dove c'è una donna nubile, tutti i pettegoli dicono che la sta corteggiando."

"A me sembra – se posso azzardarmi a dirlo – che il signor Meredith sia troppo timido per mettersi a corteggiare una seconda moglie", disse Susan, solenne.

"Non lo è, credimi", ribatté Miss Cornelia, "Distratto, questo sì. Timido, no. E nonostante sia così assente e trasognato ha un'ottima opinione di se stesso, cosa tipica di un uomo, e quando è veramente sveglio non penserebbe che sia un compito ingrato chiedere a una donna di sposarlo. No, il problema è che si sta illudendo con la convinzione che il suo cuore sia già sepolto, quando per tutto il tempo continua a battergli dentro proprio come quello di chiunque altro. Può darsi che gli piaccia Rosemary West e può darsi di no. Se sì, dobbiamo rassegnarci. È una ragazza dolce e una brava massaia, e potrebbe diventare una buona madre per quei poveri bambini trascurati. E", concluse Miss Cornelia, rassegnata, "anche mia nonna era episcopale."

Capitolo 18
Mary porta brutte notizie

Mary Vance, che la signora Elliott aveva mandato alla canonica per una commissione, stava saltellando verso la Valle dell'Arcobaleno diretta a Ingleside, dove avrebbe passato il pomeriggio con Nan e Di come premio speciale del sabato. Nan e Di avevano raccolto la resina degli abeti[26] con Faith e Una nei boschi della canonica e adesso erano tutte e quattro sedute su un pino caduto accanto al ruscello intente, bisogna ammetterlo, a masticare vigorosamente. Alle gemelle di Ingleside non era permesso masticare resina in nessun posto se non nel ritiro della Valle dell'Arcobaleno, ma Faith e Una non erano limitate da simili regole dell'etichetta e masticavano allegramente dappertutto, a casa e fuori, per il decoroso sgomento di tutta Glen. Una volta Faith si era messa a masticare in chiesa; ma Jerry si era reso conto dell'enormità di quel gesto e le aveva fatto un tale rimprovero da fratello maggiore che lei poi non l'aveva fatto mai più.

"Avevo tanta fame che sentivo davvero il bisogno di masticare qualcosa", aveva protestato lei, "Lo sai benissimo com'era la colazione, Jerry Meredith. *Non potevo* mangiare il porridge bruciato, e il mio stomaco era tutto strano e vuoto. La gomma mi ha aiutato parecchio... non ho neppure masticato molto forte. Non ho fatto nessun rumore e non ho spezzato la gomma nemmeno una volta."

"Non devi comunque masticare gomma in chiesa", aveva insistito Jerry, "Fa' che non ti becchi più a farlo."

"Ma tu la masticavi alla riunione di preghiera della settimana scorsa", aveva esclamato Faith.

"È diverso", aveva detto Jerry, altezzoso, "La riunione di preghiera non è alla domenica. Inoltre io sedevo molto indietro, al buio, e non mi ha visto nessuno. Tu eri seduta proprio davanti dove tutti potevano vederti. E io mi sono tolto la gomma di bocca per l'ultimo inno e l'ho appiccicata sullo schienale della panca davanti a me. Poi me ne sono andato e l'ho dimenticata lì. Il mattino dopo sono tornata per riprenderla ma non c'era più. Credo che l'abbia sgraffignata Rod Warren. Era una magnifica gomma."

Mary Vance scese giù dalla Valle a testa alta. Aveva un nuovo

---

26 La resina delle conifere veniva all'epoca usata dai ragazzini come chewing-gum (NDR)

berretto di velluto azzurro con su una rosetta scarlatta, un cappotto di stoffa blu marino e un piccolo manicotto di pelliccia di scoiattolo. Era molto consapevole dei suoi vestiti nuovi e molto compiaciuta di sé. I suoi capelli erano elaboratamente arricciati, il volto era pienotto, le guance rosa e gli occhi bianchi le scintillavano. Non somigliava più molto alla trovatella derelitta e stracciona che i Meredith avevano trovato nel vecchio fienile di Taylor. Una cercò di non essere invidiosa. Mary aveva un nuovo berretto di velluto, ma lei e Faith quell'inverno dovevano portare di nuovo le loro vecchie e malconce coppolette grigie. Nessuno pensava mai di comprargliene di nuove e loro avevano paura di chiederle a papà per timore che lui fosse a corto di soldi e che poi ci sarebbe rimasto male. Una volta Mary aveva detto loro che i sacerdoti erano sempre a corto di soldi e che per loro era durissima sbarcare il lunario. Da allora sia Faith che Una avrebbero preferito andare in giro vestite di cenci piuttosto che chiedere qualcosa a loro padre, se potevano farne a meno. Non si preoccupavano molto della propria sciatteria; ma era decisamente irritante vedere Mary Vance andarsene in giro con tanta classe, e darsi anche tutte quelle arie. Il nuovo manicotto di scoiattolo era veramente l'ultima goccia. Né Faith né Una avevano mai avuto un manicotto, si consideravano già abbastanza fortunate se riuscivano ad avere un paio di muffole senza buchi. Zia Martha non vedeva abbastanza bene da rammendare i buchi Una, anche se ci provava, riusciva a ottenere solo riparazioni misere e abborracciate. Per qualche motivo, non riuscì a salutare Mary con cordialità. Ma a Mary non importò né se ne accorse; non era eccessivamente suscettibile. Volteggiò leggera a sedersi sul pino e posò l'offensivo manicotto su un ramo. Una vide che era foderato di raso rosso pieghettato e aveva nappine rosse. Guardò in basso le proprie manine paonazze e screpolate e si chiese se sarebbe mai stata in grado di infilarle in un manicotto come quello.

"Datemi una gomma", disse Mary, cordiale. Nan, Di e Faith tirarono fuori di tasca grumi color ambra e li passarono a Mary. Una rimase in silenzio. Aveva quatto, deliziosi grumi nella tasca della sua giacchetta stretta e logora, ma non voleva darne neanche uno a Mary Vance... neanche uno, che Mary Vance se le raccogliesse da sola le sue gomme! La gente con i manicotti di scoiattolo non poteva pretendere di ricevere tutto a questo mondo.

"Splendida giornata, vero?", disse Mary, dondolando le gambe, forse per mettere meglio in mostra gli stivaletti nuovi con su elegantissimi orli di stoffa. Una nascose i piedi. Uno dei suoi stivaletti aveva un buco in punta ed entrambi avevano i lacci pieni di nodi. Ma erano i migliori che avesse. Oh, quella Mary Vance! Ma perché non l'avevano lasciata in quel vecchio fienile?

Una non si sentiva mai male perché le gemelle di Ingleside erano meglio vestite di lei e di Faith. Loro portavano i loro bei vestiti con grazia spensierata e non sembravano mai pensarci. In qualche modo non facevano mai sentire la gente sciatta. Ma quando Mary Vance era vestita elegante sembrava letteralmente trasudare vestiti... camminare in un'atmosfera di vestiti... far sì che tutti gli altri sentissero, pensassero ai vestiti. Una, seduta lì nella luce color miele dell'aggraziato pomeriggio di dicembre, era acutamente e tristemente consapevole di tutto quello che indossava: la coppoletta sbiadita, che pure era la migliore che avesse, la giacca striminzita che portava da tre inverni, i buchi sulla gonna e sugli stivaletti, l'inadeguatezza da brividi della sua misera biancheria intima. Certo, Mary era uscita per andare in visita e lei no. Ma anche se avesse dovuto farlo non avrebbe avuto nulla di meglio da indossare, ed era questo a bruciarle.

"Questa è una gomma fantastica. Guardate come la spezzo. Giù ai Quattro Venti non ci sono abeti da gomma", disse Mary, "Certe volte mi viene proprio una voglia matta di gomma. La signora Elliott non mi lascia masticare gomme se mi vede. Dice che non è una cosa da signore. Questa storia delle signore mi lascia perplessa. Non riesco a scoprirne tutte le pieghe. Ehi, Una, che ti piglia? Il gatto ti ha mangiato la lingua?"

"No", disse Una, che non riusciva a staccare gli occhi incantati da quel manicotto di scoiattolo. Mary le passò davanti, lo prese e lo lanciò tra le mani di Una.

"Infilaci le zampe dentro", ordinò, "Sembrano messe piuttosto male. Non è uno splendido manicotto? La signora Elliott me l'ha dato la settimana scorsa come regalo di compleanno. A Natale avrò anche il collo. Ho sentito la signora Elliott che lo diceva."

"La signora Elliott è molto buona con te", disse Faith.

"Ci puoi scommettere. E *anch'io* sono buona con lei", ribatté Mary, "Lavoro come una negra per fare in modo che lei abbia tutto come vuole lei. Siamo fatte l'una per l'altra. Nessuno riesce ad andare d'accordo con lei come me. È ordinatissima, ma anch'io lo sono."

"Te l'avevo detto che non ti avrebbe mai frustato."

"E infatti. Non mi ha mai messo addosso neanche un dito, e io non le ho mai detto bugie... neanche una, è vero quant'è vero che sei viva. Certe volte me le suona a parole, ma quello mi scivola addosso come l'acqua sulla schiena di un'anatra. Ehi, Una, perché non ti sei infilata il manicotto?"

Una l'aveva rimesso sul ramo.

"Non ho freddo alle mani, grazie", disse, sostenuta.

"Contenta tu, contenti tutti. Ehi, la vecchia Kitty Alec è tornata in chiese mansueta come Mosè, e nessuno sa perché. Ma dicono tutti che è stata Faith a riportare Norman Douglas. La sua governante dice che sei andata lì e gli hai fatto un bel rimbrotto. L'hai fatto davvero?"

"Sono andata da lui e gli ho chiesto di tornare in chiesa", disse Faith, a disagio.

"Hai avuto un bel fegato!", disse Mary, ammirata, "Io non avrei mai osato farlo, e non sono certo una debole. La signora Wilson dice che voi due vi siete detti cose scandalose, ma che tu hai avuto la meglio e che lui si è rivoltato e ti voleva sbranare viva. Ehi, tuo padre domani dice messa qui?"

"No. Fa cambio col signor Perry di Charlottetown. Papà è andato in città stamattina e il signor Perry viene qui stasera."

"Lo sapevo che c'era qualcosa nell'aria, anche se la vecchia Martha non ha voluto darmi soddisfazione. Ma ero sicura che non avrebbe ammazzato il gallo per nulla."

"Che gallo? Che vuoi dire?", esclamò Faith, impallidendo.

"Non so che gallo. Non l'ho visto. Quando ha preso il burro che la signora Elliott le aveva mandato ha detto che era stata fuori in fienile ad ammazzare il gallo per il pranzo di domani."

Faith balzò giù dal pino.

"È Adam... non abbiamo altri galli... ha ammazzato Adam."

"Non perdere la calma. Martha ha detto che il macellaio a Glen non aveva carne questa settimana e che lei aveva bisogno di qualcosa, e che tutte le galline stavano deponendo ed erano troppo scarse."

"Se ha ammazzato Adam...", cominciò Faith, correndo su per la collina.

Mary si strinse nelle spalle.

"Ora diventa matta. Era tanto affezionata ad Adam. Avrebbe dovuto finire in pentola tanto tempo fa... adesso sarà duro come una suola di scarpa. Ma non vorrei mai essere al posto di

Martha. Faith è sbiancata dalla rabbia. Una, è meglio se le vai dietro e cerchi di calmarla."

Mary aveva fatto qualche passo con le ragazze Blythe quando all'improvviso Una si voltò e le corse incontro.

"Ecco un po' di gomma per te, Mary", disse, con una nota pentita nella voce, gettando tutti e quattro i suoi grumi nelle mani di Mary, "Sono contenta che tu abbia un manicotto così bello."

"Be', grazie", disse Mary, colta di sorpresa. Dopo che Una se ne fu andata, disse alle ragazze Blythe: "Non è una tipina strana? Ma l'ho sempre detto che è di buon cuore."

Capitolo 19
Povero Adam!

Quando Una tornò a casa, Faith era distesa a faccia in giù sul suo letto e rifiutava ogni consolazione. Zia Martha aveva ammazzato Adam. Proprio in quel momento lui riposava su un piatto di portata in dispensa, legato e condito, e circondato dal suo fegato, dal cuore e dai ventrigli. Zia Martha non dava neanche un briciolo d'importanza alla furia addolorata di Faith.

"Ci serviva assolutamente qualcosa da preparare per il pranzo di un sacerdote estraneo", disse, "Ormai sei troppo grande per agitarti tanto per uno stupido vecchio gallo. Lo sapevi che tanto prima o poi bisognava ammazzarlo."

"Quando papà torna a casa gli dirò quello che hai fatto", singhiozzò Faith.

"Non seccare il tuo povero papà. Ha già abbastanza problemi. E qui *sono io* quella che si occupa della casa."

"Adam era *mio*... la signora Johnson l'aveva dato a me. Tu non avevi il diritto di toccarlo", s'infuriò Faith.

"Ora non fare l'impertinente. Il gallo è stato ammazzato e basta. Non offrirò mai a un sacerdote estraneo un pranzo a base di montone lessato. Io sono stata educata a fare meglio di così, anche se poi sono caduta in basso."

Quella sera Faith non volle scendere a cena e il mattino dopo non volle andare in chiesa. Ma a pranzo andò a tavola, gli occhi gonfi di pianto, tutta la faccia gonfia.

Il reverendo James Perry era un uomo allampanato, rubicondo, con ispidi baffi bianchi, folte sopracciglia bianche e una testa calva e lucida. Sicuramente non era bello, ed era una persona noiosa e vanagloriosa. Ma anche se fosse somigliato all'arcangelo Michele e avesse saputo parlare la lingua degli angeli e degli uomini, Faith l'avrebbe detestato a morte lo stesso. Lui trinciò Adam abilmente, mettendo in mostra le mani grassocce e bianche e un anello di diamanti. Inoltre per tutta l'esecuzione fece osservazioni gioviali. Jerry e Carl ridacchiarono nervosi, e perfino Una sorrise stancamente, perché sapeva che le buone maniere lo esigevano. Ma Faith non fece altro che guardarlo con cipiglio fiero e fosco. Il reverendo James pensò che le sue maniere fossero spaventosamente sgarbate. A un tratto, mentre lui stava enunciando una frase melliflua a Jerry, Faith lo interruppe sgarbatamente con una netta contraddizione. Il reverendo James aggrottò le sopracciglia cespugliose.

"Le bambine non devono interrompere", disse, "e non devono contraddire chi ne sa tanto più di loro."

Questo mise Faith più che mai di cattivo umore. L'aveva chiamata "bambina" come se non fosse più grande della grassottella Rilla Blythe a Ingleside! Era intollerabile. E come mangiava quell'abominevole signor Perry! Spolpava perfino le ossa del povero Adam. Né Faith né Una vollero toccarne un solo boccone e considerarono Jerry e Carl poco meno che cannibali. Faith sentiva che se quell'orribile banchetto non fosse terminato presto, l'avrebbe concluso lei gettando qualcosa sulla testa lucida del signor Perry. Per fortuna il signor Perry trovò la coriacea torta di mele di zia Martha troppo perfino per il suo potere masticatorio, e il pasto terminò dopo una lunga preghiera di ringraziamento con la quale il signor Perry offrì la sua devota riconoscenza per il cibo che una generosa e benevola Provvidenza aveva fornito per il sostentamento e un moderato piacere.

"Dio non ha fatto proprio nulla per fornirvi Adam", borbottò ribelle Faith sottovoce.

I ragazzi furono felici di scappare fuori, Una andò ad aiutare zia Martha coi piatti – anche se quella vecchia signora brontolona non accettava mai volentieri la sua timida assistenza – e Faith se ne andò nello studio, dove un fuoco allegro bruciava nel camino. Pensava che in questo modo sarebbe sfuggita all'odioso signor Perry, che aveva annunciato di voler fare un sonnellino in camera sua durante il pomeriggio. Ma Faith si era appena sistemata in un angolino con un libro quando lui entrò e, piazzandosi davanti al fuoco, cominciò a ispezionare lo studio disordinato con aria di disapprovazione.

"I libri di tuo padre sono in un disordine deplorevole, bambina mia", disse lui, severo.

Faith s'incupì nel suo angolo, ma non disse una parola. Non intendeva parlare con quel... con quell'essere.

"Dovresti cercare di metterli in ordine", continuò il signor Perry, giocherellando con la bella catena d'oro dell'orologio e sorridendo paternalisticamente a Faith, "Sei grande abbastanza per occuparti di questi compiti. La mia bambina a casa ha solo dieci anni, ma è già un'eccellente massaia e un grandissimo aiuto e conforto per sua madre. È una bambina dolcissima. Vorrei che tu avessi il privilegio di conoscerla. Potrebbe aiutarti in molto modi. Certo, tu non hai avuto l'inestimabile privilegio delle attenzioni e dell'educazione di una buona madre. Una triste carenza... una tristissima carenza. Più di una volta ho parlato a tuo padre a questo riguardo e gli ho indicato con onestà i suoi doveri, ma finora senza alcun risultato. Confido che possa prendere coscienza delle sue responsabilità prima che sia troppo tardi. Nel frattempo, è tuo dovere e privilegio sforzarti di prendere il posto della tua santa mamma. Potresti esercitare una grandissima influenza sui tuoi fratelli e sulla tua sorellina... potresti essere una vera mamma per loro. Temo che tu non consideri queste cose come dovresti. Mia cara bambina, permettimi di aprirti gli occhi su questa faccenda."

La voce untuosa e compiaciuta del signor Perry colava goccia a goccia. Era nel suo elemento. Nulla gli si addiceva meglio che formulare regole, assumere atteggiamenti paternalistici e fare ammonimenti. Non aveva intenzione di fermarsi, e non si fermò. Rimase dritto davanti al fuoco, i piedi saldamente piantati sul tappetino, a dar sfogo a una moltitudine di pomposi stereotipi. Faith non sentì neppure una parola. In realtà non lo stava ascoltando affatto. Stava guardandogli il lungo cappotto nero con le code con una birichina gioia crescente negli occhi marroni. Il signor Perry era *molto* vicino al fuoco. Le falde del cappotto cominciarono a bruciarsi... le falde del cappotto cominciarono a mandare fumo. Lui continuava a parlare, monotono, avvolto nella sua eloquenza. Le falde del cappotto mandarono ancor più fumo. Una piccola scintilla volò dal legno che bruciava e atterrò nel mezzo di una di quelle falde. Vi si aggrappò e attecchì, e si espanse in una fiamma ardente e lenta. Faith non riuscì più a trattenersi e proruppe in una risatina soffocata.

Il signor Perry si bloccò di colpo, infuriato per quell'impertinenza. Improvvisamente si rese conto che una puzza di stoffa bruciata riempiva la stanza. Roteò su se stesso e non vide nulla. Poi afferrò con la mano le code del cappotto e se le tirò davanti. C'era già un buco... ed era il suo completo nuovo. Faith non poté impedirsi di agitarsi tutta dalle risate per la sua posa e la sua espressione.

"Avevi visto che le code del mio cappotto bruciavano?", domandò lui, arrabbiato.

"Sì, signore", disse Faith, contegnosa.

"E perché non me l'hai detto?", domandò lui, guardandola con astio.

"Signore, voi avevate detto che non è educato interrompere", disse Faith, ancor più contegnosa.

"Se... se io fossi tuo padre ti darei una sculacciata che non dimenticheresti più finché campi, signorinella", disse un reverendo gentiluomo molto infuriato, incedendo impettito fuori dallo studio. Il cappotto del signor Meredith non stava al signor Perry, perciò lui dovette andare alla funzione serale col suo cappotto con una coda sola. Ma non percorse la navata con la solita consapevolezza dell'onore che stava conferendo all'edificio. Non volle mai più fare scambio di pulpito col signor Meredith, e fu a malapena garbato con quest'ultimo quando s'incontrarono per pochi minuti in stazione il mattino dopo. Ma Faith provò una cupa soddisfazione. Adam era stato in parte vendicato.

Capitolo 20
Faith fa un'amicizia

Il giorno dopo a scuola fu dura per Faith. Mary Vance raccontò la storia di Adam e tutta la scolaresca, esclusi i Blythe, pensò che fosse uno spasso. La ragazze dissero a Faith, tra le risatine, che era un peccato, e i ragazzi le scrissero beffardi messaggi di condoglianze. La povera Faith tornò a casa con l'anima che le sanguinava e le bruciava dentro.

"Vado a Ingleside per fare una chiacchierata con la signora Blythe", singhiozzò, "Lei non riderà di me come fanno tutti gli altri. *Ho bisogno* di parlare con qualcuno che capisca quanto sto male."

Corse per la Valle dell'Arcobaleno. La notte prima l'incantamento aveva operato. Era caduta una neve leggera e gli abeti incipriati sognavano una primavera a venire e una gioia futura. Le lunghe colline dietro erano di un intenso color porpora con le betulle spoglie. La luce rosea del tramonto si posava sul mondo come un bacio rosa. Di tutti i posti eterei e fatati, pieni di una leggiadria insolita e magica, la Valle dell'Arcobaleno in quella sera d'inverno era il più bello. Ma tutta la sua bellezza da sogno andava sprecata per la povera, piccola, addolorata Faith.

Presso il ruscello s'imbatté improvvisamente in Rosemary West, che sedeva sul vecchio pino. Questa stava ritornando da Ingleside, dove aveva impartito alle ragazze la loro lezione di musica. Stava indugiando un po' nella Valle dell'Arcobaleno, guardando oltre la sua bellezza e vagando per certe stradine di sogno. A giudicare dalla sue espressione, i suoi pensieri erano piacevoli. Forse era il debole, occasionale tintinnio delle campanelle sugli Alberi Innamorati a portarle sulle labbra quel piccolo sorriso aleggiante. O forse questo era causato dalla consapevolezza che raramente John Meredith mancava di trascorrere il lunedì sera nella casa grigia sulla collina bianca spazzata dal vento.

Faith Meredith piombò, piena di rabbia ribelle, nei sogni di Rosemary. Faith si bloccò bruscamente quando vide Miss West. Non la conosceva molto... quel tanto che bastava da parlarle quando la incontrava. E in quel momento non voleva vedere nessuno... eccetto la signora Blythe. Sapeva di avere gli occhi e il naso rossi e gonfi, e detestava che un estraneo capisse che aveva pianto.

"Buonasera, Miss West", disse, a disagio.

"Che succede, Faith?", domandò Rosemary, con gentilezza.

"Niente", disse svelta Faith.

"Oh!", Rosemary sorrise, "Intendi dire niente che si possa raccontare a un estraneo, vero?"

Faith guardò Miss West con interesse. Ecco una persona che capiva le cose. E com'era carina! Com'erano dorati i suoi capelli sotto quel cappello con le piume! Com'erano rosa le sue guance sopra quel cappotto di velluto! Com'erano azzurri e cordiali i suoi occhi! Faith pensò che Miss West sarebbe stata una splendida amica... se solo fosse stata un'amica e non un'estranea!

"Io... vado a parlarne con la signora Blythe", disse Faith, "Lei capisce sempre... non ride mai di noi. Io parlo sempre delle mie cose con lei. Mi aiuta."

"Cara ragazza, mi duole dirti che la signora Blythe non è in casa", disse Miss West, comprensiva, "Oggi è andata ad Avonlea e non torna prima della fine della settimana."

Le labbra di Faith tremarono.

"Allora è meglio se me ne torno a casa", disse, affranta.

"Immagino di sì... a meno che tu non te la senta di parlarne con me, invece", disse Miss West, dolcemente, "È un tale conforto poter parlare. Lo so. Non credo di poter essere brava e comprensiva come la signora Blythe... ma ti prometto che non riderò."

"Non ridereste fuori", esitò Faith, "Ma potreste ridere... dentro."

"No, non riderei neppure dentro. E perché dovrei? C'è qualcosa che ti fa soffrire... e non mi ha mai divertito vedere gli altri soffrire, qualunque sia la causa di questa sofferenza. Se te la senti di raccontarmi cos'è che ti fa soffrire, sarò felice di ascoltarti. Ma se preferisci di no... va bene lo stesso, cara."

Faith lanciò un altro lungo, intenso sguardo agli occhi di Miss West. Erano seri... non c'era ombra di divertimento in loro, nemmeno in fondo in fondo. Con un piccolo sospiro, si sedette sul vecchio pino accanto alla sua nuova amica e le raccontò del crudele fato di Adam.

Rosemary non rise né ebbe voglia di ridere. Lei capì e comprese... sul serio, era brava quasi quanto la signora Blythe... si, era brava quanto lei.

"Il signor Perry è un sacerdote, ma avrebbe dovuto fare il *macellaio*", disse Faith, amareggiata, "Gli piace talmente tanto trinciare le cose. *Godeva* a tagliare a pezzi il povero Adam. L'ha fatto a fettine come se fosse stato un galletto qualunque."

"Che resti fra noi, Faith, *neanche a me* piace molto il signor Perry", disse Rosemary, ridendo un po'... ma del signor Perry, non di Adam, e Faith lo capì chiaramente, "Non m'è mai piaciuto. Andavamo a scuola insieme – lui da piccolo viveva a Glen – e lui era un odioso, piccolo moralista perfino allora. Ah, noi ragazza detestavamo dovergli stringere quelle mani grasse e appiccicose quando facevamo il girotondo. Ma bisogna ricordare, cara, che lui non sapeva che Adam era il tuo cucciolo. Lui pensava che fosse *effettivamente* un galletto qualunque. Dobbiamo essere giusti, anche quando ci sentiamo molto feriti."

"Immagino di sì", ammise Faith, "Ma perché tutti sembrano pensare che sia buffo che io volessi tanto bene ad Adam, Miss West? Se si fosse trattato di un orribile, vecchio gatto nessuno avrebbe pensato che fosse strano. Quando il gattino di Lottie Warren ebbe le zampe tagliate dalla mietitrice erano tutti dispiaciuti per lei. A scuola pianse per due giorni e nessuno rise di lei, neppure Dan Reese. Tutte le sue amiche andarono al funerale e l'aiutarono a seppellirlo... solo che non riuscirono a seppellire anche le povere zampine perché non le trovarono più. È stata una cosa orribile, certo, ma non penso che fosse terribile quanto veder *mangiato* il tuo cucciolo. Eppure tutti ridono di me."

"Io credo che sia perché il nome 'galletto' suona un po' buffo", disse Rosemary, seria, "In effetti ha qualcosa di comico. 'Pollo' è diverso. Non sembra tanto buffo dire di essere affezionati a un pollo."

"Adam era un pollo adorabile da piccolo, Miss West. Era una pallina dorata. Mi correva incontro e beccava dalla mia mano. Ed era bello anche da grande... candido come la neve, con una splendida coda ricurva e bianca, anche se Mary Vance diceva che era troppo corta. Riconosceva il suo nome e veniva sempre quando lo chiamavo... era un gallo molto intelligente. E zia Martha non aveva nessun diritto di ucciderlo. Era mio. Non è giusto, vero, Miss West?"

"No che non è giusto", disse Rosemary, decisa, "Neanche un po' giusto. Io ricordo che da piccola avevo una gallina come animale da compagnia. Era una cosina carinissima, tutta marrone dorato e macchiettata. L'amavo come ho amato tutte le mie bestiole. Lei non venne mai ammazzata... morì di vecchiaia. Mamma non l'avrebbe mai uccisa, perché lei era il mio animaletto.

"Se mia mamma fosse stata viva non avrebbe permesso che Adam venisse ammazzato", disse Faith, "In quanto a questo, neanche papà l'avrebbe permesso, se fosse stato a casa e l'avesse saputo. Sono *sicura* che non l'avrebbe permesso, Miss Faith."

"Sono sicura anch'io", disse Rosemary. Sul suo volto comparve un ulteriore, leggero rossore. Lei se ne accorse, ma Faith non notò nulla.

"È stato molto cattivo da parte mia non dire al signor Perry che le falde del suo cappotto stavano bruciando?", domandò, ansiosa.

"Oh, terribilmente cattivo", rispose Rosemary, con gli occhi che le danzavano, "Ma sarei stata cattiva anch'io, Faith... neanch'io gli avrei detto che stavano bruciando... e credo anche che poi non mi sarei minimamente dispiaciuta per la mia cattiveria."

"Una pensa che avrei dovuto dirglielo, perché lui è un sacerdote."

"Tesoro, se un sacerdote non si comporta da gentiluomo noi non siamo tenuti a mostrare rispetto per le falde del suo cappotto. Io sono certa che mi sarebbe piaciuto vedere le falde del cappotto di Jimmy Perry che bruciavano. Dev'essere stato uno spasso."

Risero entrambe; ma Faith terminò con un sospiro amaro.

"Be', comunque Adam è morto e io non amerò mai più nulla."

"Oh, tesoro, non dire così. Ci perdiamo troppo della vita se non amiamo. Più amiamo, più la vita è ricca... anche se è solo un amico peloso o piumato. Ti piacerebbe avere un canarino, Faith? Un piccolo canarino dorato? Se vuoi, te ne do uno. A casa ne abbiamo due."

"Oh, mi piacerebbe tanto", esclamò Faith, "Io amo gli uccelli. Solo... il gatto di zia Martha non se lo mangerebbe? È *una tragedia* quando si mangiano il tuo animaletto. Non credo di poterlo sopportare una seconda volta."

"Se appendi la gabbietta lontana dal muro, non credo che il gatto possa fargli del male. Ti dirò come prenderti cura di lui e te lo porto a Ingleside la prossima volta che ci vado."

Tra sé e sé Rosemary pensava:

"Questo darà a ogni pettegola di Glen qualcosa di cui parlare, ma non me ne importa. Voglio consolare questa povera piccina."

Faith si sentì consolata. La solidarietà e la comprensione erano dolcissime. Lei e Rosemary rimasero sedute sul vecchio pino finché il crepuscolo non scivolò dolcemente sulla valle imbiancata e una stella della sera non brillò sul grigio boschetto di aceri. Faith raccontò a Rosemary tutta la sua piccola storia, e le sue speranze, quel che le piaceva e quel che non le piaceva, i pro e i contro della vita in canonica, gli alti e bassi della comunità scolastica. Alla fine si separarono da grandi amiche.

Il signor Meredith era, come al solito, perso nei suoi sogni quando quella sera cominciarono a cenare, ma all'improvviso un nome perforò la sua disattenzione e lo portò alla realtà. Faith stava raccontando a Una del suo incontro con Rosemary.

"Penso che sia veramente deliziosa", disse Faith, "Brava come la signora Blythe... ma diversa. Mi veniva voglia di abbracciarla. Lei mi ha abbracciato... un abbraccio dolcissimo e vellutato. E mi ha chiamato 'tesoro' e mi ha fatto venire *i brividi*. Potrei raccontarle *qualunque cosa*."

"Perciò, Faith, Miss West ti piace?", domandò il signor Meredith, con un'intonazione decisamente strana.

"L'adoro!", esclamò Faith.

"Ah!", disse il signor Meredith, "Ah!"

Capitolo 21
La parola impossibile

Il signor Meredith attraversò meditabondo il freddo frizzante e limpido di una notte d'inverno nella Valle dell'Arcobaleno. Le colline dietro scintillavano della gelida e splendida lucentezza del chiaro di luna sulla neve. Ogni piccolo abete in quella lunga valle cantava la sua piccola canzone all'arpa del vento e del gelo. I suoi figli e i ragazzi Blythe stavano costeggiando il pendio a est e sfrecciavano sullo stagno vetroso. Si stavano divertendo moltissimo e le loro voci allegre, e le risate ancor più allegre, risuonavano su e giù per la valle, smorzandosi in cadenze da elfi tra gli alberi. A destra le luci di Ingleside splendevano attraverso il boschetto di aceri con il richiamo affabile e invitante che sembra sempre risplendere nei falò delle case dove sappiamo che ci sono amore e allegria, e un benvenuto per tutti i familiari, di sangue o di spirito che siano. Al signor Meredith piaceva moltissimo passare di tanto in tanto la serata a discutere col dottore accanto al fuoco di relitti, dove i famosi cani di porcellana di Ingleside vegliavano e facevano la guardia incessantemente, come si confà agli dei del focolare, ma stasera lui non guardò da quella parte. Lontano, sulla collina di ponente, brillava una stella più pallida ma più attraente. Il signor Meredith stava andando a trovare Rosemary West e intendeva dirle una cosa che aveva cominciato lentamente a sbocciargli nel cuore fin da quando si erano incontrati per la prima volta e che era fiorita del tutto quando Faith aveva così caldamente dichiarato la sua ammirazione per Rosemary.

Stava cominciando ad accorgersi che aveva imparato a voler bene a Rosemary. Non come aveva voluto bene a Cecilia, naturalmente. In quel caso era completamente diverso. Quell'amore da romanzo e da sogno non sarebbe mai più tornato, pensava lui. Ma Rosemary era bella, dolce, cara... molto cara. Era la migliore delle amiche. In sua compagnia era più felice di quanto si sarebbe mai aspettato di poter essere ancora. Lei sarebbe stata una padrona ideale per la sua casa, una buona madre per i suoi bambini.

Durante gli anni della vedovanza il signor Meredith aveva ricevuto innumerevoli suggerimenti dai suoi confratelli del presbiterio e da tanti parrocchiani che non potevano certo essere sospettati di avere ulteriori scopi, come pure da chi poteva essere sospettato, al fatto che dovesse risposarsi. Ma quei suggerimenti non avevano mai avuto effetto su di lui. Si pensava comunemente che lui non ne fosse consapevole. Ma lui ne era decisamente consapevole. E negli occasionali momenti in cui riacquistava buonsenso, sapeva che una cosa sensata da fare per lui sarebbe stata risposarsi. Ma il buonsenso non era uno dei punti di forza di John Meredith, e scegliere intenzionalmente e a sangue freddo una donna "idonea", come si potrebbe scegliere una governante o un socio in affari, era una cosa che lui non era in grado di fare. Quanto detestava la parola "idonea"! Gli faceva venire in mente con forza James Perry. "Una donna *idonea* di un'età *idonea*", aveva detto quel mellifluo confratello quando aveva dato il suo suggerimento tutt'altro che delicato. In quel momento John Meredith aveva avuto voglia di correre via come un matto e proporre le nozze alla donna più giovane e meno idonea che fosse riuscito a trovare.

La signora Marshall Elliott era una sua buona amica e gli piaceva. Ma quando gli aveva bruscamente detto che avrebbe dovuto risposarsi, per lui era stato come se lei avesse strappato via il velo che pendeva davanti a un qualche santuario sacro della sua vita più intima, e da allora in poi lui aveva avuto più o meno paura di lei. Sapeva che nella sua congregazione c'erano donne "di età idonea" che l'avrebbero sposato volentieri. La cosa era filtrata attraverso la sua distrazione molto presto da quando era diventato ministro di Glen St. Mary. Erano donne buone, pratiche, monotone, un paio piuttosto avvenenti, le altre non proprio, e John Meredith avrebbe pensato di poter sposare una di loro come avrebbe potuto pensare d'impiccarsi. Aveva certi ideali che non poteva tradire per nessuna necessità apparente. Non poteva chiedere a nessuna donna di riempire il posto di Cecilia a casa sua a meno di non poterle offrire almeno un po' dell'affetto e dell'ossequio che aveva dato alla sua giovane sposa. E nelle sue limitate conoscenze femminili, dove poteva trovare una donna simile?

Rosemary West era entrata nella sua vita quella sera d'autunno portando con sé un'atmosfera nella quale il suo spirito riconosceva un'aria natia. Oltre il golfo dell'estraneità, loro si erano tesi mani d'amicizia. Aveva conosciuto meglio lei in dieci minuti accanto alla sorgente che Emmeline Drew, Elizabeth Kirk o Amy Annetta Douglas in un anno, o meglio di quanto avrebbe potuto conoscerle in un secolo. Era corso da lei per cercare consolazione quando la signora Alec Davis l'aveva offeso in mente e in spirito, e l'aveva scoperto. Da allora era andato spesso alla casa sulla collina, scivolando tra i sentieri ombrosi della notte nella Valle dell'Arcobaleno così astutamente che le pettegole di Glen non potevano avere nessuna certezza che lui andasse effettivamente a trovare Rosemary West. Un paio di volte era stato scoperto nel salotto delle West da altri visitatori; questo era tutto quello su cui le Dame di Carità potevano basarsi. Ma quando Elizabeth Kirk l'aveva saputo, aveva messo via una segreta speranza nella quale si era concessa di cullarsi, senza cambi d'espressione sul suo volto bruttino e gentile, ed Emmeline Drew aveva deciso che la prossima volta che avesse visto un certo anziano scapolo di Lowbridge non l'avrebbe snobbato come aveva fatto l'ultima volta che l'aveva incontrato. Naturalmente se Rosemary West tentava di acchiappare il ministro, l'avrebbe acchiappato. Sembrava più giovane di lei e *gli uomini* la consideravano graziosa; e poi le ragazze West avevano i soldi!

"Bisogna sperare che non sia tanto distratto da proporsi a Ellen per errore", fu l'unica osservazione maliziosa che si concesse di dire a una comprensiva sorella Drew. Emmeline non portò ulteriore risentimento verso Rosemary. In fin dei conti, uno scapolo senza impegni era meglio di un vedovo con quattro figli. Era stato solo il fascino della canonica ad aver accecato temporaneamente Emmeline impedendole di vedere la parte migliore.

Una slitta con tre occupanti schiamazzanti superò il signor Meredith diretta allo stagno. I lunghi riccioli di Faith ondeggiavano al vento e la sue risata squillava al di sopra di quelle degli altri. John Meredith li seguì con lo sguardo, con dolcezza e desiderio. Era contento che i suoi bambini avessero amici come i Blythe... contento che avessero un'amica saggia, allegra e tenera come la signora Blythe. Ma avevano bisogno di qualcosa di più, e quel qualcosa ci sarebbe stato quando lui avesse portato Rosemary West come sposa nella vecchia canonica. In lei c'era una qualità sostanzialmente materna.

Era sabato sera, e lui non andava spesso in visita sabato sera, che si supponeva fosse dedicata a un'accurata revisione del sermone della domenica. Ma aveva scelto quella sera perché aveva saputo che Ellen West non c'era e che Rosemary sarebbe stata sola. Aveva spesso passato piacevoli serate alla casa sulla collina e non aveva mai, con l'eccezione di quel loro incontro alla sorgente, incontrato Rosemary da sola. C'era sempre stata anche Ellen.

Non che lui avesse precisamente qualcosa da obiettare sul fatto che ci fosse anche Ellen. Ellen West gli piaceva molto, loro due erano ottimi amici. Ellen aveva un senso di comprensione quasi maschile e un senso dell'umorismo che il suo timido, segreto gusto per il divertimento trovava molto gradevole. Gli piaceva il suo interesse per la politica e per gli eventi mondiali. Non c'era nessun altro uomo a Glen, neppure il dottor Blythe, che comprendesse altrettanto bene quelle materie.

"Io penso che sia bene interessarsi alle cose finché si è vivi", aveva detto lei, "Altrimenti, non mi sembra che ci sia poi molta differenza tra i vivi e i morti."

Gli piaceva la sua voce gradevole, profonda, rombante; gli piaceva la risata sentita con cui terminava sempre qualche storia allegra e ben raccontata. Lei non gli lanciava mai stoccate sui suoi figli come facevano le altre donne di Glen; non lo seccava mai coi pettegolezzi locali; non aveva malizia né meschinità. Era sempre magnificamente sincera. Il signor Meredith, che aveva acquisito il modo di Miss Cornelia di classificare la gente, pensava che Ellen appartenesse alla razza di Joseph. Nel complesso, una donna ammirevole da avere come cognata. Ciononostante un uomo poteva non volere in mezzo neppure la donna più ammirevole del mondo se intendeva proporsi a un'altra. Ed Ellen era sempre in mezzo. Non insisteva per parlare lei tutto il tempo con il signor Meredith. Permetteva a Rosemary di avere la sua parte. Anzi, molte sere Ellen si era eclissata quasi completamente, sedendosi in un angolo con St. George in grembo e lasciando il signor Meredith e Rosemary a parlare, cantare e leggere libri insieme. Certe volte si dimenticavano perfino della sua presenza. Ma se la loro conversazione o la scelta dei duetti tradiva la minima tendenza verso quel che Ellen considerava corteggiamento, Ellen prontamente spezzava quella tendenza sul nascere e oscurava Rosemary per il resto della serata. Ma neppure il più torvo e affabile dei draghi poteva impedire completamente un certo sottile linguaggio di sguardi, sorrisi e silenzi eloquenti; e così il corteggiamento del ministro era proseguito alla meglio.

Ma se bisognava raggiungere un punto culminante, quel punto culminante doveva avvenire quando Ellen non c'era. Ed Ellen andava via così raramente, soprattutto in inverno. Trovava che il proprio focolare fosse il posto più piacevole del mondo, aveva giurato. Girellare non l'attirava, amava la compagnia ma la voleva a casa sua. Il signor Meredith era quasi giunto alla conclusione che avrebbe dovuto scrivere a Rosemary quello che voleva dirle, quando una sera Ellen aveva annunciato accidentalmente che il sabato sera successivo avrebbe partecipato a delle nozze d'argento. Lei era stata damigella quando i protagonisti s'erano sposati. Erano ammessi solo i vecchi invitati, perciò Rosemary non era inclusa. Il signor Meredith aveva teso le orecchie e un lampo gli era brillato negli occhi trasognati e scuri. Sia Ellen che Rosemary l'avevano visto. E sia Ellen che Rosemary avevano intuito, con un turbamento agitato, che il signor Meredith sarebbe sicuramente andato sulla collina il sabato sere successivo.

"Tanto vale che la finisca qui, St. George", Ellen aveva detto severa al gatto nero dopo che il signor Meredith se n'era tornato a casa e Rosemary era salita silenziosamente di sopra, "Intende chiederle la mano, St. George, ne sono assolutamente sicura. Perciò tanto vale che abbia la sua occasione e scopra che non può averla, George. Probabilmente lei vorrebbe accettarlo, Saint. Lo so... ma ha promesso, e deve mantenere la sua promessa. Per certi versi mi dispiace, St. George. Non conosco nessun altro uomo che preferirei avere come cognato, se potessi avere un cognato. Non ho niente contro di lui, Saint... nulla, tranne il fatto che non riesce a capire, e non c'è verso di farglielo capire, che il Kaiser rappresenta una minaccia per la pace in Europa. Questo è il suo punto debole. Ma è di buona compagnia, e mi piace. Una donna può dire tutto quello che vuole a un uomo con la bocca di John Meredith ed essere sicura di non venire fraintesa. Un uomo così è più prezioso dei rubini, Saint... e molto più raro, George. Ma non può avere Rosemary... e immagino che quando lo scoprirà, ci lascerà tutt'e due. E ci mancherà, Saint... ci mancherà in maniera vergognosa, George. Ma lei ha promesso, e io farò in modo che mantenga la promessa."

Il volto di Ellen era apparso quasi brutto nella sua minacciosa determinazione. E al piano di sopra Rosemary aveva pianto sul cuscino.

Perciò il signor Meredith trovò la sua signora sola e molto bella. Rosemary non aveva indossato una toeletta speciale per l'occasione. Avrebbe voluto farlo, ma pensava che fosse assurdo mettersi in ghingheri per un uomo che intendeva rifiutare. Così indossò il suo semplice abito scuro da pomeriggio e con quello assomigliò a una regina. La sua eccitazione repressa le colorò il volto rendendolo radioso, i suoi grandi occhi azzurri erano pozze di luce meno placide del solito.

Desiderava che la conversazione fosse già finita. L'aveva attesa con timore per tutto il giorno. Era sicura che John Meredith l'amasse, bene o male... ed era altrettanto sicura che non l'amasse come aveva amato il suo primo amore. Capiva che il suo rifiuto l'avrebbe deluso moltissimo, ma pensava che non l'avrebbe completamente travolto. Eppure detestava doverlo fare; lo detestava per il suo bene e – Rosemary era onesta con se stessa – anche per il proprio. Sapeva che avrebbe potuto amare John Meredith... se solo fosse stato consentito. Sapeva che la sua vita sarebbe stata vuota se lui, rifiutato come amante, si sarebbe rifiutato d'esserle ancora amico. Sapeva che poteva essere molto felice con lui e che anche lei poteva renderlo felice. Ma tra lei e la felicità c'era la porta della prigione della promessa che aveva fatto a Ellen tanto tempo prima. Rosemary non riusciva a ricordare suo padre. Era morto quando lei aveva solo tre anni. Ellen, che all'epoca aveva avuto tredici anni, lo ricordava, ma senza una particolare tenerezza. Lui era stato un uomo severo, riservato, di molti anni più anziano della sua bionda e graziosa moglie. Cinque anni dopo era morto anche il loro fratello dodicenne; dalla sua morte le due ragazze erano sempre vissute da sole con loro madre. Non si erano mai mescolate liberamente con la società di Glen o di Lowbridge, anche se ovunque andassero l'arguzia e lo spirito di Ellen e la dolcezza e la bellezza di Rosemary le avevano sempre rese ospiti gradite. Entrambe avevano avuto quel che si dice "una delusione" da ragazze. Il mare non aveva restituito l'innamorato di Rosemary; e Norman Douglas, all'epoca un giovane gigante bello e dai capelli rossi, noto perché sfrecciava follemente e rumorosamente tra innocue prodezze, aveva litigato con Ellen e l'aveva lasciata per ripicca.

Non erano mancati i candidati per rimpiazzare Martin e Norman, ma nessuno sembrava trovare favore agli occhi delle ragazze West, che si erano lasciate trascinare lentamente fuori dalla giovinezza e dalla bellezza senza apparenti rimpianti. Erano devote a loro madre, che era un'invalida cronica. Le tre avevano la loro cerchia di interessi domestici – libri, animali e fiori – a renderle felici e appagate.

La morte della signora West, che capitò nel giorno del venticinquesimo compleanno di Rosemary, fu un grande dolore per loro. All'inizio si sentirono intollerabilmente sole. Ellen, soprattutto, continuava ad affliggersi e rimuginare, le sue meditazioni lunghe e angosciate spezzate solo da attacchi di pianto violento e intenso. Il vecchio dottore di Lowbridge aveva detto a Rosemary che temeva una malinconia permanente o peggio.

Una volta, quando Ellen era rimasta tutto il giorno seduta rifiutandosi di parlare o di mangiare, Rosemary si era gettata in ginocchio accanto alla sorella.

"Oh, Ellen, tu hai ancora me", le aveva detto, implorante, "Non sono niente per te? Ci siamo volute sempre tanto bene."

"Non ti avrò per sempre", aveva detto Ellen, spezzando il suo silenzio con aspra intensità, "Tu ti sposerai e mi lascerai. E io resterò sola. Non posso sopportare questo pensiero... *non posso*. Preferisco morire."

"Io non mi sposerò mai", aveva detto Rosemary, "Mai, Ellen."

Ellen si era chinata e aveva fissato intensamente Rosemary negli occhi.

"Me lo prometti solennemente?", aveva detto, "Promettilo sulla Bibbia di mamma."

Rosemary accondiscese immediatamente, desiderosa di accontentare Ellen. Cosa importava? Sapeva bene che non avrebbe mai voluto sposare nessuno. Il suo amore era affondato nel profondo del mare assieme a Martin Crawford; e senza amore lei non poteva sposare nessuno. Perciò aveva promesso prontamente, anche se Ellen ne aveva fatto un rituale decisamente spaventoso. Si erano strette le mani sopra la Bibbia, nella stanza vuota di loro madre, e si erano promesse l'un l'altra che non si sarebbero mai sposate e sarebbero vissute per sempre insieme.

Da quel momento le condizioni di Ellen erano migliorate. Ben presto aveva recuperato il suo normale contegno allegro. Per dieci anni lei e Rosemary erano vissute nella vecchia casa felicemente, non turbate dal pensiero di sposarsi né di dare l'altra in sposa. La loro promessa gravava leggera su di loro. Ellen non mancava mai di ricordarla alla sorella ogni volta che qualche accettabile creatura maschile incrociasse le loro vite, ma non si era mai veramente preoccupata finché John Meredith non era arrivato quella sera con Rosemary. Per Rosemary, invece, l'ossessione di Ellen per quella promessa era sempre stata motivo di divertimento... fino a ora. Ora era un ceppo spietato, autoimposto ma impossibile da rimuovere. A causa sua stasera doveva voltare le spalle alla felicità.

Era vero che l'amore timido, dolce, in boccio che aveva dato al suo giovane innamorato non avrebbe potuto darlo a nessun altro. Ma sapeva che ora poteva dare a John Meredith un amore più ricco e più adulto. Sapeva che lui toccava profondità nella sua natura che Martin non aveva mai toccato... che forse non c'erano ancora, non era possibile toccare, in un ragazza di diciassette anni. E stasera avrebbe dovuto mandarlo via... mandarlo indietro al suo focolare solitario, alla sua vita vuota e ai suoi strazianti problemi perché lei aveva promesso a Ellen, dieci anni prima e sulla Bibbia della mamma, che non si sarebbe mai sposata.

John Meredith non colse immediatamente l'occasione. Al contrario, parlò per due ore buone di argomenti tutt'altro che da innamorati. Cercò perfino di parlare di politica, anche se la politica annoiava sempre Rosemary. Quest'ultima cominciò a pensare di essersi completamente sbagliata, e le sue paure e le sue attese improvvisamente le apparvero grottesche. Si sentì scialba e stupida. Il rossore le andò via dal volto e la lucentezza dagli occhi. John Meredith non aveva la benché minima intenzione di chiederle di sposarlo.

E poi lui improvvisamente si alzò, attraversò la stanza e, in piedi accanto alla sua sedia, glielo chiese. La stanza si era fatta terribilmente silenziosa. Perfino St. George aveva smesso di fare le fusa. Rosemary sentì il proprio cuore battere ed era certa che lo sentisse anche John Meredith.

Ora era il suo turno di dire di no, con gentilezza ma con decisione. Si preparava da giorni con la sua formuletta elaborata e rammaricata. E adesso le parole le erano completamente svanite dalla mente. Doveva dire di no... e improvvisamente scoprì che non poteva farlo. Era la parola impossibile. Adesso sapeva che non era che *avrebbe potuto* amare John Meredith, ma che *già lo amava*. Il pensiero di tagliarlo fuori dalla sua vita era un supplizio.

Doveva dire *qualcosa*; sollevò la testa dorata, che aveva abbassato, e gli chiese, balbettando, di darle qualche giorno di tempo... per pensarci.

John Meredith ne fu un po' sorpreso. Non che fosse più vanitoso di quanto qualunque altro uomo abbia il diritto di essere, ma si era aspettato che Rosemary West gli dicesse di sì. Era stato moderatamente sicuro che lei lo amasse. E allora perché questo dubbio? Perché questa esitazione? Non era una scolaretta incerta delle proprie decisioni. Provò una forte fitta di delusione e sgomento. Ma acconsentì alla sua richiesta con il suo immutabile, garbato inchino e se ne andò subito.

"Ve lo dirò fra pochi giorni", disse Rosemary, con gli occhi abbassati e il volto in fiamme.

Quando la porta gli si richiuse alle spalle, lei tornò nella stanza e si torse le mani.

Capitolo 22
St. George sa tutto

A mezzanotte Ellen West stava rincasando dalle nozze d'argento dei Pollock. Era rimasta ancora un po', dopo che gli altri invitati se n'erano andati, per aiutare la sposa dai capelli grigi a lavare i piatti. La distanza tra le due case non era molta e la strada era buona, perciò Ellen si stava godendo quella camminata fino a casa al chiaro di luna.

Era stata una serata piacevole. Ellen, che non andava a una festa da anni, l'aveva trovata molto piacevole. Tutti gli invitati erano stati membri del suo vecchio giro e non c'erano stati giovani intrusi a rovinarne il gusto, perché l'unico figlio della sposa e dello sposo era lontano, al college, e non aveva potuto essere presente. Norman Douglas c'era e i due si erano incontrati in società per la prima volta dopo anni, anche se lei quell'inverno l'aveva incontrato un paio di volte in chiesa. Non che il loro incontro avesse risvegliato in lei la minima emozione. Era abituata a domandarsi, quando ci ripensava, come avesse potuto trovarlo attraente o essere stata così tanto male quando lui s'era sposato all'improvviso. Ma era stata contenta di averlo incontrato di nuovo. Aveva dimenticato quanto potesse essere corroborante e stuzzicante. Quando Norman Douglas era presente nessun raduno era mai statico. Erano rimasti tutti sorpresi quando Norman era arrivato. Era noto che lui non andasse mai da nessuna parte. I Pollock l'avevano invitato perché lui era stato tra gli invitati originali, ma non si sarebbero mai aspettati che lui sarebbe andato. Aveva portato a cena con sé la sua cugina di secondo grado, Amy Annetta Douglas, ed era stato piuttosto premuroso con lei. Ma Ellen si era seduta al tavolo di fronte a lui e aveva avuto con lui un'animata discussione... una discussione durante la quale tutte le urla e le canzonature di lui non avevano potuto innervosirla e dalla quale lei era uscita vincente, sconfiggendo Norman così compassatamente e così completamente che lui era rimasto in silenzio per dieci minuti. E alla fine di quei minuti lui aveva borbottato nella sua barba rossa "Più fegato che mai... più fegato che mai", e aveva cominciato a fare il prepotente con Amy Annetta, che aveva ridacchiato come una sciocca per le sue battute, là dove Ellen avrebbe invece replicato sarcastica.

Mentre tornava a casa, Ellen pensava che queste cose fossero finite, e le riassaporava con gusto abbandonandosi al loro ricordo. L'aria illuminata dalla luna scintillava di brina. La neve scricchiolava sotto i piedi. Sotto di lei c'era Glen con la bianca baia dietro. C'era una luce accesa nello studio della canonica. Perciò John Meredith era tornato a casa. Aveva chiesto a Rosemary di sposarlo? E in che modo lei gli aveva fatto sapere il suo rifiuto? Ellen capì che questo non l'avrebbe mai saputo, anche se era piuttosto curiosa. Era sicura che Rosemary non gliel'avrebbe detto mai e che lei non avrebbe osato chiederglielo. Doveva accontentarsi che il rifiuto fosse un fatto. Dopotutto, era quella la sola cosa che contasse.

"Spero che lui abbia tanto buonsenso da tornare ogni tanto, da buon amico", si disse. Le dava così fastidio stare da sola che pensare ad alta voce era uno dei suoi trucchi per aggirare una sgradita solitudine, "È terribile non avere mai un uomo un po' intelligente con cui parlare di tanto in tanto. E probabilmente lui non verrà più a casa nostra. C'è anche Norman Douglas... mi piace quell'uomo, e mi piacerebbe fare una bella discussione eccitante con lui, di tanto in tanto. Ma lui non oserebbe mai venire qui, per paura che la gente possa pensare che ha ripreso a farmi la corte... per paura che possa *pensarlo io*, più probabilmente... anche se adesso lui mi è più estraneo di John Meredith. Mi sembra un sogno pensare che sia mai stato possibile che noi fossimo innamorati. Ma è così... ci sono solo due uomini a Glen con i quali vorrei parlare... e da un lato per colpa delle pettegole, dall'altro per via di questa faccenda dell'amore, non potrò vedere di nuovo nessuno dei due. Io avrei potuto", disse Ellen, rivolgendosi alle stelle immobili con enfasi sprezzante, "Io avrei potuto fare un mondo migliore."

Si fermò al cancello con un improvviso, vago senso d'allarme. C'era ancora una luce accesa in salotto e avanti e indietro sulle persiane passava l'ombra di una donna che camminava su e giù agitata. Che ci faceva Rosemary alzata a quest'ora della notte? E perché passeggiava su e giù come una pazza?

Ellen entrò silenziosamente. Non appena aprì la porta dell'anticamera, Rosemary uscì dalla stanza. Era arrossata in volto e affannata. Un'atmosfera di tensione e di forte emozione le era appesa addosso come un vestito.

"Perché non sei a letto, Rosemary?", domandò Ellen.

"Vieni qui", disse Rosemary, intensa, "Voglio dirti qualcosa."

Ellen, controllata, si tolse il cappotto e le soprascarpe e seguì la sorella nella stanza calda, illuminata dal fuoco. Si mise in piedi, con le mani sul tavolo, e aspettò. Anche lei era molto bella, alla sua cupa maniera, con le sue sopracciglia nere. Il nuovo vestito di velluto nero, con lo strascico e lo scollo a V, che lei aveva fatto apposta per il party, donava alla sua figura maestosa e massiccia. Portava avvolta attorno al collo la preziosa e pesante collana di grani d'ambra che era cimelio di famiglia. La passeggiata all'aria gelida le aveva pizzicato le gote rendendole d'un fiammante scarlatto. Ma i suoi occhi azzurri come l'acciaio erano gelidi e inflessibili come il cielo di quella notte d'inverno. Rimase in attesa, in un silenzio che Rosemary non poté rompere se non con uno sforzo spasmodico.

"Ellen, il signor Meredith è stato qui stasera."

"Sì?"

"E... e... mi ha chiesto di sposarlo."

"Ma l'aspettavo. Naturalmente tu l'hai rifiutato."

"No."

"Rosemary", Ellen serrò le mani e fece un involontario passo in avanti, "Intendi dirmi che l'hai accettato?"

"N... no."

Ellen recuperò l'autocontrollo.

"E *che cosa* hai fatto, allora?"

"Io... io gli ho chiesto di darmi qualche giorno per pensarci su."

"Io non vedo che necessità ci fosse", disse Ellen, freddamente sprezzante, "dal momento che c'è una sola risposta che puoi dargli."

Rosemary tese le mani, implorante.

"Ellen", disse, disperata, "Io amo John Meredith... voglio diventare sua moglie. Mi liberi dalla promessa?"

"No", disse Ellen, spietata, perché stava male per la paura.

"Ellen... Ellen..."

"Ascolta", la interruppe Ellen, "Non ti ho chiesto io quella promessa. Me l'hai offerta tu."

"Lo so... lo so. Ma non pensavo che mi sarei innamorata di nuovo di qualcuno."

"Me l'hai offerta tu", continuò Ellen, irremovibile, "L'hai promesso sulla Bibbia di mamma. Era più che una promessa... era un giuramento. E tu ora vuoi spezzarlo."

"Ti ho solo chiesto di liberarmene, Ellen."

"Non lo farò. Ai miei occhi una promessa è una promessa. Non lo farò. Spezza pure la tua promessa... sii una spergiura, se vuoi... ma non sarà mai con il mio aiuto."

"Sei molto dura con me, Ellen."

"Dura con te? E io, allora? Hai mai pensato un istante a come sarebbe la mia solitudine se tu mi lasciassi? Io non potrei sopportarla... impazzirei. Io *non posso* vivere da sola. Non sono stata una buona sorella per te? Mi sono forse mai opposta a qualcuno dei tuoi desideri? Non ti ho assecondata sempre?"

"S... sì."

"E allora perché vuoi lasciarmi per quest'uomo che non conosci neppure da un anno?"

"Io lo amo, Ellen."

"Lo ami! Parli come una scolaretta invece che come una donna di mezza età. Lui non ti ama. Vuole solo una cameriera e una governante. Tu non lo ami. Vuoi solo diventare una 'signora'. Sei una di quelle donne stupide che pensano sia una disgrazia essere considerate vecchie zitelle. È tutto qui."

Rosemary rabbrividì. Ellen non poteva, o non voleva, capire. Era inutile discutere con lei.

"Perciò non vuoi liberarmi, Ellen?"

"No, non voglio. E non voglio sentirne parlare più. Tu hai promesso e devi mantenere la parola. Questo è quanto. Va' a letto. Guarda che ore sono! Sei troppo romantica e stanca. Domani sarai più giudiziosa. A ogni modo, non voglio più sentir parlare di queste sciocchezze. Vai."

Rosemary, pallida e abbattuta, se ne andò senza dire una parola. Ellen camminò agitata su e giù per qualche minuto, poi si fermò davanti alla sedia dove St. George aveva tranquillamente dormito per tutta la serata. Un sorriso riluttante si diffuse sul suo volto cupo. C'era stato solo un momento della sua vita – quello in cui era morta sua madre – in cui Ellen non era stata in grado di stemperare la tragedia con la commedia. Perfino in quel dolore di tanto tempo fa, quando Norman Douglas l'aveva, per così dire, piantata, lei aveva riso di se stessa quasi spesso quanto aveva pianto.

"Mi aspetto che ci saranno un po' di musi lunghi, St. George. Sì, Saint, mi aspetto che avremo qualche sgradevole giornata brutta. D'accordo, George, le supereremo. Abbiamo già avuto a che fare prima d'ora coi bambini sciocchi, Saint. Rosemary metterà il broncio per un po'... e poi le passerà... e tornerà tutto come prima, George. Ha promesso... e deve mantenere la sua promessa. E questa è l'ultima parola sull'argomento che dirò a te o a chiunque altro, Saint."

Ma Ellen rimase distesa, ferocemente sveglia, fino al mattino. Però non ci furono bronci. Il giorno seguente Rosemary era pallida e silenziosa, ma a parte questo Ellen non scorse nessuna differenza in lei. Certo, sembrava non portare rancore a Ellen. C'era il temporale, perciò non si parlò di andare in chiesa. Nel pomeriggio Rosemary si chiuse in camera sua e scrisse un biglietto per John Meredith. Non si fidava di se stessa a dire un "no" di persona. Era sicura che se lui avesse sospettato che il suo "no" era riluttante, non l'avrebbe preso per una risposta e lei non era in grado di affrontare suppliche e implorazioni. Doveva fargli credere che a lei non importasse nulla di lui, e questo poteva farlo solo per lettera. Gli scrisse il rifiuto più severo e freddo immaginabile. Era appena garbato; certamente non lasciava alcuno spiraglio di speranza neppure per l'innamorato più ardito... e John Meredith era tutto fuorché ardito. Lui si chiuse in se stesso, ferito e mortificato, quando lesse la lettera di Rosemary il giorno seguente nel suo studio. Ma sotto la mortificazione si fece sentire una spaventosa presa di coscienza. Lui aveva pensato di non amare Rosemary profondamente quanto aveva amato Cecilia. Ora che l'aveva persa, capì che invece l'amava. Lei era tutto per lui... tutto! E doveva farla uscire completamente dalla sua vita. Neppure l'amicizia era possibile adesso. La vita gli si stendeva davanti in una tristezza intollerabile. Doveva andare avanti... c'era il suo lavoro... i suoi figli... ma non aveva più spirito. Rimase seduto da solo, con la testa china sulle mani, per tutta la sera nel suo studio buio, freddo, inospitale. Sulla collina Rosemary aveva mal di testa e andò a letto presto, mentre Ellen parlava con St. George, che con le fusa esprimeva il suo disprezzo per gli umani stupidi, che non sapevano che un soffice cuscino è la sola cosa che conti veramente.

"Cosa farebbero le donne se il mal di testa non fosse mai stato inventato, St. George? Ma non preoccuparti, Saint. Chiuderemo anche l'altro occhio per qualche settimana. Ammetto che anch'io non mi sento tranquilla, George. Mi sento come se avessi annegato un gattino. Ma lei ha promesso, Saint... ed è stata lei a offrirsi di farlo, George. Basmala[27]!"

---

27 Dall'arabo, alla lettera "In nome di Dio". È la parola che precede tutte, meno una, le sure del Corano, usata dai musulmani come benedizione prima di mangiare o di compiere un'altra azione (NDR)

Capitolo 23
Il Club della Buona Condotta

Una pioggia leggera era caduta per tutto il giorno... una piccola pioggia delicata, bella, primaverile, che in qualche modo sembrava suggerire e sussurrare di biancospini e di violette che si risvegliavano. La baia, e il golfo, e i bassi campi presso la spiaggia erano stati offuscati da una nebbiolina grigio-perla. Ma adesso, in serata, la pioggia era cessata e le nebbie erano volate via sul mare. Le nuvole erano sparse sul cielo al di sopra della baia come piccole rose di fuoco. Più dietro, le colline erano scure contro il prodigo splendore color narciso e cremisi. Una grande, argentea stella della sera si affacciava sulle secche. Un vento pungente, danzante, appena spuntato, soffiava dalla Valle dell'Arcobaleno, resinoso dell'odore degli abeti e del muschio umido. Mormorava tra i vecchi abeti rossi attorno al cimitero e scompigliava gli splendidi riccioli di Faith, che sedeva sulla tomba di Hezekiah Pollock con le braccia strette attorno a Mary Vance e Una. Carl e Jerry sedevano di fronte a loro su un'altra tomba ed erano tutti pieni di spirito monello dopo essere rimasti rinchiusi per tutto il giorno.

"Stasera l'aria *brilla*, vero? È perché è stata appena lavata", disse Faith, felice.

Mary Vance la scrutò cupamente. Sapendo quel che sapeva, o credeva di sapere, Mary pensava che Faith fosse troppo spensierata. Mary aveva in mente qualcosa da dire e intendeva dirla prima di tornare a casa. La signora Elliott l'aveva mandata alla canonica con alcune uova freschissime e le aveva detto di non fermarsi lì più di mezz'ora. La mezz'ora era quasi finita, così Mary distese le gambe che aveva tenuto strette sotto di sé e disse, brusca:

"Lascia perdere l'aria. Ascoltatemi. Voi ragazzi della canonica vi dovete comportare meglio di quanto avete fatto questa primavera... è importante. Sono venuta qui stasera apposta per dirvelo. È terribile il modo in cui la gente parla di voi."

"Che abbiamo fatto stavolta?", esclamò Faith, sbalordita, tirando via il braccio da Mary. Le labbra di Una tremarono e la sua animuccia sensibile le si contrasse dentro. Mary era sempre così brutalmente schietta. Jerry cominciò a fischiettare con aria spavalda. Voleva far capire a Mary che a lui non importava delle sue filippiche. E comunque il modo in cui si comportavano non era affar suo. Che diritto aveva lei di dare a loro lezioni di buona condotta?

"Forse puoi dircelo tu", disse Jerry, con estremo sarcasmo.

Il sarcasmo era sprecato con Mary.

"Vi posso dire cosa vi succederà se non vi comportate bene. L'assemblea chiederà a vostro padre di dare le dimissioni. Ecco cosa, signor Jerry so-tutto-io. La signora Alec Davis ha detto così alla signora Elliott. L'ho sentita. Tengo sempre le orecchie aperte quando la signora Alec Davis viene a prendere il tè. Ha detto che state andando tutti di male in peggio e che anche se questo è quel che ci si deve aspettare, dal momento che non avete nessuno che vi tiri su, pure non ci si può aspettare che la congregazione lo sopporti ancora a lungo, e che bisogna fare qualcosa. I metodisti non fanno che ridere di voi, e questo urta i sentimenti dei presbiteriani. Lei dice che a tutti voi serve una bella dose di tonico di betulla[28]. Buon Dio, se questo servisse a rendere la gente buona, io dovrei essere una piccola santa. Non ve lo sto dicendo perché voglio ferire i vostri sentimenti. Mi dispiace per voi", Mary era un'esperta nell'arte del sussiego, "Io lo capisco che non avete molte possibilità, per come stanno le cose. Ma le altre persone non hanno la mia tolleranza. Miss Drew dice che Carl aveva una rana in tasca domenica scorsa, alla scuola domenicale, e che quella è saltata fuori mentre lei stava ascoltando la lezione, dice che vuole lasciare la classe. Perché non lasci i tuoi insetti a casa?"

"L'ho ricacciata subito dentro", disse Carl, "Non ha fatto male a nessuno... era solo una povera, piccola rana! E vorrei proprio che la vecchia Jane Drew abbandonasse la classe. La detesto. Suo nipote aveva in tasca una sporca presa di tabacco e l'ha offerta da masticare a tutti noi mentre Elder Clow stava pregando. Penso che questo sia peggio di una rana."

"No, perché le rane sono più imprevedibili. Fanno più confusione. E poi lui non s'è fatto beccare. E quella gara di preghiere che avete fatto la settimana scorsa ha fatto uno scandalo spaventoso. Ne parlano tutti."

"Ma c'entravano anche i Blythe", esclamò Faith, indignata, "E in primo luogo era stata Nan Blythe a proporla. E Walter ha vinto il primo premio."

"Be', in ogni caso l'attribuiscono tutti a voi. Non sarebbe stato tanto brutto, se non l'aveste fatta nel cimitero."

"Io penso che un cimitero sia un ottimo posto in cui pregare", ribatté Jerry.

---

28 Ovvero di bastonate (NDR)

"Il diacono Hazard è passato qui davanti in calesse quando *tu* stavi pregando", disse Mary, "e ti ha visto e ti ha sentito, con le mani giunte sullo stomaco, che gemevi dopo ogni frase. Ha pensato che ti stessi prendendo gioco di lui."

"Ed era così", affermò Jerry, imperturbabile, "Solo che, naturalmente, non sapevo che lui stesse passando. È stata solo un'infelice coincidenza. Non stavo pregando con autentico fervore... sapevo che non avevo speranze di vincere. Perciò stavo solo cercando di divertirmi più che potessi. Walter Blythe è bravissimo a pregare. Prega bene quanto papà."

"Una è l'unica tra noi alla quale piaccia davvero pregare", disse Faith, pensierosa.

"Be', ma se pregare scandalizza tanto la gente, non dobbiamo più farlo", sospirò Una.

"Stupidaggini, potete pregare quanto vi pare, ma non nel cimitero... e non dovete farne un gioco. È stato questo a rovinare tutto. E poi prendere il tè sulle tombe..."

"Ma non l'abbiamo fatto."

"D'accordo, una festa di bolle di sapone. *Qualcosa* l'avete fatto. La gente di oltrebaia giura che avete preso il tè, ma sono disposta a credere alla vostra parola. E avete usato questa tomba come tavolo."

"Martha non ci lascia fare le bolle di sapone in casa. Quel giorno era arrabbiatissima", spiegò Jerry, "E questa vecchia lapide era un tavolo perfetto."

"Non erano graziose?", esclamò Faith, gli occhi che le scintillavano al ricordo, "Riflettevano gli alberi, e le colline, e la baia, come mondi fatati, e quando le soffiavamo via quelle volavano fino alla Valle dell'Arcobaleno."

"Tutte tranne una, che andò a scoppiare sulla guglia metodista", disse Carl.

"Comunque sono contenta che almeno una volta le abbiamo fatte, prima di scoprire che è sbagliato", disse Faith.

"Non sarebbe stato sbagliato soffiarle in giardino", disse Mary, impaziente, "Mi sembra di non riuscire a infilarvi in testa neanche un po' di buonsenso. Vi è stato detto un mucchio di volte che non dovete giocare nel cimitero. I metodisti sono molto suscettibili su questo punto."

"Ce ne dimentichiamo", disse Faith, afflitta, "E il giardino è così piccolo... e pieno di bruchi... e pieno di arbusti e altre cose. Non possiamo andare sempre nella Valle dell'Arcobaleno... e dove dovremmo andare?"

"Si tratta delle cose che *fate* nel cimitero. Non farebbe nulla se vi metteste solo seduti tranquilli a parlare, come stiamo facendo adesso. Be', io non so cosa verrà fuori da tutto questo, ma so che Elder Warren vuole parlarne con vostro papà. Il diacono Hazard è suo cugino."

"Io vorrei che non scomodassero papà per noi", disse Una.

"La gente pensa che dovrebbe essere lui a scomodarsi per voi un po' di più. Io... io non lo capisco. Per certi versi è un bambino anche lui... ecco cos'è, e ha bisogno quanto voi di qualcuno che badi a lui. Bah, forse troverà presto qualcuno, se le voci sono vere."

"Che intendi dire?", domandò Faith.

"Non nei hai idea? Sul serio?", domandò Mary.

"No. No. Che intendi dire?"

"Parola mia, siete un mucchio di ingenui. Ma se ne parlano *tutti*. Be', vostro papà va a trovare Rosemary West. Lei diventerà la vostra matrigna."

"Non ci credo", esclamò Una, facendosi scarlatta.

"Mah, non lo so. È solo quello che dice la gente. Non lo darei per scontato. Ma sarebbe una buona cosa. Rosemary West vi rimetterebbe in riga, se venisse qui, ci scommetto un cent, nonostante di facciata sia tutta dolcezza e sorrisi. Sono sempre così prima di acchiappare qualcuno. Ma voi avete bisogno di qualcuno che vi cresca. State disonorando vostro padre, e io provo pena per lui. Ho sempre pensato un gran bene di vostro papà fin da quella sera in cui mi parlò con tanta gentilezza. Da allora non ho mai più detto una sola parolaccia, né una bugia. E vorrei vederlo felice e sereno, coi suoi bottoni a posto e pasti decenti, e voi giovani rimessi in riga, e quella vecchiaccia di Martha rimessa al posto suo. Come guardava le uova che le ho portato stasera! 'Spero che siano fresche', m'ha detto. Speravo quasi che fossero marce. Ma voi badate che le dia per colazione a tutti voi, incluso vostro papà. Se non lo fa, protestate. È per questo che ve le hanno mandate... ma non mi fido della vecchia Martha. È capace di darle al gatto."

Poiché la lingua di Mary era momentaneamente stanca, un breve silenzio cadde sul cimitero. I bambini della canonica non avevano voglia di parlare. Stavano digerendo le nuove, e non del tutto appetibili, idee che Mary aveva appena indicato loro. Jerry e Carl erano alquanto sorpresi. Ma che importava, in fin dei conti? E probabilmente neanche una di quelle parole era vera. Faith, tutto sommato, era contenta. Solo Una era seriamente turbata. Aveva voglia di scappare e mettersi a piangere.

"Ci saranno stelle nella mia corona?", cantò il coro metodista, cominciando a esercitarsi nella chiesa metodista.

"Io ne voglio tre", disse Mary, le cui conoscenze teologiche erano notevolmente aumentate da quando viveva con la signora Elliott, "Proprio tre... sistemate in testa come un diadema, una grande al centro e una piccola da ogni lato."

"Ci sono taglie diverse di anime?", domandò Carl.

"Certo. I bambini piccoli devono avere anime più piccole degli omoni grossi. Bah, si sta facendo buio e devo tornare a casa. La signora Elliott non vuole che stia fuori dopo che fa buio. Gente, quando vivevo con la signora Wiley per me luce o buio era lo stesso. Me ne importava come gliene può importare a un gatto grigio. Mi sembrano passati cent'anni da allora. Badate a quel che vi ho detto e cercate di comportarvi bene, per amore di vostro papà. Io vi sosterrò e vi difenderò sempre... potete metterci la mano sul fuoco. La signora Elliott dice che non ha mai visto una attaccata agli amici quanto me. Per difendervi sono stata molto impertinente con la signora Alec Davis, e dopo la signora Elliott m'ha sgridata per benino. La bella Cornelia ha una lingua tutta sua, senza dubbio. Ma sotto sotto era contenta, perché lei detesta la vecchia Kitty Alec e vi vuole bene. Io la capisco la gente."

Mary se ne andò, estremamente soddisfatta di sé, lasciandosi dietro un gruppetto piuttosto depresso.

"Tutte le volte che viene qui, Mary Vance dice sempre qualcosa che ci fa star male", disse Una, risentita.

"Vorrei che l'avessimo lasciata a morire di fame nel vecchio fienile", disse Jerry, vendicativo.

"Oh, Jerry, che cosa cattiva!", lo rimproverò Una.

"Tanto vale meritarsi la nomea", ribatté Jerry, impenitente, "Se la gente dice che siamo cattivi, facciamo i cattivi."

"Ma non se questo danneggia papà", scongiurò Faith.

Jerry si agitò, a disagio. Lui adorava suo padre. Dalla finestra non schermata dello studio, potevano vedere il signor Meredith alla sua scrivania. Non pareva stare né leggendo né scrivendo. Aveva la testa tra le mani e c'era qualcosa in tutto il suo atteggiamento che parlava di stanchezza e avvilimento. I bambini improvvisamente se ne resero conto.

"Credo che oggi qualcuno l'abbia fatto preoccupare per noi", disse Faith, "Vorrei che fossimo in grado di tirare avanti senza far parlare la gente. Oh... Jem Blythe! Mi hai fatto paura!"

Jem Blythe era scivolato nel cimitero e si era seduto accanto alle ragazze. Aveva girovagato per la Valle dell'Arcobaleno ed era riuscito a trovare il primo grappolo di stelline bianche di arbuto per sua mamma. Dopo il suo arrivo i bambini della canonica furono piuttosto silenziosi. Jem cominciava ad allontanarsi da loro quella primavera. Stava studiando per gli esami d'ammissione alla Queen's Academy e si fermava a scuola con gli alunni più grandi per fare lezioni extra. Inoltre la sera aveva molto lavoro da svolgere, perciò adesso si univa raramente agli altri nella Valle dell'Arcobaleno. Era come se si stesse lentamente avviando verso il mondo degli adulti.

"Che avete stasera?", domandò, "Non vi state divertendo."

"Non molto", concordò Faith, malinconica, "Non ti divertiresti neppure tu, se sapessi che stai disonorando tuo padre e che la gente parla di te."

"Chi è che sta parlando di voi adesso?"

"Tutti... così dice Mary Vance", e Faith confidò i suoi problemi al comprensivo Jem, "Vedi", concluse, mesta, "noi non abbiamo nessuno che educhi. Così ci ficchiamo nei guai e la gente dice che siamo cattivi."

"Perché non vi educate da soli?", propose Jem, "Vi dirò cosa dovete fare. Formate un Club della Buona Condotta e punitevi tutte le volte che fate qualcosa di sbagliato."

"È una buona idea", disse Faith, colpita, "Ma", aggiunse, dubbiosa, "ci sono cose che a noi non sembrano minimamente sbagliate ma che sembrano orribili agli altri. Come facciamo a capirlo? Non possiamo sempre andare a disturbare papà. ... e comunque lui deve stare via parecchio."

"Per lo più potreste capirlo se prima di fare qualcosa vi fermaste a riflettere e a chiedervi che ne penserebbe la congregazione", disse Jem, "Il problema è che voi vi tuffate nelle cose e non ci riflettete mai su. Mamma dice che siete tutti troppo impulsivi, proprio com'era lei. Il Club della Buona Condotta vi aiuterebbe a pensare, se siete corretti e onesti nel punirvi quando infrangete le regole. Dovreste punirvi in un modo che faccia *veramente male*, altrimenti non servirebbe a niente."

"Dobbiamo frustarci tra noi?"

"Non esattamente. Dovreste pensare a diversi tipi di punizione adatti alla persona. Non dovete punirvi l'un l'altro... ognuno deve punire *se stesso*. Ho letto tutto su un club del genere in un

169

romanzo. Provateci e vedrete che funzionerà."

"Proviamo", disse Faith, e quando Jem se ne fu andato decisero che l'avrebbero fatto, "Se le cose non vanno bene, dobbiamo farle andare bene noi", disse Faith, determinata.

"Dobbiamo essere onesti e leali, come dice Jem", disse Jerry, "Questo è un club che dovrà servire a educarci, visto che non c'è nessun altro a farlo. È inutile fare tante regole. Facciamone una sola, e se qualcuno la infrange dev'essere punito severamente."

"Ma *come*?"

"Ci pensiamo man mano che andiamo avanti. Terremo una riunione del club qui nel cimitero ogni sera e parleremo di quel che abbiamo fatto durante la giornata, e se pensiamo di aver fatto qualcosa di sbagliato, o che possa disonorare papà, quello che l'ha fatto, o che ne è responsabile, dev'essere punito. Questa è la regola. Decidiamo tutti insieme il tipo di punizione... dev'essere una cosa adeguata al crimine, come dice il signor Flagg. E il colpevole dovrà rispettarla senza cercare di evitarla. Sarà divertente", concluse Jerry, con entusiasmo.

"Sei stato tu a proporre la festa delle bolle di sapone", disse Faith.

"Ma questo era prima di formare il Club", disse Jerry, precipitoso, "Comincia tutto stasera."

"Ma se non riusciamo a metterci d'accordo su cosa è giusto, o su che punizione bisogna assegnare? Metti che due di noi pensano una cosa e gli altri due un'altra? Dovremmo essere in cinque in un club come questo."

"Possiamo chiedere a Jem Blythe di fare da arbitro. È il ragazzo più onesto di tutta Glen St. Mary. Ma scommetto che per lo più riusciremo a sistemare le nostre faccende da soli. Dobbiamo tenere questa cosa il più segreta possibile. Non fatene parola con Mary Vance. Vorrebbe unirsi anche lei e fare questa cosa dell'educazione."

"Io penso", disse Faith, "che sia inutile rovinare ogni giorno infilandoci dentro punizioni. Scegliamo un solo giorno di punizioni."

"È meglio se scegliamo il sabato, perché non c'è la scuola a interferire", propose Una.

"E rovinare l'unico giorno di vacanze della settimana?", esclamò Faith, "Proprio no! Scegliamo il venerdì. Quello è il giorno del pesce e io odio il pesce. Possiamo anche fare tutte le cose sgradevoli nello stesso giorno. E poi gli altri giorni possiamo andare avanti e divertirci."

"Sciocchezze", disse Jerry, autoritario, "Un sistema simile non può funzionare. Ci puniremo man mano che andiamo avanti ripartendo ogni volta daccapo. Abbiamo capito tutti? C'è questo Club della Buona Condotta, con l'intento di educarci. Ci mettiamo d'accordo di punirci per la cattiva condotta, e prima di fare qualcosa, qualunque cosa, ci dobbiamo fermare e chiederci se è una cosa che potrebbe in qualunque modo fare del male a papà, e chiunque si rifiuti dev'essere espulso dal Club e non gli si deve più permettere di giocare con noi nella Valle dell'Arcobaleno. Jem Blythe farà da arbitro in caso di discussioni. Non si portano più bestie alla scuola domenicale, Carl, e non si masticano più gomme in pubblico, cara Miss Faith, per cortesia."

"Non dobbiamo più prenderci gioco degli anziani pregando o andando alle riunioni di preghiera dei metodisti", controbatté Faith.

"Non c'è niente di male ad andare alle riunioni di preghiera dei metodisti", protestò Jerry, sbalordito.

"La signora Elliott dice di sì. Dice che i bambini della canonica non hanno diritto di andare da nessuna parte se non in posti presbiteriani."

"Dannazione, io non voglio smettere di andare alle riunioni di preghiera dei metodisti", esclamò Jerry, "Sono dieci volte più divertenti delle nostre."

"Hai detto una parolaccia", esclamò Faith, "Adesso devi punirti."

"Non finché non è messo tutto giù nero su bianco. Stiamo solo discutendo del club. Non è veramente formato finché non è tutto scritto e firmato. Devono esserci una costituzione e uno statuto. E *tu lo sai* che non c'è niente di male ad andare a una riunione di preghiera."

"Ma non è solo per le cose sbagliate che ci dobbiamo punire, ma anche per tutto quello che potrebbe danneggiare papà."

"Non danneggia nessuno. Tu lo sai che la signora Elliott è fissata con la faccenda dei metodisti. Nessun altro ha fatto tanto trambusto perché ci vado. Io mi sono sempre comportato bene. Chiedilo a Jem o alla signora Blythe, e vedi cosa ti dicono. Io rispetterò la loro opinione. Adesso vado a prendere la carta e porto fuori la lanterna, così firmiamo tutti."

Quindici minuti dopo il documento venne solennemente firmato sulla lapide di Hezekiah Pollock, nel centro della quale stava la fumosa lanterna della canonica, mentre i bambini vi erano inginocchiati attorno. In quel momento stava passando la signora Elder Clow, e così il giorno seguente tutta Glen seppe che i bambini della canonica avevano fatto un'altra gara di preghiere e che l'avevano terminata inseguendosi per tutto il cimitero con una lanterna. Questo ricamo era stato suggerito probabilmente dal fatto che dopo che la sottoscrizione e la sigillatura erano state fatte, Carl aveva preso la lanterna ed era andato circospetto nella piccola buca per esaminare il suo formicaio. Gli altri se n'erano andati tranquilli in canonica e poi a letto.

"Pensi che sia vero che papà sposerà Miss West?", Una aveva domandato, tremante, a Faith dopo che ebbero finito di recitare le preghiere.

"Non lo so, ma mi piacerebbe", disse Faith.

"Oh, a me no", disse Una, strozzata, "Lei è buona, com'è adesso. Ma Mary Vance dice che diventare matrigne cambia *completamente* le persone. Diventano orribilmente irritabili, meschine e odiose, e ti mettono contro tuo padre. Lei dice che è sicuro che diventano così. Non conosce un solo caso in cui non sia andata così."

"Io non credo che Miss West potrebbe mai diventare così", esclamò Faith.

"Mary dice che *chiunque* potrebbe diventarlo. Lei sa tutto sulle matrigne, Faith... dice che ne ha viste a centinaia... e tu non ne hai mai vista una. Oh, Mary mi ha raccontato cose raccapriccianti su di loro. Dice che ne conosceva una che frustava le figlie del marito sulle spalle nude, e poi le chiudeva tutta la notte in una cantina fredda e buia. Dice che tutte *muoiono dalla voglia* di fare così."

"Io non credo che sia così anche per Miss West. Tu non la conosci come la conosco io, Una. Pensa solo a quel dolcissimo uccellino che mi ha mandato. Lo amo perfino più di Adam."

"È solo il fatto di diventare matrigne a cambiarle. Mary dice che non ci possono fare niente. Non mi preoccupo tanto per le frustate, ma per il fatto che papà ci odierà."

"Lo sai che niente potrebbe spingere papà a odiarci. Non essere stupida, Una. Io penso che non ci sia nulla di cui preoccuparsi. Probabilmente se facciamo funzionare il nostro Club e ci educhiamo in maniera corretta, papà non penserà più di sposare nessuno. E se lo fa, io so che Miss West sarà dolcissima con noi."

Ma Una non aveva questa convinzione e pianse fin quando non si addormentò.

Capitolo 24
Un impulso caritatevole

Per un paio di settimane le cose andarono lisce nel Club della Buona Condotta. Questo sembrava funzionare ottimamente. Jem Blythe non venne chiamato come arbitro neanche una volta. Nemmeno una volta i bambini della canonica diedero spago ai pettegolezzi di Glen. Per i loro minori peccatucci in casa, invece, si tenevano d'occhio l'un l'altro e coraggiosamente sopportavano le punizioni auto-imposte... generalmente una volontaria assenza da un gioco allegro al venerdì sera nella Valle dell'Arcobaleno, o rimanere a letto in una sera di primavera, quando tutte le giovani ossa ardevano dal desiderio di star fuori. Faith, per aver bisbigliato alla scuola domenicale, si condannò a passare tutta una giornata senza dire una sola parola, a meno che non fosse assolutamente necessario, e ci riuscì. Fu una vera sfortuna che il signor Baker di oltrebaia avesse scelto proprio quella sera per fare una visita alla canonica, e che fosse capitato a Faith di andare ad aprirgli la porta. Non disse una parola di risposta al suo saluto cordiale, ma andò silenziosamente a chiamare brevemente il padre. Il signor Baker rimase lievemente offeso e quando tornò a casa disse alla moglie che la più grande delle sorelle Meredith sembrava una creaturina molto timida e musona, senza abbastanza educazione da rispondere quando le si rivolgeva la parola. Ma non ne derivò nulla di peggio, e generalmente le loro penitenze non fecero del male né a loro né a nessun altro. Tutti loro cominciarono a sentirsi presuntuosamente certi che dopotutto educarsi fosse una cosa molto semplice.

"Scommetto che la gente si accorgerà presto che sappiamo comportarci bene come tutti gli altri", disse Faith, esultante, "Non è difficile, quando ci mettiamo d'impegno."

Lei e Una sedevano sulla tomba dei Pollock. Era stata una giornata fredda, inclemente, umida, e la Valle dell'Arcobaleno era fuori questione per le ragazze, anche se i ragazzi della canonica e quelli di Ingleside c'erano andati a pescare. La pioggia era cessata, ma il vento da est soffiava implacabile dal mare, penetrando fino al midollo. La primavera era in ritardo, nonostante le sue precoci promesse, e c'era perfino ancora un cumulo duro di neve vecchia e ghiaccio nell'angolo a nord del cimitero. Lida Marsh, che era andata a portare in canonica una razione di aringhe, scivolò attraverso il cancello tremando. Lei apparteneva al villaggio di pescatori all'imboccatura della baia e suo padre aveva da trent'anni l'abitudine di mandare in canonica una razione del primo pescato di primavera. Non oltrepassava mai la porta di una chiesa; era un forte bevitore e un uomo impulsivo, ma finché mandava le aringhe alla canonica ogni primavera, come aveva fatto suo padre prima di lui, si sentiva bastevolmente certo che i suoi conti con i Poteri Che Tutto Governano fossero saldati per quell'anno. Non si sarebbe aspettato una buona pesca di sgombri se non avesse mandato lì i primi frutti della stagione.

Lida era una bambina di dieci anni e sembrava più piccola, perché era una creaturina minuta e sfiorita. Stasera, mentre sgattaiolava spavaldamente verso le ragazze della canonica, pareva una che non avesse mai avuto caldo fin da quando era nata. La sua faccia era viola e i suoi occhietti audaci, d'un azzurro pallido, erano rossi e acquosi. Portava un abito stampato sbrindellato e una lacera sciarpa di lana stretta attorno alle spalle e sotto le braccia. Aveva camminato per tre miglia dall'imboccatura della baia, a piedi nudi, su una strada dove c'erano ancora neve, melma e fango. I suoi piedi e le sue gambe erano viola come la sua faccia. Ma a Lida non importava molto. Era abituata ad avere freddo e andava in giro scalza già da un mese, come tutti gli altri bambini che brulicavano nel villaggio di pescatori. Non c'era autocommiserazione nel suo cuore quando si sedette sulla tomba e sorrise allegra a Faith e Una. Faith e Una le sorrisero a loro volta allegramente. Conoscevano poco Lida, avendola incontrata solo un paio di volte l'estate precedente quando erano andate all'imboccatura della baia con i Blythe.

"Ciao!", disse Lida, "Non è mica una notte spaventosa? Manco un cane starebbe fuori, eh?"

"E tu allora perché sei uscita?", domandò Faith.

"Papà mi ha mandato a portarvi le aringhe", ribatté Lida. Rabbrividì, tossì e stese i piedi nudi. Lida non stava pensando a se stessa o ai suoi piedi, e non cercava compassione. Aveva steso i piedi istintivamente, per tenerli sollevati dall'erba bagnata attorno alla tomba. Ma Faith e Una vennero immediatamente travolte da un'ondata di pietà per lei. Sembrava tanto infreddolita... tanto infelice.

"Oh, perché sei scalza in una sera così fredda?", esclamò Faith, "Devi avere i piedi quasi ghiacciati."

"Sì, quasi", disse Lida, orgogliosa, "È stata una faticaccia tutta quella camminata per la via della baia."

"Perché non ti sei messa le calze e le scarpe?", domandò Una.

"Non ne ho da mettere. Quelle che avevo si sono consumate tutte quand'è finito l'inverno", disse Lida, noncurante.

Per un istante Faith la fissò con raccapriccio. Era terribile. Qui c'era una bambina, quasi una vicina, mezza congelata perché non aveva scarpe o calze col tempo che faceva quell'aspra primavera. Impulsivamente Faith non pensò a null'altro che all'orrore di tutto ciò. L'istante dopo si tolse le scarpe e le calze.

"Ecco, prendi queste e mettitele", disse, spingendole a forza tra le mani della sbalordita Lida, "Svelta. Altrimenti muori di freddo. Io ne ho altre. Mettitele subito."

Lida, recuperando le sue facoltà mentali, afferrò il dono che le veniva offerto con una scintilla nei suoi occhi spenti. Certo che le avrebbe messe, a anche in fretta, prima che arrivasse qualcuno con l'autorità di chiederle indietro. In un minuto s'infilò le calze sulle gambette scarne e fece scivolare i piedi nelle scarpe di Faith fino alle piccole caviglie grosse.

"Grazie davvero", disse, "Ma i tuoi non s'arrabbiano?"

"No... e comunque non me ne importa", disse Faith, "Pensi che possa stare a guardare qualcuno che muore di freddo senza aiutarlo, se posso farlo? Non sarebbe giusto, specialmente quando mio papà è un sacerdote."

"Le vorrai indietro? Fa terribilmente freddo all'imboccatura della baia, anche molto dopo che qui fa già caldo", disse Lida, timidamente.

"No, certo, le puoi tenere, è quello che intendevo quando te le ho date. Io ho un altro paio di scarpe e un mucchio di calze."

Lida aveva avuto l'intenzione di fermarsi un po' e parlare con le ragazze di tante cose. Ma ora pensò che fosse meglio andarsene prima che arrivasse qualcuno e le facesse restituire le scarpe. Perciò si allontanò strascicando i piedi nell'inclemente crepuscolo, nella maniera silenziosa e invisibile con la quale era arrivata. Non appena si fu allontanata tanto da non essere più vista dalla canonica, si sedette, si tolse le scarpe e le calze e le mise nel cestino delle aringhe. Non aveva intenzione di tenerle su per quella sporca via della baia. Doveva tenerle da parte per le occasioni di gala. Nessun'altra bambina all'imboccatura della baia aveva così belle calze di cachemire e scarpe così eleganti, quasi nuove. Ora Lida era ben fornita per l'estate. Non si fece scrupoli in questa faccenda. Ai suoi occhi gli abitanti della canonica erano favolosamente ricchi e senza dubbio le ragazze avevano mucchi di scarpe e di calze. Poi Lida corse giù al villaggio di Glen e giocò per un'ora coi ragazzi davanti al negozio di Flagg, sguazzando in una pozza di neve melmosa coi più matti di loro, finché non arrivò la signora Elliott a dirle di andarsene a casa.

"Faith, credo che non avresti dovuto farlo", disse Una, rimproverandola un po', dopo che Lida se ne fu andata, "Adesso dovrai mettere gli stivaletti buoni per tutti i giorni, e si graffieranno subito."

"Non me ne importa", esclamò Faith, ancora palpitante per aver fatto una gentilezza verso una sua simile, "Non è giusto che io debba avere due paia di scarpe e la povera Lida Marsh neanche uno. Adesso entrambe ne abbiamo un paio. Lo sai benissimo, Una, che domenica scorsa nel suo sermone papà ha detto che non c'è vera felicità nel prendere o nell'avere... solo nel dare. Ed è vero. Io mi sento *molto* più felice adesso di quanto non mi sia mai sentita in tutta la mia vita. Pensa a Lida, che proprio in quest'istante sta tornando a casa coi suoi poveri piedini tutti al caldo e comodi."

"Ma sai che non hai un altro paio di calze nere di cachemire", disse Una, "Il tuo altro paio era così pieno di buchi che zia Martha ha detto che non poteva più rammendarlo, così ha tagliato le gambe e ne ha fatto stracci per la polvere. Non hai nient'altro che quelle due paia di calze a righe che detesti."

Tutto il palpito e l'elevazione svanirono da Faith. La sua contentezza crollò come un palloncino forato. Rimase seduta in silenzio per alcuni tristi minuti, affrontando le conseguenze della sua azione precipitosa.

"Oh, Una, non ci avevo pensato", disse, mesta, "Non mi sono fermata a pensarci."

Le calze a righe erano calze spesse, pesanti, ruvide, a costine blu e rosse che zia Martha le aveva fatto a maglia per l'inverno. Erano decisamente orrende. Faith le detestava come non aveva mai detestato nulla prima. Non le avrebbe certamente indossate. Erano ancora nel cassetto del suo scrittoio, mai messe.

"Adesso, dopo questo, dovrai mettere le calze a righe", disse Una, "pensa come ti prenderanno in giro i ragazzi a scuola. Sai quanto prendono in giro Mamie Warren per le sue calze a righe, la chiamano insegna da barbiere, e le tue sono anche peggio."

"Non le metterò", disse Faith, "Piuttosto me ne vado in giro scalza, anche se fa freddo."

"Non puoi andare in chiesa scalza, domani. Pensa a cosa dirà la gente."

"Allora resto a casa."

"Non puoi. Lo sai bene che zia Martha ti costringerà ad andare in chiesa."

Faith lo sapeva. L'unica cosa su cui zia Martha si prendeva la briga di insistere era che andassero tutti a messa, col bello o col cattivo tempo. Come si vestivano, o se addirittura si vestivano, non erano mai affari suoi. Ma dovevano andarci. Era così che zia Martha era stata educata settant'anni prima, ed era così che aveva intenzione di educare loro.

"Non ne hai un paio da prestarmi, Una?", disse la povera Faith, triste.

Una scosse la testa. "No, sai che ho soltanto il paio nero. E sono così strette che riesco a infilarmele a stento. A te non starebbero. E neppure le mie grigie. E poi hanno le gambe tutte rammendate."

"Non me le metto quelle calze a righe", disse Faith, ostinata, "La sensazione che danno è perfino peggio dell'aspetto. Mi fanno sentire come se avessi le gambe grosse come barili, e poi *pizzicano*."

"Be', allora non so che puoi fare."

"Se papà fosse a casa andrei a chiedergli di comprarmene un paio nuovo prima che chiudano i negozi. Ma lui tornerà a casa tardi. Glielo chiedo lunedì... e domani non vado in chiesa. Farò finta di essere malata e zia Martha dovrà permettermi *per forza* di stare a casa."

"Ma questo vuol dire mentire, Faith", esclamò Una, "*Non puoi* farlo. Lo sai che sarebbe terribile. Cosa direbbe papà se lo sapesse? Non ti ricordi come ci parlò dopo la morte di mamma, e ci disse che dovevamo sempre essere sinceri, qualunque altro errore potessimo commettere? Disse che non dovevamo mai dire bugie... disse che *confidava* che non lo facessimo. *Non puoi* farlo, Faith. Mettiti le calze a righe. È solo per una volta. In chiesa nessuno le noterà. Non è come a scuola. E il tuo nuovo vestito marrone è così lungo che non si vedranno quasi. Non è stata una fortuna che zia Martha l'abbia fatto così grande, così ti andrà bene anche quando cresci, anche se lo odiavi tanto quando l'ha finito?"

"Non me le metto quelle calze", ripeté Faith. Srotolò le gambe bianche e nude da sopra la tomba e ostentatamente camminò sull'erba bagnata e fredda fino al cumulo di neve. Stringendo i denti, ci entrò e rimase lì.

"Che stai facendo?", esclamò Una, atterrita, "Prenderai freddo, Faith Meredith."

"Ci sto provando", rispose Faith, "Spero di prendermi un freddo pauroso, così domani sarò *terribilmente* malata. E così non dovrò dire una bugia. Resterò qui per tutto il tempo che riesco a sopportarlo."

"Ma Faith, potresti morire davvero. Potresti prenderti una polmonite. Ti prego, Faith, non farlo. Andiamo in casa e mettiti qualcosa ai piedi. Oh, ecco Jerry. Grazie al Cielo. Jerry, fa' uscire Faith dalla neve. Guarda i suoi piedi."

"Santi numi! Faith, che stai facendo?", domandò Jerry, "Sei impazzita?"

"No. Vattene!", disse bruscamente Faith.

"Allora ti stai punendo per qualcosa? Se è così non è giusto. Ti ammalerai."

"Mi voglio ammalare. E non mi sto punendo. Vattene."

"Dove sono le sue scarpe e le sue calze?", Jerry chiesa a Una.

"Le ha date a Lida Marsh."

"Lida Marsh? E perché?"

"Perché Lida non nc aveva... e aveva tanto freddo ai piedi. E adesso vuole ammalarsi così domani non dovrà andare in chiesa con le sue calze a righe. Ma Jerry, potrebbe morire."

"Faith", disse Jerry, "Esci subito da quel cumulo di neve o ti ci tiro via io."

"E tirami", lo sfidò Faith.

Jerry le balzò addosso e la prese per le braccia. Lui tirava da una parte e Faith tirava dall'altra. Una corse dietro Faith e si mise a spingere. Faith gridò a Jerry di lasciarla in pace. Jerry le gridò in risposta di non fare la stupida idiota e Una si mise a piangere. Facevano un sacco di baccano ed erano vicino alla staccionata del cimitero che dava sulla strada. Passarono Henry Warren e la moglie, li sentirono e li videro. Ben presto tutta Glen seppe che i bambini della canonica avevano avuto una terribile lite nel cimitero e usato un linguaggio decisamente indecente. Intanto Faith si era lasciata tirare via dal ghiaccio perché i piedi le facevano così male che ormai era comunque pronta a scenderne. Rientrarono tutti affabilmente e andarono a letto. Faith dormì come un cherubino e si svegliò il giorno dopo senza un'ombra di raffreddore. Sapeva che non poteva simulare un malanno e mentire, dopo aver ricordato quel discorso che papà aveva fatto tanto tempo prima. Ma era ancora assolutamente determinata a non mettersi quelle orribili calze a righe per andare in chiesa.

Capitolo 25
Un altro scandalo e un'altra "spiegazione"

Faith andò presto alla scuola domenicale e si sedette in un angolo della panca della sua classe prima che arrivasse chiunque altro. Perciò la terribile verità non venne scoperta da nessuno finché Faith non lasciò la panca accanto alla porta per raggiungere la panca della canonica[29] dopo la scuola domenicale. La chiesa era già mezza piena e tutti quelli che sedevano vicino alla navata videro che la figlia del pastore aveva le scarpe ma non le calze!

Il nuovo vestito marrone di Faith, che zia Martha aveva fatto utilizzando un vecchissimo modello, era assurdamente lungo per lei, ma anche così non arrivava a incontrare l'orlo degli stivaletti. Spuntavano chiaramente due pollici buoni di gamba nuda e bianca.

Faith e Carl sedevano da soli nella panca della canonica. Jerry era andato in galleria a sedersi con un suo amico e le ragazze Blythe avevano preso Una con loro. I ragazzi Meredith erano propensi a "sedersi dappertutto" in chiesa a questo modo, e moltissime persone pensavano che questo fosse assai disdicevole. Soprattutto la galleria, dove si radunavano ragazzi irresponsabili che, si sapeva, parlottavano e, si sospettava, masticavano tabacco durante la funzione, non era un posto decente per il figlio di un sacerdote. Ma Jerry detestava la panca della canonica, che era proprio davanti a tutte le altre in chiesa, sotto gli occhi di Elder Clow e della sua famiglia. Ne sfuggiva tutte le volte che poteva.

Carl, assorto nella contemplazione di un ragno che tesseva la sua tela alla finestra, non notò le gambe di Faith. Lei tornò a casa con suo padre dopo messa e neanche lui le notò. S'infilò le odiate calze a righe prima che Jerry e Una arrivassero, così per il momento nessuno degli occupanti della canonica seppe cos'aveva fatto. Ma nessun altro degli abitanti di Glen lo ignorava. I pochi che non l'avevano vista, lo sentirono presto. Non si parlò di nient'altro durante il ritorno a casa da messa. La signora Alec Davis disse che non si aspettava altro, e che la prossima volta avrebbero visto uno di quei ragazzini venire in chiesa completamente nudo. La presidentessa delle Dame di

---

29 Tutto questo balletto di panche è dovuto al fatto che ai tempi in cui si svolge la nostra storia, in chiesa ogni famiglia aveva assegnata la propria panca, non ci si sedeva dove capitava (NDR)

Carità decise che avrebbe sollevato l'argomento alla prossima riunione della società, e propose di andare in gruppo a protestare dal ministro. Miss Cornelia disse che lei, dal canto suo, si arrendeva. Era inutile continuare a preoccuparsi per i ragazzini della canonica. Perfino la signora Blythe ne fu un po' shoccata, anche se attribuì l'avvenimento unicamente alla smemoratezza di Faith. Susan non poté cominciare immediatamente a sferruzzare calze per Faith perché era domenica, ma il mattino seguente, prima che a Ingleside si fosse svegliato qualcun altro, lei ne aveva già preparato un paio. "Non dovete dirmi nulla, è stata solo colpa della vecchia Martha, cara signora Dottore", disse ad Anna, "Penso che la povera bambina non avesse calze decenti da mettersi. Penso che tutte le sue calze fossero piene di buchi, e voi sapete bene che di solito è così. E penso anche, cara signora Dottore, che le Dame di Carità farebbero meglio ad adoperarsi a sferruzzare qualcosa per loro che a litigare per il nuovo tappeto del pulpito. Io non sono una Dama di Carità, ma farò a maglia due paia di calze per Faith con questo bel filato nero, veloce quanto me lo consentano le mie dita, e su questo potete contarci. Non dimenticherò mai cos'ho provato, cara signora Dottore, quando ho visto la figlia di un ministro che percorreva la navata della nostra chiesa senza calze. Non sapevo davvero da che parte guardare.[30]"

"E ieri la chiesa era anche piena di metodisti", gemette Miss Cornelia, che era andata a Glen per fare spese ed era corsa a Ingleside per discutere della faccenda, "Io non so come avvenga, ma è certo che quando quei bambini della canonica fanno qualcosa di particolarmente tremendo sta' sicura che la chiesa sarà affollata di metodisti. Pensavo che gli occhi della signora Deacon Hazard le sarebbero schizzati fuori dalle orbite. Quando è uscita dalla chiesa ha detto 'Quell'esibizione era tutt'altro che decente. Compatisco i presbiteriani'. E non abbiamo potuto far altro che accettarlo. Non potevamo dire nulla."

---

30 Tutto lo scalpore suscitato da Faith può sembrarci incomprensibile adesso, ma calcoliamo che siamo all'inizio del Novecento, in un'epoca in cui le donne portano gonne lunghe fino ai piedi e indossano calze coprenti perfino in estate, e in cui mostrare anche pochi centimetri di gamba nuda, in chiesa per di più, è realmente uno scandalo, anche quando è solo una ragazzina di dodici anni a farlo (NDR)

"C'era qualcosa che avrei potuto dire io, cara signora Dottore, se l'avessi sentita", disse Susan, torva, "Per cominciare, avrei detto che delle gambe nude pulite non sono più indecenti dei buchi. E per finire avrei detto che i presbiteriani non hanno bisogno di chi li compatisca, dal momento che hanno un sacerdote *che sa predicare*, mentre i metodisti non ce l'hanno. Avrei potuto schiacciare la signora Deacon Hazard, cara signora Dottore, e su questo potete contarci."

"Io vorrei che il signor Meredith predicasse un po' meno bene e badasse un po' meglio alla sua famiglia", ribatté Miss Cornelia, "Potrebbe perlomeno controllare i suoi figli prima che vadano in chiesa e assicurarsi che siano vestiti in maniera appropriata. Sono stanca di scusarmi per lui, credimi."

Intanto lo spirito di Faith veniva turbato nella Valle dell'Arcobaleno. Mary Vance era lì e, come suo solito, era in vena di prediche. Diede a intendere a Faith che aveva disonorato se stessa e suo padre al di là di ogni possibilità di redenzione e che lei, Mary Vance, aveva chiuso con lei. "Tutti" ne parlavano, e "tutti" dicevano la stessa cosa.

"A me sembra semplicemente che non posso più continuare a frequentarti", concluse.

"Allora noi continueremo a frequentarla", esclamò Nan Blythe. Nan in segreto pensava che Faith avesse realmente fatto una cosa orribile, ma non avrebbe permesso che Mary Vance esprimesse le cose in maniera tanto autoritaria, "E se tu non vuoi, Miss Mary Vance, puoi anche non venire più nella Valle dell'Arcobaleno."

Sia Nan che Di abbracciarono Faith e guardarono con aria di sfida Mary. Quest'ultima improvvisamente cedette, si sedette su un ceppo e si mise a piangere.

"Ma non è che non voglio", piagnucolò, "È che se continuo a girare con Faith la gente comincerà a dire che sono io a istigarla. C'è chi lo dice già adesso, è vero com'è vero che sei viva. Non posso permettermi che si dicano queste cose di me, ora che ho un posto rispettabile in cui vivere e sto cercando di comportarmi da signora. E io non sono mai andata in chiesa a gambe nude neanche nei miei periodi più duri. Non mi sarei mai sognata di fare una cosa simile. Ma quell'odiosa Kitty Alec dice che Faith non è più la stessa da quando io sono stata in canonica. Dice che Cornelia Elliott finirà col deplorare il giorno che ha deciso di accogliermi. È una cosa che mi ferisce. Me è per il signor Meredith che mi preoccupo davvero."

"Credo che tu non abbia bisogno di preoccuparti per lui", disse Di, sprezzante, "Non è proprio necessario. Ora, Faith, tesoro, smetti di piangere e dicci perché l'hai fatto."

Faith lo spiegò, tra le lacrime. Le ragazze Blythe solidarizzarono con lei e perfino Mary Vance ammise che fosse una posizione scomoda. Ma Jerry, sulla quale la notizia si era abbattuta come un fulmine, si rifiutò di farsi calmare. Perciò era *questo* che significavano certi accenni misteriosi che aveva ricevuto a scuola! Scortò Faith e Una a casa senza cerimonie e il Club della Buona Condotta tenne un'immediata riunione nel cimitero per mettere a verdetto il caso di Faith.

"Io non capisco che male ci fosse", disse Faith, in tono di sfida, "Non s'è visto *molto* delle mie gambe. Non era *sbagliato* e non ha danneggiato nessuno."

"Danneggerà papà. Lo sai che sarà così. Lo sai che la gente dà la colpa a lui tutte le volte che noi facciamo qualcosa di strano."

"Non ci avevo pensato", borbottò Faith.

"È questo il problema. Non ci avevi pensato e avresti dovuto pensarci. È a questo che serve il nostro Club... a farci crescere e a farci pensare. Avevamo promesso che si saremmo sempre fermati a riflettere prima di fare qualcosa. Tu non l'hai fatto e devi essere punita, Faith... e molto duramente, anche. Per punizione per una settimana andrai a scuola indossando quelle calza a righe."

"Oh, Jerry, non basta un giorno... due giorni? Non tutta una settimana!"

"Sì, tutta una settimana", disse Jerry, inesorabile, "È giusto... chiedi a Jem Blythe se non lo è."

Faith pensò che fosse meglio arrendersi che chiedere a Jem Blythe una cosa del genere. Cominciava ad accorgersi che il suo crimine era stato veramente vergognoso.

"Allora lo farò", borbottò, un po' immusonita.

"Te la cavi facilmente", disse Jerry, severo, "E per quanto possiamo punirti noi, questo non aiuterà papà. La gente penserà sempre che l'hai fatto solo per cattiveria, e incolperà papà perché non te l'ha impedito. Non potremo mai spiegarlo a tutti."

Quest'aspetto del caso gravava sulla mente di Faith. Poteva sopportare la propria condanna, ma la straziava il fatto che la colpa sarebbe ricaduta su suo padre. Se la gente avesse saputo le vere vicende del caso, non avrebbe incolpato lui. Ma come poteva farlo sapere a tutto il mondo? Andare in chiesa e spiegare la faccenda, come aveva fatto una volta, era fuori questione. Faith aveva saputo da Mary Vance come la congregazione aveva considerato quell'esibizione e aveva capito che non doveva più ripeterla. Faith rimuginò sul problema per mezza settimana. Poi ebbe un'ispirazione e immediatamente la mise in atto. Passò quella sera in solaio, con una lampada e un quaderno, a scrivere alacremente con le guance arrossate e gli occhi lucenti. Era questa la cosa giusta da fare! Com'era stata intelligente a pensarci! Avrebbe messo tutto a posto e avrebbe spiegato tutto ma non avrebbe fatto scandalo. Erano le undici di sera quando finì, con sua grande soddisfazione, e scese a letto, spaventosamente stanca ma assolutamente felice.

Pochi giorni dopo il piccolo settimanale pubblicato a Glen sotto il nome di *Il Giornale* uscì come al solito, e a Glen ci fu di nuovo scalpore. Una lettera firmata "Faith Meredith" occupava un posto di rilievo in prima pagina e recitava come segue:

"*A chi è interessato*:

"Voglio spiegare a tutti come mai sono andata in chiesa senza calze, così tutti sapranno che papà non ne ha neanche un po' di colpa, e le vecchie pettegole non devono dirlo perché non è vero. Ho dato il mio unico paio di calze nere a Lida Marsh perché lei non ne aveva e i suoi poveri piedini erano congelati, e a me dispiaceva tanto per lei. Nessun bambino dovrebbe stare senza scarpe né calze in una comunità cristiana quando la neve non se n'è ancora andata via completamente, e io penso che la Società Missionaria Femminile avrebbe dovuto darle le calze. Certo, lo so che mandano un mucchio di cose ai piccoli bambini pagani, ed è una cosa buona e giusta farlo. Ma i piccoli bambini pagani hanno un clima molto più caldo del nostro, e io credo che le donne della nostra chiesa dovrebbero occuparsi di Lida e non lasciar fare tutto a me. Quando le ho dato le mie calze mi ero dimenticata che era l'unico paio nero senza buchi che avessi, ma sono contenta di avergliele date perché se non l'avessi fatto non mi sarei mai sentita a posto con la coscienza. Quando lei se n'è andata, così felice e orgogliosa, povera piccina, mi sono ricordata che tutto quello che mi rimaneva da indossare erano quelle orribili cose blu e rosse che zia Martha mi aveva fatto a maglia lo scorso inverno con del filato che la signora Joseph Burr di Upper Glen ci aveva mandato. Era un filato orribilmente ruvido e pieno di nodi, e io non ho mai visto nessuno dei figli della signora Burr indossare qualcosa fatta con quel filato. Ma Mary Vance dice che la signora Burr dà al ministro la roba che lei non può usare né mangiare, e pensa che quella debba essere parte del salario che suo marito ha detto di pagare, ma che non versa mai.

"Io proprio non potevo sopportare di indossare quelle orribili calze. Erano troppo brutte, e ruvide, e pizzicavano. Si sarebbero presi tutti gioco di me. All'inizio pensai di fingermi malata e non andare in chiesa il giorno dopo, ma decisi che non potevo farlo perché sarebbe stato come ingannare con le azioni, e dopo che mamma era morta papà ci aveva detto che è una cosa che non dobbiamo fare mai e poi mai. Ingannare con le azioni è brutto come dire le bugie, anche se io conosco un po' di persone, proprio qui a Glen, che lo fanno e non sembrano neanche un po' dispiaciute per questo. Non farò i loro nomi ma io so chi sono, e lo sa anche papà.

"Poi feci del mio meglio per prendere freddo e ammalarmi davvero stando a piedi nudi nella neve nel cimitero metodista finché Jerry non mi ha tirata via. Ma non mi ha fatto male neanche un po', così non ho potuto fare a meno di andare in chiesa. Perciò ho deciso di infilarmi gli stivaletti e andarci così. Non capisco cosa ci fosse di tanto sbagliato, e sono anche stata attentissima a lavarmi le gambe proprio come mi lavo la faccia, ma comunque non è stata colpa di papà. Lui era nel suo studio a pensare al sermone e ad altre cose celestiali, e io mi sono tenuta alla larga da lui prima di andare alla scuola domenicale. Papà non guarda le gambe della gente in chiesa, perciò naturalmente non ha notato le mie, ma tutte le pettegole l'hanno fatto e ne hanno parlato, ed ecco perché sto scrivendo questa lettera al *Giornale* per spiegare. Immagino di essermi comportata molto male, dal momento che lo dicono tutti, e mi dispiace, perciò adesso sto mettendo quelle calze orribili per punirmi, anche se papà me ne ha comprato due nuove belle paia nere non appena il negozio del signor Flagg ha aperto lunedì mattina. Ma è stata tutta colpa mia, e se la gente incolpa papà dopo aver letto questa lettera allora non è cristiana e non m'importa di quel che dice.

"C'è un'altra cosa che voglio spiegare prima di finire. Mary Vance mi ha detto che il signor William Boyd sta accusando i figli di Lew Baxter di avergli rubato le patate dal campo l'autunno scorso. Non sono stati loro a prendere le sue patate. Sono molto poveri, ma sono onesti. Siamo stati noi a farlo. Io, Jerry e Carl. Una non era con noi quella volta. Non sapevamo che stavamo rubando. Volevamo solo un po' di patate da cucinare sul fuoco nella Valle dell'Arcobaleno per mangiarle una sera con le trote fritte. Il campo del signor Boyd era il più vicino, proprio tra la valle e il paese, perciò noi ci siamo arrampicati sullo steccato e abbiamo tirato qualche gambo. Le patate erano terribilmente piccole, perché il signor Boyd non ci aveva messo abbastanza fertilizzante, così noi abbiamo dovuto tirare parecchi gambi prima di averne abbastanza, e anche così non erano più grandi delle biglie. Walter e Di Blythe ci hanno aiutati a mangiarle, ma loro non erano con noi finché non le abbiamo cucinate e non sapevano dove le avevamo prese, perciò non è assolutamente colpa loro, solo nostra. Noi non intendevamo fare nulla di male, ma se abbiamo rubato ci dispiace molto e risarciremo il signor Boyd se lui vorrà aspettare quando saremo cresciuti. Adesso non abbiamo mai soldi perché non siamo abbastanza grandi per guadagnarceli, e zia Martha dice che occorre ogni centesimo del misero salario di papà, perfino quando glielo pagano regolarmente – cosa che non capita spesso – per mandare avanti la casa. Ma il signor Boyd non deve più incolpare i figli di Lew Baxter, che sono completamente innocenti, e non deve più insultarli.

"Distinti saluti

"*Faith Meredith*"

Capitolo 26
Miss Cornelia cambia opinione

"Susan, dopo che sarò morta tornerò sulla terra tutte le volte che i narcisi fioriscono in questo giardino", disse Anna, estatica, "Nessuno potrà vedermi, ma io sarò lì. Se in quel momento ci sarà qualcuno in giardino – penso che verrò in una sera come questa, ma potrebbe essere all'alba... una deliziosa alba primaverile rosa pallido – vedrebbe solo i narcisi agitarsi follemente come se una folata di vento in più avesse soffiato su di loro, ma sarei io."

"Cara signora Dottore, voi non penserete certo a cose esibizionistiche e terrene come i narcisi dopo che sarete morta", disse Susan, "E poi io non credo ai fantasmi, visibili o invisibili."

"Oh, Susan, io non sarei un fantasma! È una cosa che ha un suono terribile. Io sarei semplicemente *me stessa*. E andrò in giro al crepuscolo, che sia dell'alba o della sera, a visitare tutti i posti che amo. Ti ricordi quanto mi sentii male quando lasciai la nostra piccola Casa dei Sogni, Susan? Pensavo che non avrei mai potuto amare Ingleside altrettanto. Ma la amo. Amo ogni centimetro del suo terreno, ogni suo legnetto, ogni sua pietra."

"Anch'io sono piuttosto affezionata a questo posto", disse Susan, che sarebbe morta se l'avessero portata via di lì, "Ma non dobbiamo affezionarci troppo alle cose terrene, cara signora Dottore. Ci sono cose come incendi e terremoti. Bisogna sempre essere preparati. La famiglia di Tom MacAllister è bruciata tre notti fa. Qualcuno dice che sia stato Tom MacAllister ad appiccare il fuoco alla casa per avere i soldi dell'assicurazione. Può darsi di sì e può darsi di no. Ma io consiglierei al dottore di far controllare subito i nostri comignoli. Un'oncia di prevenzione vale una libbra di cure. Ma vedo la signora Marshall Elliott al cancello. Sembra una che sia stata mandata a chiamare ma che non possa venire."

"Anna cara, hai visto *Il Giornale* oggi?"

La voce di Miss Cornelia tremava, in parte per l'emozione e in parte per il fatto che era arrivata dal negozio troppo in fretta ed era affannata.

Anna si chinò sui narcisi per nascondere un sorriso. Lei e Gilbert quel giorno avevano riso di cuore e senza pietà per la prima pagina del *Giornale*, ma sapeva che per la cara Miss Cornelia quella era quasi una tragedia, e lei non voleva urtarle i sentimenti mostrandosi superficiale.

"Non è spaventoso? Cosa possiamo fare?", domandò Miss Cornelia, disperata. Miss Cornelia aveva fatto voto di smetterla di preoccuparsi per le marachelle dei bambini della canonica, ma continuava a preoccuparsi lo stesso.

Anna fece strada in veranda, dove Susan sferruzzava, con Shirley e Rilla che manovravano i loro abbecedari ognuno da un lato. Susan era già al secondo paio di calze per Faith. Faceva quel che era in suo potere per migliorare le cose e lasciava serenamente il resto ai Più Alti Poteri.

"Cornelia Elliott pensa di essere nata per governare questo mondo, cara signora Dottore", aveva detto una volta ad Anna, "e perciò è sempre in agitazione per qualcosa. Io non l'ho mai pensato, e perciò tiro avanti tranquilla. Non che non abbia mai pensato che le cose potrebbero essere gestite un po' meglio di quanto non siano. Ma non sta a noi, poveri vermi, coltivare questi pensieri. Ci rendono solo inquieti e non ci portano da nessuna parte."

"Io credo che non si possa fare nulla... adesso", disse Anna, porgendo a Miss Cornelia una comoda sedia coperta di cuscini, "Ma come mai il signor Vickers ha permesso la pubblicazione di quella lettera? Avrebbe dovuto avere più giudizio."

"Ma lui non c'è, Anna cara... è a New Brunswick da una settimana. Ed è quel briccone di Joe Vickers a dirigere *il Giornale* in sua assenza. Naturalmente il signor Vickers non l'avrebbe mai pubblicato, anche se è un metodista, ma Joe deve aver pensato che fosse un bello scherzo. Come hai detto, non credo che adesso si possa fare nulla, se non aspettare che venga dimenticato. Ma se riuscissi mai a mettere Joe Vickers con le spalle al muro da qualche parte, gli farei un discorsetto che non dimenticherebbe tanto presto. Volevo che Marshall sospendesse immediatamente il nostro abbonamento al Giornale, ma lui s'è messo a ridere e ha detto che l'edizione di oggi era l'unica da un anno a questa parte che avesse qualcosa di decente da leggere. Marshall non prende mai niente sul serio, che roba da uomini! Fortunatamente anche Evan Boyd è così. L'ha presa come uno scherzo e ne ride dappertutto. E lui è un altro metodista! Ma la signora Burr di Upper Glen, certo, sarà furiosa, lasceranno la chiesa. Non che sia una gran perdita da qualunque punto di vista. I metodisti sono piuttosto graditi *a loro*."

"Sta bene alla signora Burr", disse Susan, che aveva una vecchia faida con la signora in questione e aveva provato enorme diletto per l'allusione a lei nella lettera di Faith, "Scoprirà che non sarà facile ingannare il parroco metodista sullo stipendio dandogli del filato scadente."

"La cosa peggiore è che non ci sono speranze che le cose possano migliorare", disse Miss Cornelia, cupa, "Finché il signor Meredith andava a trovare Rosemary West, speravo che la canonica avrebbe potuto avere presto un'adeguata padrona di casa. Ma è tutto finito. Immagino che lei non abbia voluto prenderlo per via dei bambini... perlomeno, sembrano pensarla tutti così."

"Io non credo che lui gliel'abbia mai chiesto", disse Susan, che non poteva concepire l'idea che qualcuno potesse rifiutare un ministro.

"Nessuno ne sa nulla. Ma una cosa è certa: lui non va più lì. E Rosemary non ha avuto una bella cera per tutta la primavera. Spero che la sua permanenza a Kingsport le faccia bene. È via da un mese e starà via per un altro mese, ho saputo. Non ricordo che Rosemary sia mai stata via di casa prima d'ora. Lei ed Ellen non potevano mai separarsi. Ma ho saputo che stavolta è stata Ellen a insistere perché se ne andasse. E intanto Ellen e Norman Douglas stanno riscaldando la vecchia minestra."

"È vero?", domandò Anna, ridendo, "Avevo sentito delle voci, ma stentavo a crederci."

"Credici! Puoi proprio crederci, Anna cara. Nessuno ne è all'oscuro. Norman Douglas non ha mai lasciato nessuno nel dubbio per quanto riguarda le sue intenzioni su qualsiasi cosa. Ha sempre fatto i suoi corteggiamenti in pubblico. Ha detto a Marshall che non pensava a Ellen da anni, ma che la prima volta che è tornato in chiesa lo scorso autunno l'ha vista e si è innamorato di nuovo di lei. Ha detto che si era completamente dimenticato quanto fosse bella. Non la vedeva da vent'anni, se riesci a crederci. Certo, lui non andava mai in chiesa ed Ellen non andava da nessun'altra parte qui nei dintorni. Oh, sappiamo tutti quali sono le intenzioni di Norman, ma quali siano le intenzioni di Ellen è un'altra faccenda. Non mi assumo la responsabilità di prevedere se si metteranno insieme o no."

"Una volta lui la piantò... ma sembra che per certa gente non conti, cara signora Dottore", osservò acidamente Susan.

"La piantò in uno scatto d'ira e se ne pentì per tutta la vita", disse Miss Cornelia, "È diverso che se l'avesse piantata a sangue freddo. Da parte mia, non ho mai odiato Norman come fanno certi altri. Non potrebbe mai sopraffare me. Mi chiedo cosa l'abbia convinto a tornare in chiesa. Non sono mai riuscita a credere alla storia della signora Wilson, che Faith Meredith sia andata lì e l'abbia costretto a farlo. Ho sempre avuto l'intenzione di chiederlo a Faith, ma non mi viene mai in mente di farlo quando ce l'ho davanti. Che influenza potrebbe mai aver avuto *lei* su Norman Douglas? Quando me ne sono andata lui era in negozio mugghiando dalle risate per quella lettera scandalosa. Lo si sarebbe potuto sentire fino a Punta Quattro Venti. 'La ragazza più forte del mondo', stava gridando, 'È piena di fegato, scoppia di fegato. E tutte quelle vecchie nonnette la vogliono addomesticare, accidenti a loro. Ma non riusciranno mai a farlo... mai. Tanto varrebbe annegare un pesce. Boyd, bada a dare più fertilizzante alle tue patate l'anno prossimo. Ah, ah, ah!' E poi s'è messo a ridere tanto da far tremare il tetto."

"Perlomeno, il signor Douglas paga bene il salario", osservò Susan.

"Oh, per certi versi Norman non è affatto spilorcio. Darebbe anche mille dollari senza batter ciglio, ma ruggirebbe come un toro di Bashan se dovesse pagare una qualunque cosa cinque centesimi in più. Inoltre, gli piacciono i sermoni del signor Meredith, e Norman Douglas è sempre stato disposto a sganciare per qualcosa che gli stimoli il cervello. Non c'è più cristianesimo in lui di quanto ce ne sia in un pagano nero e nudo dell'Africa, e mai ci sarà. Ma è intelligente e istruito, e valuta i sermoni come fa con le conferenze. Comunque è un bene che sostenga il signor Meredith e i bambini come fa, perché dopo questa vicenda hanno più che mai bisogno di amici. Io sono stanca trovare giustificazioni per loro, credimi."

"Sapete, cara Miss Cornelia", disse Anna, seria, "Io credo che noi tutti abbiamo trovato troppe giustificazioni. È molto stupido e dovremmo smettere. Vi dirò cosa vorrei fare. Non lo farò, naturalmente", Anna aveva notato un luccichio preoccupato negli occhi di Susan, "sarebbe troppo anticonformista, e noi dobbiamo essere conformisti o morire dopo che abbiamo raggiunto un'età che si presuppone debba essere decorosa. Ma *vorrei* poterlo fare. Vorrei poter convocare una riunione delle Dame di Carità, della Società Missionaria Femminile, e del Club di Cucito delle Ragazze, e includere nel pubblico tutti, a anche tutti i metodisti che hanno criticato i Meredith... anche se penso che se noi presbiteriani la smettessimo di criticare e giustificare scopriremmo che quelli delle altre confessioni si preoccuperebbero molto poco dei bambini della nostra canonica. Direi loro 'Care amiche cristiane – sottolineando particolarmente quel 'cristiane' – ho qualcosa da dirvi, e voglio dirvelo forte e chiaro in modo che voi possiate portarlo a casa e ripeterlo alle vostre famiglie. Voi metodisti non dovete compatirci, e noi presbiteriani non dobbiamo autocommiserarci. Non lo faremo più. E andremo in giro a dire, spavaldamente e sinceramente, a tutti quelli che ci criticano e ci commiserano, che noi siamo *orgogliosi* del nostro ministro e della sua famiglia. Il signor Meredith è il miglior predicatore che la chiesa di Glen St. Mary abbia mai avuto. Inoltre è maestro sincero e appassionato di verità e carità cristiana. È un amico leale, un pastore giudizioso per tutto quanto è necessario, un uomo raffinato, colto ed educato. La sua famiglia è degna di lui. Gerald Meredith è l'alunno più bravo della scuola di Glen e il signor Hazard dice che è destinato a una carriera brillante. È un ragazzino coraggioso, giusto, onesto. Faith Meredith è bella, e ispiratrice e originale quanto è bella. Non c'è nulla di banale in lei. Tutte le altre ragazze di Glen messe insieme non hanno l'energia, l'arguzia, la gioiosità e il 'fegato' che ha lei. Non ha un solo nemico al mondo. Tutti quelli che la conoscono la amano. Di quanti altri bambini, o perfino adulti, si può dire altrettanto? Una Meredith è la dolcezza personificata. Diventerà una donna adorabile. Carl Meredith, col suo amore per le formiche, le rane e i ragni, un giorno diventerà un naturalista a cui tutto il Canada... anzi, tutto il mondo, sarà lieto di rendere onore. Conoscete qualche altra famiglia di Glen, o anche di fuori, di cui si possano dire tutte queste cose? Basta con le giustificazioni imbarazzate e le scuse. Noi siamo *compiaciuti* del nostro ministro e dei suoi splendidi figli.'"

Anna si fermò, in parte perché era senza fiato dopo il suo discorso veemente, e in parte perché non se la sentiva di continuare a parlare vista la faccia di Miss Cornelia. La brava signora stava fissando inerme Anna, apparentemente sommersa tra marosi di nuove idee. Ma riemerse con un ansito e riguadagnò valorosamente la riva.

"Anna Blythe, vorrei che tu *davvero* convocassi una riunione e parlassi proprio così! Mi hai fatto vergognare di me stessa, per dirne una, e lungi da me rifiutarmi di ammetterlo. Ma certo, è così che avremmo dovuto parlare... specialmente coi metodisti. Ed è vero in ogni parola... ogni parola. Noi abbiamo chiuso gli occhi sulle cose grandi e preziose e li abbiamo sforzati per vedere solo le piccole cose che non valgono neanche quanto

meglio, cara signora Dottore, se loro avessero evitato Polly Wolly Doodle. È veramente terribile pensare a una cosa del genere cantata in un cimitero."

"Alcuni di quei morti cantavano Polly Wolly Doodle da vivi, Susan. Forse a loro piace poterla sentire ancora", propose Gilbert.

Miss Cornelia gli lanciò uno sguardo di biasimo e poi decise che, in qualche occasione futura, avrebbe suggerito ad Anna di ammonire il dottore di non dire cose del genere. Avrebbe potuto danneggiare la sua attività. La gente poteva mettersi in testa che lui fosse poco ortodosso. A dire il vero, Marshall certe volte diceva anche di peggio, ma lui non era un uomo pubblico.

"Ho saputo che loro padre è rimasto tutto il tempo nel suo studio, con le finestre aperte, ma che non si è accorto di loro. Certo, era perso in un libro come al solito. Ma gliene ho parlato ieri sera, quando è venuto a farmi visita."

"Come avete potuto permettervi, signora Marshall Elliott?", disse Susan, in tono di rimprovero.

"Permettermi? È ben ora che qualcuno abbia il coraggio di permettersi qualcosa. Dicono che non sappia nulla della lettera di Faith al *Giornale*, perché nessuno ha voluto parlargliene. E naturalmente lui non legge mai *Il Giornale*. Ma pensavo che dovesse saperlo, per impedire altre imprese del genere in futuro. Lui ha detto che 'ne avrebbe discusso con loro'. Ma certamente non ci avrà pensato più una volta uscito dal nostro cancello. Quell'uomo non ha senso dell'umorismo, Anna, credimi. Domenica scorsa ha fatto la predica su 'come educare i bambini'. Ed era anche un bel sermone... e in chiesa pensavano tutti 'che peccato che non sappiate mettere in pratica quel che predicate'."

Miss Cornelia era stata ingiusta con il signor Meredith pensando che lui avrebbe dimenticato subito quel che lei gli aveva detto. Tornò a casa molto turbato, e quando quella sera i bambini tornarono dalla Valle dell'Arcobaleno, a un'ora molto più tarda per gironzolare di quanto avrebbero dovuto, lui li chiamò nel suo studio.

Loro entrarono con un certo timore. Era una cosa tanto insolita da parte di loro padre. Cosa poteva mai dir loro? Si spremettero la memoria per cercare di ricordare un'infrazione recente sufficientemente importante, ma non riuscirono a ricordare nulla. Carl aveva rovesciato un piattino di marmellata sul vestito di seta della signora Peter Flagg due sere prima, quando quella, per invito di zia Martha, si era fermata da loro a cena. Ma il signor Meredith non se n'era accorto, e la signora Flagg, che era un'anima buona, non aveva fatto storie. Inoltre Carl era già stato punito venendo obbligato a indossare il vestito di Una per il resto della serata.

Una pensò improvvisamente che forse papà voleva dir loro che stava per sposare Miss West. Il cuore cominciò a batterle furiosamente e le gambe le tremarono. Poi vide che il signor Meredith appariva molto severo e addolorato. No, non poteva essere questo.

"Bambini", disse il signor Meredith, "Ho saputo qualcosa che mi ha addolorato molto. È vero che lo scorso giovedì sera vi siete seduti nel cimitero e vi siete messi a cantare canzoni volgari mentre era in corso una riunione di preghiera alla chiesa metodista?"

"Grande Cesare, papà, ci eravamo completamente dimenticati che quella era la sera della loro riunione di preghiera", esclamò Jerry, sbigottito.

"Allora è vero... che avete fatto questa cosa?"

"Ma papà, non sappiamo che intendi per canzoni volgari. Noi abbiamo cantato inni... era un concerto sacro. Che male possono aver fatto? Ti ripeto che non avevamo pensato che era la sera della riunione di preghiera dei metodisti. Loro la riunione la facevano martedì sera, e da quando l'hanno spostata a giovedì è difficile ricordarselo."

"Avete cantato solo inni?"

"Be'", disse Jerry, facendosi rosso, "Alla fine abbiamo cantato anche Polly Wolly Doodle. Faith aveva detto 'Scegliamo qualcosa di allegro per finire'. Non intendevamo fare nulla di male, papà... davvero."

"Il concerto è stata una mia idea, papà", disse Faith, temendo che il signor Meredith potesse prendersela troppo con Jerry, "Tu sai che i metodisti hanno tenuto un concerto nella loro chiesa tre domeniche sere fa. Io pensavo che fosse divertente farne una bella imitazione. Solo che loro avevano anche le preghiere, e noi quelle le abbiamo escluse, perché abbiamo sentito dire che la gente pensa che sia terribile che preghiamo nel cimitero. Tu sei rimasto seduto qui tutto il tempo", aggiunse, "e non ci hai detto niente."

"Non mi ero accorto di quello che stavate facendo. Non è una scusante per me, naturalmente. Sono più biasimevole di voi... me ne rendo conto. Ma perché avete cantato quella stupida canzone alla fine?"

"Non ci avevamo pensato", borbottò Jerry, capendo che quella era una debole scusa, visto che proprio lui aveva fatto una predica a Faith, alla riunione del Club di Buona Condotta, perché non aveva pensato, "Ci dispiace tanto, papà. Davvero. Criticaci pure... ci meritiamo un bel rimprovero."

Ma il signor Meredith non li rimproverò né li criticò. Si sedette, radunò attorno a sé i piccoli colpevoli e parlò un po' con loro, con tenerezza e saggezza. Loro furono travolti dal rimorso e dalla vergogna, e capirono che non avrebbero mai potuto essere di nuovo tanto stupidi e sventati.

"Dobbiamo punirci duramente per questo", sussurrò Jerry mentre andavano di sopra, "Domani, come prima cosa, terremo una riunione del Club e decideremo come fare. Non ho mai visto papà tanto sconvolto. Ma io prego il Cielo che i metodisti si scelgano un giorno fisso per le loro riunioni di preghiera e non se ne vadano girovagando per tutta la settimana."

"A ogni modo, sono contenta che non sia quel che temevo che fosse", mormorò Una tra sé.

Dietro di loro, nello studio, il signor Meredith si era seduto alla scrivania e aveva affondato il volto tra le braccia.

"Che Dio mi aiuti!", disse, "Sono veramente un padre scadente. Oh, Rosemary! Se solo te ne fosse importato qualcosa!"

Capitolo 28
Una giornata di digiuno

Il Club della Buona Condotta ebbe una riunione speciale il mattino dopo, prima di andare a scuola. Dopo diverse proposte si decise che una giornata di digiuno sarebbe stata una punizione appropriata.

"Non mangeremo niente per tutta una giornata", disse Jerry, "E comunque sono curioso di vedere com'è digiunare. Questa sarà una buona occasione per scoprirlo."

"Che giorno scegliamo per farlo?", domandò Una, che pensava questa fosse una punizione piuttosto semplice e si chiedeva come mai Jerry e Faith non avessero escogitato qualcosa di più duro.

"Scegliamo il lunedì", disse Faith, "Di solito la domenica facciamo un pranzo piuttosto sostanzioso, e al lunedì i pasti non sono comunque mai molto abbondanti."

"Ma è proprio questo il punto", esclamò Jerry, "Non dobbiamo scegliere il giorno più semplice per digiunare, ma il più difficile... e quello è la domenica perché, come hai detto, di solito quel giorno abbiamo il roast beef invece dell'idem freddo. Non sarebbe una grande punizione digiunare dall'idem. Scegliamo domenica prossima, perché papà per la funzione del mattino farà a scambio col ministro di Upper Lowbridge. Papà starà via fino alle undici. Se zia Martha ci chiede che abbiamo, noi le diciamo che stiamo digiunando per il benessere della nostra anima, e c'è anche nella Bibbia così lei non deve intromettersi, e scommetto che non lo farà."

Zia Martha non lo fece. Disse solo, in quella sua maniera stizzosa e borbottante, "Che stupidaggine state combinando adesso, ragazzini?", e poi non ci pensò più. Il signor Meredith se n'era andato presto la mattina precedente prima che chiunque altro si alzasse. Se n'era anche andato senza fare colazione, ma quello, naturalmente, era un evento frequente. Se ne dimenticava la metà delle volte se nessuno glielo ricordava. La colazione – la colazione di zia Martha – non era un pasto difficile da saltare. Nemmeno per gli affamati "ragazzini" fu un grande sacrificio astenersi dal "porridge coi grumi e il latte scremato" che aveva suscitato il disprezzo di Mary Vance. Ma fu diverso a ora di pranzo. Allora erano spaventosamente affamati, e il profumo del roast beef che pervadeva la canonica, e che era decisamente delizioso nonostante il fatto che il roast beef fosse davvero poco cotto, era quasi insopportabile. Per la disperazione, corsero nel cimitero, dove non l'avrebbero sentito. Ma Una non riusciva a staccare gli occhi dalla finestra della sala da pranzo, dove poteva vedere il ministro di Upper Lowbridge che mangiava placido.

"Se potessi averne un solo, minuscolo pezzettino", sospirò.

"Piantala", ordinò Jerry, "È dura, certo... ma sta qui la punizione. Io potrei mangiarmi un'immagine scolpita proprio adesso, ma forse mi lamento? Pensiamo a qualcos'altro. Dobbiamo innalzarci al di sopra del nostro stomaco."

A ora di cena non sentirono i morsi della fame che avevano patito prima.

"Credo che ci stiamo abituando", disse Faith, "Io ho un'orrenda e strana sensazione di vuoto, ma non posso dire di avere fame."

Ma andò coraggiosamente in chiesa con gli altri. Se il signor Meredith non fosse stato così completamente preso e trascinato dal suo discorso, avrebbe potuto notare il faccino pallido e gli occhi infossati nella panca della canonica, sotto di lui. Ma lui non notò niente e il suo sermone fu più lungo del solito. Poi, proprio prima che potesse annunciare l'inno finale, Una Meredith cadde dalla panca della canonica e rimase svenuta sul pavimento.

La signora Elder Clow fu la prima a raggiungerla. Prese quel corpicino magro dalle braccia della pallida, terrorizzata Faith e lo portò nella sagrestia. Il signor Meredith dimenticò l'inno e tutto il resto e le corse dietro come un matto. La congregazione si congedò da sola, per quanto possibile.

"Oh, signora Clow", annaspò Faith, "Una è morta? L'abbiamo uccisa?"

"Che succede alla mia bambina?", domandò, pallido, il padre.

"È solo svenuta, credo", disse la signora Clow, "Oh, ecco il dottore, grazie al Cielo."

Per Gilbert non fu molto facile riportare Una in sé. Lavorò su di lei per un po' di tempo prima che riaprisse gli occhi. Poi la portò in canonica seguito da Faith, che singhiozzava istericamente per il sollievo.

"Ha solo fame... oggi non ha mangiato niente... nessuno di noi ha mangiato... stavamo digiunando."

"Digiunando?", disse il signor Meredith, e "Digiunando?", disse il dottore.

"Sì... per punirci di aver cantato Polly Wolly nel cimitero", disse Faith.

"Bambini miei, io non voglio che vi puniate per questo", disse il signor Meredith, afflitto, "Vi ho sgridato un po'... ed eravate tutti pentiti... e io vi ho perdonato."

"Sì, ma noi dovevamo essere puniti", spiegò Faith, "È la nostra regola... del nostro Club della Buona Condotta... se facciamo qualcosa di sbagliato, o qualcosa che possa danneggiare papà nella congregazione, *dobbiamo* punirci. Ci stiamo educando da soli, perché non c'è nessuno a farlo."

Il signor Meredith gemette, ma il dottore si alzò dal fianco di Una con aria sollevata.

"Allora questa bambina è svenuta per semplice mancanza di cibo e tutto quello di cui ha bisogno è una bella cena", disse, "Signora Clow, sarete tanto gentile da provvedere che la faccia? E dalla storia di Faith, penso sia meglio che tutti loro mangino qualcosa, altrimenti avremo altri svenimenti."

"Penso che non avremmo dovuto far digiunare Una", disse Faith, pentita, "Se ci penso, solo io e Jerry dovevamo essere puniti. Siamo stati noi a cominciare il concerto, e noi siamo i più grandi."

"Io ho cantato Polly Wolly come il resto di voi", disse Una con la sua vocina debole, "Perciò dovevo essere punita anch'io."

Arrivò la signora Clow con un bicchiere di latte e Faith, Jerry e Carl sgattaiolarono in dispensa, John Meredith andò nel suo studio dove rimase a lungo seduto al buio, solo con i suoi dolorosi pensieri. Perciò i suoi bambini si stavano educando da soli perché "non c'era nessuno a farlo"... lottavano contro le loro piccole perplessità senza una mano a guidarli o una voce a consigliarli. Non c'era "nessuno" a badare a loro... a confortare le loro anime, a prendersi cura dei loro corpi. Com'era sembrata fragile Una, distesa svenuta sul divano della sagrestia! Com'erano sottili le sue manine, com'era pallido il suo visino! Sembrava poter scivolare via da lui in un soffio... piccola, dolce Una, della quale Cecilia gli aveva chiesto di avere una cura particolare. Dalla morte di sua moglie non aveva mai provato tanta straziante paura come quando aveva visto la sua bambina svenuta. Doveva fare qualcosa... ma cosa? Doveva chiedere a Elizabeth Kirk di sposarlo? Lei era una brava donna... sarebbe stata buona coi suoi bambini. Avrebbe potuto indursi a farlo se non fosse stato per il suo amore per Rosemary West. Ma finché non reprimeva quell'amore non poteva chiedere a un'altra donna di sposarlo. E non poteva reprimere quell'amore... ci aveva provato, e non ci riusciva. Rosemary era stata in chiesa quella sera, per la prima volta da quando era tornata da Kingsport. Aveva scorto brevemente il suo volto in fondo alla chiesa affollata, proprio quando aveva finito il sermone. Il suo cuore aveva avuto un sussulto. Si era seduto mentre il coro cantava "un brano della raccolta", con la testa china e il cuore che batteva agitato. Non la vedeva dalla sera in cui le aveva chiesto di sposarlo. Quando si era alzato per annunciare l'inno gli tremavano le mani e il suo volto pallido era arrossato. Lo svenimento di Una aveva escluso dalla sua mente qualunque altra cosa per un certo tempo. Ora, nel buio e nella solitudine del suo studio, ritornò tutto. Per lui Rosemary era l'unica donna al mondo. Non sopportava l'idea di sposarne un'altra. Non poteva commettere un sacrilegio simile, neppure per il bene dei suoi figli. Doveva sopportare quel fardello da solo... doveva cercare di essere un padre migliore, più attento... doveva dire ai suoi figli di non aver paura di andare da lui con tutti i loro piccoli problemi. Poi accese la lampada e prese un nuovo, voluminoso libro che stava creando scompiglio nel mondo teologico. Avrebbe letto solo un capitolo per placare la mente. Cinque minuti dopo si era estraniato dal mondo e dai suoi problemi.

Capitolo 29
Una strana storia

In un primo mattino di giugno, la Valle dell'Arcobaleno era un posto assolutamente delizioso e i bambini lo sentivano, seduti nella radura aperta dove le campanelle tintinnavano fatate sugli Alberi Innamorati e la Dama Bianca agitava le sue verdi chiome. Il vento rideva e fischiava attorno a loro, come un compagno fedele e spensierato. Nella buca le giovani felci mandavano un aroma pungente. I ciliegi selvatici sparsi per la valle, tra gli abeti scuri, erano soffici come nebbiolina e candidi. I pettirossi cinguettavano tra gli aceri dietro Ingleside. Oltre, sui pendii di Glen, c'erano frutteti in fiore dolci, mistici e meravigliosi, coperti dal velo del crepuscolo. Era primavera, e le creaturine giovani devono essere felici in primavera. Erano tutti felici nella Valle dell'Arcobaleno quella sera... finché Mary Vance non fece loro gelare il sangue con la storia del fantasma di Henry Warren.

Jem non c'era. Jem adesso passava la sera nel solaio di Ingleside a studiare per l'esame d'ammissione. Jerry era allo stagno a pescare trote. Walter aveva letto agli altri le poesie del mare di Longfellow e adesso erano tutti impregnati della bellezza e del mistero delle navi. Poi parlarono di quello che avrebbero fatto da grandi... dove avrebbero viaggiato... le lontane e belle sponde che avrebbero visto. Nan e Di volevano andare in Europa. Walter bramava il Nilo che gemeva presso le sue sabbie egiziane e dare un'occhiata alla sfinge. Faith riteneva tristemente che ci si aspettava che lei diventasse missionaria – la vecchia signora Taylor le aveva detto che avrebbe dovuto farlo – e allora perlomeno avrebbe visto l'India o la Cina, quelle misteriose terre d'oriente. Il cuore di Carl tendeva verso le giungle africane. Una non disse nulla. Pensava che avrebbe preferito rimanere a casa. Lì era più bello che in qualunque altro posto. Sarebbe stato terribile quando fossero cresciuti tutti e si sarebbero sparpagliati per il mondo. Solo all'idea Una si sentiva sola e le veniva nostalgia di casa. Ma gli altri continuarono a sognare beati finché Mary Vance non arrivò e fece sparire poesia e sogni in un sol colpo.

"Gente, se sono senza fiato!", esclamò, "Ho corso giù per quella collina a più non posso. Mi sono presa uno spavento terribile lassù, nella vecchia casa dei Bailey."

"Cos'è che ti ha fatto paura?", domandò Di.

"Non lo so. Stavo frugando sotto i lillà nel vecchio giardino, per vedere se c'erano già i mughetti. Lì è buio come in una tasca... e all'improvviso ho sentito qualcosa che si muoveva e frusciava dall'altra parte del giardino, tra i cespugli di ciliegie. Sono *sbiancata*. Non mi sono neanche fermata a guardare una seconda volta. Ho saltato oltre il fossato più svelta di una lepre. Era sicuramente il famtasma di Henry Warren."

"Chi era Henry Warren?", domandò Di.

"E perché dovrebbe avere un fantasma?", chiese Nan.

"Cavoli, non avete mai sentito quella storia? E siete anche cresciute a Glen. Datemi un attimo per riprendere fiato e ve la racconto."

Walter rabbrividì contento. Lui amava le storie di fantasmi. Il loro mistero, il loro culmine drammatico, lo spavento misto a meraviglia che gli dava un piacere pauroso e squisito. Longfellow divenne all'istante noioso e banale. Buttò da parte il libro e si distese, poggiato sui gomiti, per ascoltare con assoluto interesse, fissando sul volto di Mary i suoi grandi occhi luminosi. Mary desiderava che non la guardasse così. Pensava che avrebbe potuto tirare fuori qualcosa di meglio da una storia di fantasmi se Walter non la guardava. Avrebbe potuto aggiungere diversi ricami e inventare qualche dettaglio artistico per accrescere il terrore. Ma stando così le cose, doveva rimanere legata alla realtà... o a quello che le era stato spacciato come realtà.

"Be'", cominciò, "voi sapete che il vecchio Tom Bailey e sua moglie vivevano in quella vecchia casa lassù trent'anni fa. Lui era un orribile, vecchio dissoluto, dicono, e sua moglie non era tanto meglio. Non avevano figli loro, ma una sorella del vecchio Tom era morta e gli aveva lasciato un bambino – questo Henry Warren – e loro l'avevano preso. Aveva quasi dodici anni quando andò da loro, ed era sottopeso e delicato. Dicono che Tom e sua moglie l'abbiano trattato malissimo fin dall'inizio... lo frustavano e gli facevano patire la fame. La gente dice che lo volevano far morire per prendersi loro i pochi soldi che sua mamma gli aveva lasciato. Henry non morì subito, ma cominciarono a venirgli delle crisi – di epilessia, dicevano – e lui crebbe rimanendo piuttosto ingenuo finché non ebbe circa diciott'anni. Suo zio era solito bastonarlo nel giardino, perché era dietro la casa e nessuno poteva vederlo. Ma la gente poteva sentirlo, e diceva che era orribile certe volte sentire il povero Henry   supplicare suo zio di non ucciderlo. Ma nessuno si azzardava a intromettersi perché il vecchio Tom era un tale reprobo che sicuramente prima o poi avrebbe pareggiato i conti con loro. Una volta aveva incendiato i granai di un uomo ad Harbour Head che l'aveva offeso. Alla fine Henry morì e suo zio e sua zia raccontarono che era morto in una delle sue crisi e questo fu tutto quello che si seppe, ma la gente dice che invece Tom alla fine l'abbia ammazzato per sempre. E non molto tempo dopo cominciò a circolare la notizia che Henry *se ne andasse in giro*. Che il vecchio giardino era *infestato*. Certe notti lo si sentiva gemere e piangere. Il vecchio Tom e sua moglie se ne andarono... se ne andarono all'ovest e non tornarono mai più. Il posto si fece una tale cattiva nomea che nessuno volle comprarlo o prenderlo in affitto. Ecco perché è andato in rovina. Questo era trent'anni fa, ma il fantasma di Henry Warren non se n'è ancora andato."

"E tu ci credi?", chiese Nan, sprezzante, "Io no."

"Be', un sacco di *brava gente* l'ha visto... e l'ha sentito", ribatté Mary, "Dicono che compare e si mette a strisciare per terra, e ti prende per le gambe, e farfuglia e geme come quand'era vivo. È quello a cui ho pensato appena ho visto quella cosa bianca tra i cespugli e ho pensato che se mi avesse acchiappata e si fosse messo a gemere sarei morta all'istante. Perciò me la sono filata. Poteva anche *non essere* il fantasma, ma non avevo intenzione di fermarmi a controllare."

"È probabile che fosse solo il vitello bianco della vecchia Stimson", rise Di, "Va a pascolare in quel giardino... l'ho visto io."

"Può darsi. Ma io non passerò mai più dal giardino dei Bailey per tornare a casa. Ecco Jerry con una lunga sfilza di trote ed è il mio turno di cucinarle. Jem e Jerry dicono tutt'e due che sono la migliore cuoca di Glen. E Cornelia mi ha detto che potevo portare quest'infornata di biscotti. Per fortuna non m'è caduta quando ho visto il fantasma di Henry."

Jerry fischiò quando sentì la storia del fantasma... che Mary ripeté mentre friggeva il pesce, ritoccandola un po', dal momento che Walter era andato ad aiutare Faith ad apparecchiare la tavola. Jerry non ne rimase affatto impressionato, ma Faith, Una e Carl segretamente ne erano molto spaventati, anche se non l'avrebbero mai dato a vedere. Andava tutto bene finché gli altri erano con loro nella valle. Ma quando il banchetto finì e scesero le ombre, tremarono al ricordo. Jerry andò coi Blythe a Ingleside per incontrare Jem a proposito di qualcosa e Mary Vance fece il giro lungo per tornare a casa. Perciò Faith, Una e Carl dovettero tornare alla canonica da soli. Camminarono restando vicini l'un l'altro e si tennero alla larga dal vecchio giardino dei Bailey. Non credevano che fosse infestato, ma nonostante questo preferivano non avvicinarsi.

Capitolo 30
Il fantasma nel fossato

In qualche modo Faith, Carl e Una non riuscirono a liberarsi del potere che la storia del fantasma di Henry Warren aveva preso sulla loro fantasia. Non avevano mai creduto ai fantasmi. Avevano sentito moltissime storie di fantasmi... Mary Vance aveva raccontato loro storie ben più raccapriccianti di questa; ma quelle storie erano tutte su posti, persone e spettri molto lontani e sconosciuti. Dopo il primo brivido di terrore, a metà terribile e a metà piacevole, non ci avevano pensato più. Ma questa storia era chiara per loro. Il vecchio giardino dei Bailey era praticamente sulla porta di casa... quasi nella loro amata Valle dell'Arcobaleno. Ci erano passati e ripassati costantemente. Ci avevano cercato i fiori. L'avevano usato come scorciatoia quando volevano andare direttamente dal paese alla valle. Ma non l'avrebbero fatto mai più! Dopo la sera in cui Mary Vance aveva raccontato loro quella storia sinistra, non l'avrebbero attraversato né vi sarebbero passati vicino neanche sotto minaccia di morte. Morte! Cos'era la morte in confronto alla possibilità ultraterrena di cadere tra le grinfie del fantasma strisciante di Henry Warren?

Una calda sera di giugno i tre sedevano sotto gli Alberi Innamorati, sentendosi un po' soli. Nessun altro era andato nella valle quella sera. Jem Blythe era a Charlottetown, a scrivere i suoi esami d'ammissione. Jerry e Walter Blythe veleggiavano nella baia col capitano Crawford. Nan e Di, con Rilla e Shirley, erano andati sulla via della baia a trovare Kenneth e Persis Ford, che erano arrivati con i loro genitori per una breve visita alla piccola Casa dei Sogni. Nan aveva chiesto a Faith di andare con loro, ma Faith aveva declinato l'invito. Non l'avrebbe mai ammesso, ma segretamente era un po' gelosa di Persis Ford, sulla cui meravigliosa bellezza e fascino cittadino aveva sentito parecchie cose. No, non intendeva andare lì per fare da spalla a nessuno. Lei e Una portarono i loro romanzi nella Valle dell'Arcobaleno e si misero a leggere, mentre Carl indagava sugli insetti lungo la riva del ruscello, e tutti e tre erano felici finché non si accorsero improvvisamente che era sceso il crepuscolo e che il vecchio giardino dei Bailey era spiacevolmente vicino. Carl venne a sedersi vicino alle ragazze. Desideravano tutti essere tornati a casa un po' prima, ma nessuno disse nulla.

Grandi nuvole vellutate e purpuree si ammassavano a ovest e si spandevano sulla valle. Non c'era vento, e all'improvviso tutto fu stranamente, spaventosamente immobile. La palude era piena di migliaia di lucciole. Sicuramente quella sera era stata convocata un'assemblea di fate. All'improvviso in quel momento la Valle dell'Arcobaleno non fu più un posto piacevole.

Faith guardò con timore verso il vecchio giardino dei Bailey, sopra la valle. E in quel momento se mai qualcuno s'è sentito gelare il sangue, Faith Meredith si sentì gelare il sangue. Gli occhi di Carl e Una seguirono il suo sguardo rapito e i brividi cominciarono a galoppare anche lungo la loro spina dorsale. Perché lì, sotto il grande larice nel fossato in rovina e coperto d'erba del giardino dei Bailey, c'era qualcosa di bianco... qualcosa di bianco e informe nel buio che andava addensandosi.

I tre Meredith rimasero seduti a fissarlo, impietriti.

"È... è il... vitello", bisbigliò Una, alla fine.

"È... tr... troppo grande p... per essere il vitello", mormorò Faith. Aveva la bocca e le labbra così secche che fece fatica ad articolare le parole.

Improvvisamente Carl annaspò.

"Sta venendo qui."

Le ragazze lanciarono un ultimo sguardo d'angoscia. Sì, stava strisciando giù per il fossato come nessun vitello potrebbe mai strisciare. La ragione scappò davanti a un panico improvviso e travolgente. Da quel momento in poi ognuno del trio fu fermamente convinto che quel che avevano visto era il fantasma di Henry Warren. Carl balzò in piedi e schizzò via alla cieca. Con un grido simultaneo, le ragazze lo seguirono. Come matti scapparono su per la collina, attraverso la strada e in canonica. Avevano lasciato zia Martha che cuciva in cucina. Non era più lì. Corsero nello studio. Era buio e vuoto. Come per un unico impulso, si voltarono e corsero a Ingleside... ma senza passare dalla Valle dell'Arcobaleno. Giù per la collina e su per la via di Glen, schizzarono sulle ali del loro folle terrore, Carl in testa e Una che chiudeva la retroguardia. Nessuno cercò di fermarli, anche se tutti quelli che li videro si chiesero quali nuove diavolerie stessero combinando adesso quei piccoli della canonica. Ma al cancello di Ingleside s'imbatterono in Rosemary West, che era passata lì a restituire alcuni libri che aveva preso in prestito.

Lei notò i loro volti terrorizzati e gli occhi sbarrati. Si rese conto che i poverini erano tormentati da una paura terribile e reale, qualunque fosse la causa. Acchiappò Carl con un braccio e Faith con l'altro. Una le finì addosso e le si aggrappò disperata.

"Bambini, cari, cos'è successo?", disse, "Cosa vi ha spaventato?"

"Il fantasma di Henry Warren", disse Carl, battendo i denti.

"Il... fantasma... di Henry Warren?", disse sbalordita Rosemary, che non aveva mai sentito quella storia.

"Sì", singhiozzò istericamente Faith, "È lì... nel vecchio fossato dei Bailey... l'abbiamo visto... ci stava inseguendo."

Rosemary radunò le tre creature agitate nella veranda di Ingleside. Gilbert e Anna erano via entrambi, dal momento che erano andati anche loro alla Casa dei Sogni, ma Susan comparve sulla porta, magrissima e pratica, tutt'altro che spettrale.

"Cos'è questa cagnara?", domandò.

Di nuovo i bambini raccontarono, ansimando, la loro terribile storia, mentre Rosemary li stringeva a sé e li calmava con muta consolazione.

"Probabile che fosse un gufo", disse Susan, senza scomporsi.

Un gufo! Dopo questo, i piccoli Meredith non avrebbero più avuto una bella opinione dell'intelligenza di Susan.

"Era più grande di un milione di gufi", disse Carl, singhiozzando... oh, come si sarebbe vergognato in seguito Carl di quei singhiozzi, "E... e *strisciava*, proprio come aveva detto Mary... e strisciava giù dal fossato per raggiungerci. I gufi *strisciano*?"

Rosemary guardò Susan.

"Devono aver visto qualcosa, per essere tanto spaventati", disse.

"Vado a vedere", disse Susan, fredda, "Adesso calmatevi, bambini. Qualunque cosa abbiate visto, non era un fantasma. E il povero Henry Warren, credo che sia fin troppo felice di riposare tranquillo nella sua tomba una volta che c'è arrivato. Non c'è da temere che possa tornare indietro, e su questo ci potete contare. Se riuscite a ridurli alla ragione, Miss West, io vado a scoprire la verità di questa storia."

Susan partì per la Valle dell'Arcobaleno, afferrando valorosamente un forcone che aveva trovato appoggiato alla staccionata sul retro, dove il dottore aveva lavorato nel suo piccolo campo di fieno. Un forcone poteva non essere molto utile contro uno "spettro", ma era confortante come arma. Quando Susan arrivò nella Valle dell'Arcobaleno, lì non c'era niente da vedere. Nessun candido visitatore apparve in agguato nel vecchio ombroso, intricato giardino dei Bailey. Susan l'attraversò marciando spavalda e andò dietro, batté col forcone sulla porta del piccolo cottage dall'altra parte, dove viveva la signora Stimson con le sue due figlie.

Intanto, a Ingleside, Rosemary era riuscita a calmare i bambini. Singhiozzavano ancora un po' per lo choc, ma cominciavano ad avere il sospetto latente e benefico di essersi comportati terribilmente da sciocchi. Il sospetto divenne una certezza quando alla fine Susan tornò.

"Ho scoperto cos'era il vostro fantasma", disse, con un sorriso torvo, sedendosi su una sedia a dondolo e cominciando a sventagliarsi, "La vecchia signora Stimson da una settimana aveva messo a candeggiare due lenzuola di cotone di fabbrica nel vecchio giardino dei Bailey. Le aveva stese sul fossato, sotto il larice, perché lì l'erba è più pulita e corta. Stasera era andata lì a ritirarle. Aveva il suo lavoro a maglia in una mano, così se le era messe in spalla per portarle. E poi le è caduto un ferro da calza, e non lo trovava, non l'ha ancora trovato. Ma si è inginocchiata e si è messa a strisciare per cercarlo, e l'aveva quasi trovato quando ha sentito delle grida terrificanti nella valle e poi ha visto tre bambini che le passavano davanti correndo. Ha pensato che li avesse morsicati qualcosa, e questo ha dato al suo povero, vecchio cuore un colpo tale che non riusciva più a muoversi o a parlare, ma è rimasta accovacciata lì finché quelli non sono scomparsi. Poi è ritornata barcollando a casa, e da allora le stanno applicando stimolanti, ha il cuore in condizioni pessime e dice che non si riprenderà per tutta l'estate da questo spavento."

I Meredith rimasero seduti, rossi d'una vergogna che neppure la comprensiva solidarietà di Rosemary riuscì a eliminare. Sgattaiolarono a casa, incontrarono Jerry al cancello e fecero una pentita confessione. Venne organizzata una riunione del Club della Buona Condotta per il mattino seguente.

"Miss West non è stata dolcissima con noi stasera?", bisbigliò Faith, a letto.

"Sì", ammise Una, "È un vero peccato che diventare matrigna cambi tanto la gente."

"Io non ci credo che la cambi", disse Faith, leale.

Capitolo 31
Carl fa penitenza

"Io non vedo perché dovremmo essere puniti", disse Faith, imbronciata, "Non abbiamo fatto niente di sbagliato. Non potevamo evitare di spaventarci. E non danneggerà papà. È stato solo un incidente."

"Siete stati dei codardi", disse Jerry, con disprezzo critico, "e avete dato libero sfogo alla vostra codardia. Ecco perché dovete essere puniti. Vi prenderanno tutti in giro, e questo è un disonore per la nostra famiglia."

"Se tu sapessi quant'è stato terribile", disse Faith, rabbrividendo, "penseresti che siamo già stati puniti a sufficienza. Non vorrei passarci di nuovo neanche per tutto l'oro del mondo."

"Credo che saresti scappato anche tu, se fossi stato lì", borbottò Carl.

"Da una vecchia con un lenzuolo di cotone?", lo derise Jerry, "Ah, ah, ah!"

"Non sembrava affatto una vecchia", esclamò Faith, "Era solo una cosa enorme e bianca che strisciava sull'erba, proprio come Mary Vance ha detto che faceva Henry Warren. È molto facile da parte tua ridere, Jerry Meredith, ma ti sarebbe passata la voglia di ridere se fossi stato lì. E come dovremmo essere puniti? Io credo che non sia giusto, ma sentiamo cosa dobbiamo fare, Giudice Meredith."

"Per come la vedo io", disse Jerry, accigliandosi, "è Carl quello che ha più colpe. Lui è stato il primo a scappare, da quel che ho capito. Inoltre lui è un maschio, e avrebbe dovuto rimanere saldo per proteggere voi ragazze, qualunque fosse il pericolo. Tu lo sai, Carl, non è così?"

"Credo di sì", grugnì Carl, vergognoso.

"Benissimo. Questa sarà la tua punizione. Stanotte rimarrai seduto sulla tomba di Hezekiah Pollock nel cimitero, da solo, fino a mezzanotte."

Carl rabbrividì un po'. Il cimitero non era molto distante dal vecchio giardino dei Bailey. Sarebbe stata una prova difficilissima, ma Carl era ansioso di cancellare il disonore e dimostrare che dopotutto non era un codardo.

"D'accordo", disse, risoluto, "Ma come faccio a sapere che è mezzanotte?"

"Le finestre dello studio sono aperte, sentirai l'orologio battere le ore. E bada che non devi muoverti dal cimitero fino all'ultimo rintocco. Voi ragazze, invece, dovrete rinunciare alla marmellata a cena per una settimana."

Faith e Una sbiancarono. Erano propense a pensare che perfino il supplizio di Carl, duro ma relativamente breve, fosse una punizione più leggera di questa loro prova che doveva protrarsi a lungo. Un'intera settimana di pane molliccio senza neppure la grazia salvifica della marmellata! Ma nel club non era permesso sottrarsi alle punizioni. Le ragazze accettarono il loro destino con tutta la filosofia che riuscirono a radunare.

Quella notte andarono tutti a letto alle nove, eccetto Carl che già vegliava sulla tomba. Una sgattaiolò ad augurargli la buonanotte. Il suo tenero cuore era straziato dalla compassione.

"Oh, Carl, hai molta paura?", mormorò.

"Neanche un po'", disse Carl, spensierato.

"Non chiuderò occhio fino a mezzanotte", disse Una, "Se ti senti solo, guarda la nostra finestra e ricorda che io sono lì dentro, sveglia, e che ti penso. Ti sarà un po' di compagnia, no?"

"Andrà tutto bene. Non preoccuparti per me", disse Carl.

Ma nonostante le sue parole intrepide, Carl si sentì un po' solo quando le luci nella canonica si spensero. Aveva sperato che suo padre rimanesse nello studio, come faceva spesso. Allora non si sarebbe sentito solo. Ma quella sera il signor Meredith era stato chiamato al villaggio dei pescatori, all'imboccatura della baia, per vegliare su un moribondo. Probabilmente non sarebbe tornato che dopo la mezzanotte. Carl doveva sopportare il suo fato da solo.

Passò un uomo di Glen con una lanterna in mano. Le misteriose ombre gettate dalla luce della lanterna si lanciarono come matte sul cimitero come una danza di demoni o di streghe. Poi passarono e cadde di nuovo l'oscurità. Una alla volta, le luci di Glen si spensero. Era una notte molto buia, con un cielo nuvoloso e un tagliente vento da est che era freddo nonostante il calendario. Lontano, all'orizzonte, c'era la lucentezza bassa e debole di Charlottetown. Il vento gemeva e fischiava tra i vecchi abeti. L'alto monumento del signor Alec Davis brillava bianco nell'oscurità. Il salice dietro agitava e dimenava spettrale i lunghi rami. Certe volte la rotazione di quei rami davano l'impressione che anche il monumento si muovesse.

Carl si raggomitolò sulla tomba con le gambe raccolte sotto di lui. Non era decisamente gradevole farle penzolare dal bordo della lastra. E se... e se due mani scheletriche fossero sbucate da sotto la tomba del signor Pollock e l'avessero afferrato per le caviglie? Questa era stata una delle terribili riflessioni di Mary Vance una volta che stavano seduti lì. Adesso a Carl tornava in mente. Lui non credeva a queste cose; non aveva veramente creduto neppure al fantasma di Henry Warren. E il signor Pollock era morto da sessant'anni, non era probabile che gl'importasse di chi si sedeva sulla sua tomba adesso. Ma c'è qualcosa di molto strano e terribile ad essere svegli quando il resto del mondo dorme. Allora sei solo senza null'altro che la tua debole personalità a cimentarsi contro i potenti sovrani e poteri dell'oscurità. Carl aveva solo dieci anni e i morti lo circondavano dappertutto... e desiderava – oh, quanto lo desiderava! – che l'orologio battesse la mezzanotte. Ma non batteva *mai* la mezzanotte? Sicuramente zia Martha doveva essersi dimenticata di dargli la carica.

E poi scoccarono le undici... solo le undici! Doveva rimanere ancora un'ora in quel posto macabro. Se solo ci fossero state un po' di stelle amiche! Il buio sembrava così fitto da schiacciarsi contro il suo volto. Ci fu un suono come di passi furtivi per tutto il cimitero. Carl rabbrividì, in parte per un terrore pungente e in parte per vero e proprio freddo.

Cominciò a piovere... una pioggerella gelida, penetrante. La leggera blusa di cotone e la camicia di Carl ben presto furono fradice. Si sentiva gelare fino al midollo. Nel disagio fisico, dimenticò il terrore mentale. Ma doveva rimanere lì fino a mezzanotte... doveva punirsi, ne andava del suo onore. Non avevano detto nulla della pioggia... ma non faceva differenza. Quando l'orologio dello studio finalmente batté dodici rintocchi, una figurina zuppa scivolò rigida dalla tomba del signor Pollock, entrò in canonica e poi di sopra, a letto. A Carl battevano i denti. Pensò che non si sarebbe scaldato mai più.

Quando venne il mattino era decisamente caldo. Jerry lanciò un'occhiata allarmata al suo viso rosso e poi corse a chiamare suo padre. Il signor Meredith arrivò in tutta fretta, il volto bianco come l'avorio per il pallore di una lunga notte di veglia su un letto di morte. Era tornato a casa solo all'alba. Si chinò ansioso sul suo piccino.

"Carl, sei malato?", disse.

"Que... quella tomba... laggiù", disse Carl, "si... si sta muovendo... sta venendo qui... m... mandala via... ti prego."

Il signor Meredith corse al telefono. Dieci minuti dopo il signor

Blythe era alla canonica. Mezz'ora dopo venne inviato un telegramma in città in cui si richiedeva un'infermiera professionale, tutta Glen seppe che Carl si era gravemente ammalato di polmonite e il dottor Blythe era stato visto che scuoteva la testa.

Gilbert scosse la testa più di una volta nelle due settimane successive. Carl sviluppò una polmonite doppia. Ci fu una notte in cui il signor Meredith passeggiò su e giù per lo studio, Faith e Una si rannicchiarono nel letto e piansero, e Jerry, folle di rimorso, si rifiutò di muoversi dal pavimento dell'anticamera, fuori dalla porta di Carl. Il dottor Blythe e l'infermiera non abbandonarono mai il capezzale. Combatterono valorosamente contro la morte finché l'alba rossa e loro non vinsero la battaglia. Carl si rianimò e superò la crisi sano e salvo. La notizia si diffuse via telefono per tutta Glen in attesa, e la gente si accorse di quanto amasse in realtà il suo ministro e i suoi figli.

"Non ho avuto una sola notte di sonno decente da quando ho saputo che il bambino s'era ammalato", disse Miss Cornelia ad Anna, "e Mary Vance ha pianto così tanto che alla fine quei suoi occhietti strani sembravano due fori bruciati in un lenzuolo. È vero che Carl s'è buscato la polmonite perché è rimasto per sfida nel cimitero in quella nottata umida?"

"No. C'è rimasto per punirsi di essere stato codardo in quella faccenda del fantasma di Henry Warren. Pare che abbiano un club in cui devono auto-educarsi e punirsi se fanno qualcosa di sbagliato. Jerry ha raccontato tutto al signor Meredith."

"Poveri piccini", disse Miss Cornelia.

Carl migliorò rapidamente, perché l'intera congregazione portò in canonica tanta roba nutriente da bastare a un ospedale intero. Norman Douglas andava lì ogni sera con una dozzina di uova fresche e un barattolo di panna Jersey. Certe volte si fermava per un'ora e discuteva a gran voce sulla predestinazione col signor Meredith nello studio; più spesso saliva sulla collina che affacciava su Glen.

Quando Carl fu di nuovo in grado di andare nella Valle dell'Arcobaleno, prepararono un banchetto speciale in suo onore e il dottore arrivò e li aiutò coi fuochi d'artificio. C'era anche Mary Vance, ma non raccontò storie di fantasmi. Miss Cornelia le aveva fatto su quest'argomento un discorsetto che lei non avrebbe dimenticato tanto presto.

213

Capitolo 32
Due persone ostinate

Rosemary West, mentre rincasava da una lezione a Ingleside, deviò verso la sorgente nascosta nella Valle dell'Arcobaleno. Non c'era stata per tutta l'estate; quel bell'angolino non esercitava più alcun richiamo su di lei. Lo spirito del suo giovane innamorato adesso non andava più al convegno; e i ricordi legati a John Meredith erano troppo dolorosi e cocenti. Ma le era capitato di voltarsi verso la valle e aveva visto Norman Douglas saltare leggero sul vecchio canale di pietra del giardino dei Bailey, e aveva pensato che stesse andando in collina. Se lui l'avesse raggiunta, lei sarebbe dovuta tornare a casa con lui e non voleva farlo. Perciò scivolò immediatamente dietro gli aceri della sorgente, sperando che lui non la vedesse e proseguisse.

Ma Norman l'aveva vista e, come se non bastasse, stava cercando proprio lei. Era da un po' di tempo che voleva parlare con Rosemary West, ma a quanto pareva lei lo evitava sempre. A Rosemary, Norman Douglas non era mai piaciuto molto, in nessun periodo. Le sue spacconate, il suo brutto carattere, la sua ilarità rumorosa, le erano sempre state aliene. Tanto tempo fa si era chiesta spesso come facesse Ellen a sentirsi attratta da lui. Norman Douglas era perfettamente consapevole della sua antipatia e ne rideva. Norman non si preoccupava mai se non piaceva alla gente. Non ricambiava l'antipatia, perché la prendeva per una sorta di complimento forzato. Pensava che Rosemary fosse una brava ragazza e voleva essere per lei un cognato eccellente e generoso. Ma prima di poter diventare suo cognato doveva parlarle, perciò, avendola vista lasciare Ingleside mentre se ne stava sulla soglia di un negozio a Glen, aveva tagliato dritto per la valle per raggiungerla.

Rosemary sedeva pensierosa sul sedile dell'acero dov'era stato seduto John Meredith quella sera di quasi un anno fa. La piccola sorgente luccicava e s'increspava sotto la sua frangia di felci. I raggi rossi come rubini del sole al tramonto filtravano dai rami arcuati. Un alto ciuffo di astri perfetti cresceva accanto a lei. Quell'angolino era languido, incantevole ed elusivo come un ritiro di fate e driadi delle antiche foreste. Qui piombò Norman Douglas, disperdendo e annullando all'istante il suo fascino. La sua personalità sembrò inghiottirsi quell'angolino. Lì semplicemente non c'era più nulla a parte Norman Douglas, enorme, con la barba rossa e compiaciuto.

"Buonasera", disse freddamente Rosemary, alzandosi.

"Buonasera, ragazza. Torna a sederti... torna a sederti. Voglio parlarti. Benedetta ragazza, perché mi guarda a quel modo? Non voglio mica mangiarti... ho già cenato. Siediti e sii gentile."

"Posso sentire anche da qui quel che hai da dire", disse Rosemary.

"È vero, ragazza, puoi farlo se usi le orecchie. Volevo solo che ti mettessi comoda. Sembri terribilmente a disagio lì in piedi. Be', io comunque mi siedo."

Di conseguenza Norman si sedette proprio nello stesso punto in cui s'era seduto una volta John Meredith. Il contrasto era così ridicolo che Rosemary temette di scoppiare in uno scroscio di risate isteriche. Norman mise di lato il cappello, piazzò le enormi mani rosse sulle ginocchia e la guardò coi suoi occhi scintillanti.

"Andiamo, ragazza, non essere così rigida", disse, accattivante. Quando voleva, sapeva essere molto accattivante, "Facciamo una chiacchierata ragionevole, assennata, amichevole. C'è una cosa che ti voglio chiedere. Ellen dice che lei non vuole, perciò sta a me farlo."

Rosemary guardò la sorgente, che pareva essersi rimpicciolita alle dimensioni di una goccia di rugiada. Norman la scrutò, disperato.

"Dannazione, potresti anche venirmi un po' incontro, però", sbottò.

"Cosa vuoi che ti aiuti a dire?", domandò Rosemary, sprezzante.

"Lo sai bene quanto me, ragazza. Non fare quella tua aria tragica. Non mi meraviglio se Ellen aveva paura a chiedertelo. Ascolta, ragazza, io ed Ellen ci vogliamo sposare. È inglese semplice, no? Ci arrivi? Ed Ellen dice che lei non può farlo finché tu non ritiri una qualche stupida promessa che le hai fatto. Ci siamo adesso? Lo farai?"

"Sì", disse Rosemary.

Norman balzò in piedi e le afferrò una mano riluttante.

"Bene! Sapevo che l'avresti fatto... l'avevo detto a Ellen che l'avresti fatto. Lo sapevo che ci voleva solo un minuto. Ora torna a casa e dillo a Ellen. Ci sposiamo fra un paio di settimane e tu vieni a vivere con noi. Non ti lasciamo appollaiata in cima a quella collina come una cornacchia solitaria... non ti preoccupare. So che tu mi detesti, ma buon Dio, sarà uno spasso vivere con qualcuno che mi detesta. La vita sarà più saporita. Ellen mi scalderà e tu mi gelerai. Non mi annoierò neppure per un attimo."

Rosemary non si degnò d'informarlo che nulla al mondo l'avrebbe mai indotta a vivere in casa con lui. Perciò lo lasciò tornare impettito a Glen, trasudando gioia e soddisfazione, e risalì lentamente la collina verso casa. Sapeva che questo sarebbe successo fin da quando era tornata da Kingsport e aveva trovato Norman Douglas installato in casa come ospite serale abituale. Il suo nome non veniva mai tirato in ballo tra lei ed Ellen, ma era proprio il fatto di evitarlo a essere molto significativo. Non era nella natura di Rosemary risentirsi, altrimenti si sarebbe risentita moltissimo. Era stata freddamente garbata con Norman e non si comportò in maniera diversa con Ellen. Ma Ellen non aveva trovato molto gradevole il suo secondo corteggiamento.

Era in giardino, in compagnia di St. George, quando Rosemary tornò a casa. Le due sorelle s'incontrarono nel vialetto bordato di dalie. St. George si sedette sul vialetto di ghiaia tra loro due e avvolse con eleganza la sua coda lucente attorno alle zampe bianche con tutta l'indifferenza di un gatto ben nutrito, ben educato, ben tenuto.

"Avevi mai visto dalie così?", domandò Ellen, orgogliosa, "Sono le più belle che abbiamo mai avuto."

A Rosemary non erano mai piaciute le dalie. La loro presenza in giardino era una sua concessione ai gusti di Ellen. Ne notò una enorme screziata di cremisi e giallo che dominava su tutte le altre.

"Quella dalia", disse, indicandola, "è esattamente come Norman Douglas. Potrebbe facilmente essere il suo fratello gemello."

Il volto dalle sopracciglia scure di Ellen avvampò. Lei ammirava la dalia in questione, ma sapeva che Rosemary non l'apprezzava, e che quello non era un complimento. Ma non osò offendersi per il discorso di Rosemary... in quel momento la povera Ellen non osava offendersi per nulla. E poi era la prima volta che Rosemary facesse il nome di Norman con lei. Sapeva che questo alludeva a qualcosa.

"Ho incontrato Norman Douglas nella valle", disse Rosemary, guardando fissa sua sorella, "e lui mi ha detto che volete sposarvi... se io vi do il mio permesso."

"Sì? E tu che hai detto?"', domandò Ellen, cercando di sembrare naturale e spontanea, e fallendo completamente. Non riusciva a guardare Rosemary negli occhi. Abbassò lo sguardo verso il dorso lucido di St. George ed ebbe una gran paura. Rosemary non aveva detto se avesse dato o non dato il permesso. Se l'avesse dato, Ellen si sarebbe sentita così piena di vergogna e di rimorso che sarebbe stata una sposa veramente imbarazzata; e se non l'avesse dato... be', una volta Ellen aveva già imparato a vivere senza Norman Douglas, ma aveva dimenticato la lezione e sapeva che non avrebbe mai più potuto impararla daccapo.

"Ho detto che per quel che mi riguarda, siete liberissimi di sposarvi quando volete", disse Rosemary.

"Grazie", disse Ellen, continuando a guardare St. George.

Il volto di Rosemary si ammorbidì.

"Spero che tu sia felice, Ellen", disse, dolcemente.

"Oh, Rosemary", Ellen alzò lo sguardo, agitata, "Mi vergogno tanto... non me lo merito... dopo tutte le cose che ti ho detto..."

"Non parliamone più", disse Rosemary, brusca e decisa.

"Ma... ma...", insistette Ellen, "Anche tu sei libera adesso... e non è troppo tardi... John Meredith..."

"Ellen West!", Rosemary aveva una piccola scintilla di rabbia sotto tutta la sua dolcezza, e quella adesso divampò nei suoi occhi azzurri, "Hai proprio perso la ragione sotto *ogni* punto di vista? Pensi forse solo per un istante che io possa andare da John Meredith e dire tranquilla 'Scusate, signore, ho cambiato idea, e scusate ancora, signore, spero che voi non abbiate cambiato la vostra'. È questo che vuoi che faccia?"

"N... no, ma... un po' d'incoraggiamento... lui tornerebbe indietro..."

"Mai. Lui mi disprezza... e a ragione. Non parliamone più, Ellen. Non ti serbo rancore... sposa chi ti pare. Ma non immischiarti nei fatti miei."

"Allora devi venire a vivere con me", disse Ellen, "Non ti lascio qui da sola."

"Ma pensi davvero che verrei a vivere nella casa di Norman Douglas?"

"Perché no?", domandò Ellen, parzialmente irritata nonostante la sua umiliazione.

Rosemary cominciò a ridere.

"Ellen, pensavo che tu avessi senso dell'umorismo. Riesci a immaginarti io che vengo a vivere lì?"

"Non vedo perché non dovresti. La sua casa è abbastanza grande... tu avresti la tua parte tutta per te... lui non s'intrometterebbe."

"Ellen, non c'è neanche da pensarci. Non parliamone più."

"Allora", disse Ellen, fredda e determinata, "non lo sposo. Non ti lascio qui da sola. È tutto quel che c'è da dire sull'argomento."

"Sciocchezze, Ellen."

"Non è una sciocchezza. È una mia ferrea decisione. È assurdo per te pensare di poter vivere qui da sola... a un miglio di distanza da qualunque altra casa. Se tu non vuoi venire con me, allora rimango io con te. Non voglio discutere della faccenda, perciò non provarci neppure."

"Lasciamo la discussione a Norman", disse Rosemary.

"Me la vedo io con Norman. Io so gestirlo. Non ti avrei mai chiesto di ritirare la promessa... mai... ma dovevo dirgli perché non potevo sposarlo e Norman ha detto che te l'avrebbe chiesto lui. Non potevo impedirglielo. Non pensare che tu sia l'unica persona al mondo ad avere autostima. Non mi sarei mai sognata di sposarmi e lasciarti qui da sola. E scoprirai che posso essere determinata quanto te."

Rosemary si voltò ed entrò in casa facendo spallucce. Ellen guardò St. George, che non aveva battuto ciglio né mosso vibrissa durante tutta la conversazione.

"St. George, il mondo sarebbe molto noioso senza gli uomini, lo ammetto, ma sono quasi tentata di desiderare che non ce ne fosse più neanche uno. Guarda quanti problemi e seccature hanno creato qui, George... hanno sradicato completamente la nostra vecchia vita felice, Saint. John Meredith ha cominciato e Norman Douglas ha finito. E ora dovranno andare entrambi nel limbo. Norman è l'unico uomo che sia d'accordo con me sul fatto che il Keiser di Germania sia la creatura vivente più pericolosa sulla faccia della terra... e io non posso sposare una persona tanto assennata perché mia sorella è ostinata, e io sono ancor più ostinata di lei. Segnati le mie parole, St. George, il ministro tornerebbe se soltanto lei alzasse il dito mignolo. Ma lei non vuole farlo, George... non lo farà mai... non lo piegherebbe neppure... e io non mi azzardo a intromettermi, Saint. Non farò il broncio, George; Rosemary non ha messo il broncio e sono decisa a non metterlo neanch'io, Saint. Norman darà di matto, ma il succo della questione, St. George, è che noi, vecchi stupidi, dobbiamo smetterla di pensare di potersi sposare. Bene, bene, 'la disperazione è libera, la speranza è schiava', Saint. Andiamo in casa George, ti consolo io con un piattino di panna. Così a questo mondo ci sarà perlomeno una creatura felice e soddisfatta."

Capitolo 33
Carl NON viene picchiato

"C'è una cosa che penso di dovervi dire", disse Mary Vance, misteriosa.

Lei, Faith e Una camminavano a braccetto per il paese, dopo essersi incontrate al negozio del signor Flagg. Una e Faith si scambiarono occhiate che significavano "*Adesso* arriva qualcosa di spiacevole." Quando Mary Vance pensava di dover dire qualcosa, raramente era qualcosa di piacevole da sentire. A dire il vero, di solito era una compagna stimolante e simpatica. Se solo non fosse stata tanto convinta che fosse suo dovere dire le cose!

"Lo sapete che Rosemary West non vuole sposare vostro papà perché pensa che voi siate un branco di selvaggi? Teme di non riuscire a educarvi bene, e perciò l'ha respinto."

Il cuore di Una palpitò di segreta esultanza. Era molto felice di sapere che Miss West non avrebbe sposato papà. Ma Faith apparve decisamente delusa.

"Tu che ne sai?", le domandò.

"Oh, lo dicono tutti. Ho sentito la signora Elliott che ne parlava con la signora Dottore. Pensavano che fossi troppo lontana per sentirle, ma io ho l'udito di un gatto. La signora Elliott diceva che non aveva dubbi che Rosemary avesse paura di provare a farvi da matrigna perché voi non avete una bella reputazione. Ora vostro padre non va più sulla collina. E neppure Norman Douglas. La gente dice che Ellen l'ha mollato per vendicarsi del fatto che lui la mollò secoli fa. Ma Norman se ne va in giro a dire che lui alla fine la spunterà. E penso che voi dovreste sapere che avete rovinato l'unione di vostro papà e penso che sia un peccato, perché lui tra poco dovrà per forza sposare qualcuno e Rosemary West sarebbe stata per lui la moglie migliore che io conosca."

"Tu mi avevi detto che le matrigne erano tutte crudeli e perfide", disse Una.

"Oh... be'...", disse Mary, confusa, "per lo più sono orribilmente bisbetiche, lo so. Ma Rosemary West non potrebbe essere cattiva con nessuno. Vi dico che se vostro papà prende e sposa Emmeline Drew, voi vi pentireste di non esservi comportati meglio e di aver spaventato Rosemary. È orrendo, ma voi avete una tale reputazione che nessuna donna decente vuole sposare vostro padre a causa vostra. Certo, *io lo so* che la metà delle storie che girano sul vostro conto non sono vere. Ma la cattiva fama è dura a morire. Certi dicono che sono stati Jerry e Carl a spaccare a sassate la finestra della signora Stimson l'altra sera, quando in realtà sono stati i fratelli Boyd. Ma temo che sia stato proprio Carl a mettere l'anguilla nel calesse della signora Carr, anche se all'inizio ho detto che non ci avrei mai creduto senza avere prima prove più convincenti della parola della vecchia Kitty Alec. Alla signora Elliott gliel'ho detto in faccia."

"Cos'ha fatto Carl?", esclamò Faith.

"Be', dicono – e badate, vi sto solo riferendo quello che dice la gente, perciò non dovete dare la colpa a me – che Carl e un sacco di altri ragazzi stavano pescando anguille sul ponte una sera della settimana scorsa. La signora Carr gli è passata davanti su quella trappola traballante del suo calesse col retro aperto. E Carl si è alzato e ci ha lanciato dentro una grossa anguilla. Quando la povera, vecchia signora Carr stava risalendo la collina di Ingleside, l'anguilla è venuta fuori a dibattersi tra i suoi piedi. Lei ha pensato che fosse un serpente, ha lanciato uno strillo tremendo e si è alzata, ed è saltata oltre le ruote. Il cavallo è scappato, ma è tornato a casa e non ha avuto danni. Ma la signora Carr ha urtato terribilmente le gambe, e adesso le vengono le crisi di nervi tutte le volte che pensa all'anguilla. È stato uno scherzo cattivissimo da fare a quella povera vecchia. Lei è una tipa rispettabile, anche se è tutta strana."

Faith e Una si guardarono ancora. Questa era una faccenda per il Club di Buona Condotta. Non ne avrebbero discusso con Mary.

"Ecco vostro papà", disse Mary, mentre il signor Meredith passava loro davanti, "E non ci vede, come se non ci fossimo. Be', io mi ci sto abituando perciò non ci bado. Ma c'è gente che ci bada eccome."

Il signor Meredith non le aveva viste, ma non stava camminando nel suo solito modo trasognato e distratto. Stava risalendo la collina agitato e turbato. La signora Alec Davis gli aveva appena raccontato la storia di Carl e dell'anguilla. Era molto indignata. La vecchia signora Carr era sua cugina di terzo grado. Il signor Meredith era ancor più indignato. Era ferito e shoccato. Non aveva mai pensato che Carl potesse fare una cosa simile. Non era incline a essere duro per birichinate provocate dalla noncuranza o dalla sbadataggine, ma *questa* era diversa. Questa aveva un gusto orribile. Quando arrivò a casa trovò Carl in giardino, intento a studiare pazientemente le abitudini e le usanze di una colonia di vespe. Il signor Meredith lo chiamò nel suo studio e lo affrontò, con un volto molto più severo di quanto i suoi figli avessero mai visto prima, e gli chiese se quella storia fosse vera.

"Sì", disse Carl, arrossendo, ma fissando coraggiosamente suo padre negli occhi.

Il signor Meredith gemette. Aveva sperato che perlomeno fosse stata un'esagerazione.

"Raccontami tutta la storia", disse.

"I ragazzi stavano pescando anguille sul ponte", disse Carl, "Link Drew aveva preso un gigante... voglio dire, una terribilmente grossa... l'anguilla più grossa che abbia mai visto. L'aveva presa proprio all'inizio e quella se ne stava nel suo cestino, fermissima. Pensavo che fosse morta, sul serio. Poi la vecchia signora Carr è passata sul ponte, ha detto che eravamo tutti piccoli pidocchiosi e che dovevamo andarcene a casa. E noi non le avevamo detto neanche una parola, papà, davvero. Perciò quando è tornata indietro, dopo essere stata in negozio, i ragazzi mi hanno sfidato a lanciarle l'anguilla di Link nel calesse. Pensavo che fosse morta e che non le avrebbe fatto male, perciò l'ho lanciata. E poi l'anguilla si è rianimata sulla collina, noi l'abbiamo vista che strillava e saltava fuori. Mi è dispiaciuto moltissimo. È tutto, papà."

Non era brutto come il signor Meredith aveva temuto, ma era brutto comunque. "Devo punirti, Carl", disse, rammaricato.

"Sì, papà, lo so."

"De... devo picchiarti."

Carl sussultò. Non era mai stato picchiato in vita sua. Poi, vedendo quanto stava male suo padre, disse allegramente: "D'accordo, papà."

Il signor Meredith fraintese la sua allegria e lo considerò un insensibile. Disse a Carl di raggiungerlo nello studio dopo cena, e quando il ragazzo fu uscito si buttò sulla sedia e gemette di nuovo. Temeva quella sera sette volte più di quanto la temesse Carl. Il povero ministro non sapeva neppure con cosa potesse picchiare suo figlio. Che si usava per picchiare i bambini? Un bastone? Una verga? No, sarebbe stato troppo brutale. Un ramoscello, allora? E lui, John Meredith, doveva correre nel bosco e tagliarne uno. Era un pensiero abominevole. Poi gli si presentò spontanea un'immagine in mente. Vide il faccino avvizzito, da schiaccianoci, della signora Carr quando era comparsa l'anguilla rediviva... la vide saltare come una strega sulle ruote del calesse. Prima di potersi fermare, il ministro si mise a ridere. Poi si arrabbiò con se stesso e si arrabbiò ancora di più con Carl. Si sarebbe procurato subito una verga... e non doveva essere neanche troppo flessuosa.

Carl stava discutendo dell'argomento nel cimitero con Faith e Una, che erano appena rincasate. Erano inorridite all'idea che Carl dovesse venire picchiato... e da papà, che non aveva mai fatto nulla del genere! Ma concordarono, giudiziose, che fosse giusto.

"Lo sai che è stata una cosa terribile da fare", sospirò Faith, "E non l'hai mai confessato al Club."

"Me n'ero dimenticato", disse Carl, "E poi non pensavo di aver fatto molto male. Non sapevo che si fosse fatta male alle gambe. Ma adesso sarò picchiato, e questo pareggia i conti."

"Farà... molto male?", disse Una, facendo scivolare la mano in quella di Carl.

"Oh, non tanto, credo", disse Carl, coraggiosamente, "E comunque non piangerò, per quanto possa farmi male. Farei sentire malissimo papà, se lo facessi. Adesso lui è tutto sconvolto. Vorrei potermi picchiare da solo abbastanza forte da risparmiare a lui la pena di farlo."

Dopo Cena, durante la quale Carl aveva mangiato poco e il signor Meredith niente affatto, entrambi andarono nello studio silenziosamente. La verga era sul tavolo. Il signor Meredith aveva passato un brutto quarto d'ora quando aveva dovuto sceglierne una adatta. Ne aveva tagliata una... sembrava troppo sottile. Carl aveva fatto una cosa veramente indifendibile. Poi ne aveva tagliata un'altra... era troppo grossa. In fin dei conti, Carl pensava che l'anguilla fosse morta. La terza andava meglio; ma quando la sollevò dal tavolo gli sembrò molto grossa e pesante... sembrava più un bastone che una verga.

"Stendi la mano", disse a Carl.

Carl tirò la testa indietro e stese la mano senza vacillare. Ma non era molto adulto e non poté tener fuori dagli occhi un po' di paura. Il signor Meredith guardò quegli occhi... ma erano gli occhi di Cecilia... proprio i suoi occhi... e avevano esattamente la stessa espressione che una volta aveva visto negli occhi di Cecilia, quando lei era andata da lui a dirgli qualcosa che temeva un po' di dirgli. Erano i suoi occhi nel faccino pallido di Carl... e solo sei settimane fa aveva pensato, in una notte infinita e terribile, che questo ragazzino stesse per morire.

John Meredith buttò via la verga.

"Vai via", disse, "non posso batterti."

Carl corse nel cimitero, convinto che lo sguardo sul volto di suo padre fosse molto peggio delle botte.

"Già finito?", domandò Faith. Lei e Una si erano tenute per mano stringendo i denti sulla tomba del signor Pollock.

"Non... non mi ha picchiato per niente", disse Carl, con un sospiro, "e... vorrei che l'avesse fatto... ora è lì, e si sente malissimo."

Una sgattaiolò via. Il suo cuore desiderava ardentemente consolare suo padre. Silenziosamente come un topolino grigio, aprì la porta dello studio e scivolò dentro. La stanza era scura per il crepuscolo. Suo padre era seduto alla scrivania. Le voltava le spalle... aveva la testa tra le mani. Stava parlando da solo... parole spezzate, angosciate... ma Una le sentì... le sentì e le comprese, con quella improvvisa illuminazione che viene ai bambini sensibili e senza una madre. Silenziosamente com'era entrata, scivolò fuori e chiuse la porta. John Meredith continuò a esprimere a voce alta il suo dolore in quella che riteneva essere la sua indisturbata solitudine.

Capitolo 34
Una fa una visita in collina

Una andò di sopra. Carl e Faith stavano già attraversando il primo chiarore di luna, diretti alla Valle dell'Arcobaleno, avendo sentito venire da lì la melodia fatata dello scacciapensieri di Jerry e avendo indovinato che c'erano i Blythe e che il divertimento era in corso. Una non aveva voglia di andarci. Prima cercò la sua stanza, dove si sedette sul letto e si fece un breve pianto. Non voleva che nessuno prendesse il posto della sua cara mamma. Non voleva una matrigna che l'avrebbe odiata e avrebbe spinto papà a odiarla. Ma papà era così disperatamente infelice... e se lei poteva fare qualcosa per renderlo più felice, allora *doveva* farlo. C'era una sola cosa che poteva fare... e aveva capito che doveva farlo nel momento stesso in cui aveva lasciato lo studio. Ma era una cosa molto difficile da fare.

Dopo che ebbe pianto tutte le sue lacrime, Una si asciugò gli occhi e andò nella stanza degli ospiti. Era buia e puzzava di stantio, perché la tapparella e la finestra non venivano aperte da molto tempo. Zia Martha non era un'amica dell'aria fresca. Ma dal momento che in canonica nessuno pensava mai di chiudere una porta, questo non importava molto, se non a qualche sventurato ministro che andava a passare la notte lì ed era costretto a respirare l'atmosfera della stanza degli ospiti.

C'era un armadio nella stanza degli ospiti, e in fondo all'armadio era appeso un vestito di seta grigio. Una entrò nell'armadio e chiuse la porta, si mise in ginocchio e premette la faccia contro le morbide pieghe della seta. Era stato l'abito da sposa di sua madre. Era ancora pieno di un dolce, debole, evanescente profumo, come di un amore persistente. Una lì si sentiva sempre molto vicina a sua mamma... come se fosse inginocchiata ai suoi piedi con la testa nel suo grembo. Andava lì ogni tanto, molto raramente, quando la vita si faceva *troppo* dura.

"Mamma", mormorò alla gonna di seta grigia, "Io non ti dimenticherò mai, mamma, e amerò sempre di più te. Ma devo farlo, mamma, perché papà è tanto infelice. Io lo so che tu non vorresti vederlo infelice. E io sarò molto buona con lei, mamma, e cercherò di amarla, anche se è come Mary Vance dice che siano tutte le matrigne."

Una ricavò una bella forza spirituale nel suo santuario segreto.

Quella notte dormì serena, con le macchie lasciate dalle lacrime che ancora le luccicavano sul volto dolce e serio.

Il pomeriggio seguente indossò il suo abito e il suo cappello migliori. Erano decisamente malandati. Tutte le altre ragazzine di Glen avevano avuto vestiti nuovi quell'estate tranne Faith e Una. Mary Vance aveva avuto un bellissimo vestito di linone bianco ricamato, con una fascia di seta scarlatta e fiocchi sulle spalle. Ma oggi a Una non importava della sua sciatteria. Voleva solo essere molto pulita. Si lavò accuratamente la faccia. Si spazzolò i capelli finché non furono lucenti come il raso. Si allacciò accuratamente le scarpe, avendo prima rammendato due smagliature nel suo unico paio buono di calze. Avrebbe voluto annerire gli stivaletti, ma non trovò il lucido da scarpe. Alla fine scivolò via dalla canonica, attraversò la Valle dell'Arcobaleno e poi andò su per la strada che portava alla casa sulla collina. Era una lunga camminata, e Una era stanca e accaldata quando arrivò lì.

Vide Rosemary West seduta sotto un albero in giardino e superò furtiva le aiole di dalie per raggiungerla. Rosemary aveva un libro in grembo ma guardava lontano, oltre la baia, e i suoi pensieri erano tristi. La vita ultimamente non era stata piacevole nella casa sulla collina. Ellen non aveva messo il broncio... Ellen era una roccia. Ma si possono sentire certe cose che non si dicono, e certe volte il silenzio tra le due donne era intollerabilmente eloquente. Adesso tutte le tante cose familiari che avevano reso dolce la vita avevano un gusto amaro. Norman Douglas faceva periodiche irruzioni, alternativamente tormentando e lusingando Ellen. Avrebbe finito, credeva Rosemary, col trascinare via Ellen un giorno o l'altro, e Rosemary pensava che ne sarebbe stata quasi felice quando fosse successo. Allora l'esistenza sarebbe stata terribilmente solitaria, ma non sarebbe più stata carica di dinamite.

Venne risvegliata dalla sua sgradevole fantasticheria da un tocco timido sulla spalla. Voltandosi, vide Una Meredith.

"Oh, Una, tesoro, sei venuta qui a piedi con questo caldo?"

"Sì", disse Una, "Sono venuta per... sono venuta per..."

Ma trovava molto difficile dire perché fosse venuta. La voce le venne meno... gli occhi le si riempirono di lacrime.

"Una, piccina, che succede? Non avere paura di dirmelo."

Rosemary mise un braccio attorno a quella magra figuretta tremante e l'attirò a sé. Aveva occhi bellissimi... il suo tocco era così tenero che Una trovò il coraggio.

"Sono venuta... per chiedervi... di sposare papà", balbettò. Rosemary rimase in silenzio per un istante, letteralmente esterrefatta. Fissò Una, sbalordita.

"Oh, non vi arrabbiate, per favore, cara Miss West", la supplicò Una, "Vedete, dicono tutti che non volete sposare papà perché noi siamo tanto cattivi. E lui per questo è *molto* infelice. Perciò io sono venuta a dirvi che non siamo mai cattivi *di proposito*. E che se solo sposate papà, noi cercheremo di essere buoni e fare tutto quello che ci dite. Sono *sicura* che non avrete nessun problema con noi. *Vi prego*, Miss West."

Rosemary pensò rapidamente. Le supposizioni delle pettegole, vedeva, avevano messo idee sbagliate in testa a Una. Doveva essere assolutamente franca e sincera con la bambina.

"Una", disse, dolcemente, "Non è per voi, poveri piccini, che non posso essere la moglie di vostro padre. Voi non siete cattivi... e non ho mai pensato che lo foste. C'è... c'è una ragione completamente diversa, Una."

"Non vi piace papà?", domandò Una, alzando la testa con aria di rimprovero, "Oh, Miss West, voi non sapete quant'è bravo. Sono sicura che sarebbe un *ottimo* marito."

Perfino nel mezzo della perplessità e dell'angoscia, Rosemary non riuscì a trattenere un piccolo sorriso obliquo.

"Oh, non ridete, Miss West", esclamò Una, con ardore, "Papà sta *malissimo* per questo."

"Credo che ti sbagli, cara", disse Rosemary.

"No. Sono *certa* di no. Oh, Miss West, papà doveva dare le botte a Carl ieri – Carl aveva fatto il cattivo – e papà non c'è riuscito perché non aveva *esperienza* con le botte. Perciò quando Carl è venuto fuori e ci ha detto che papà stava tanto male, io sono sgattaiolata nel suo ufficio per vedere se potevo aiutarlo – perché a papà piace quando lo consolo, Miss West – e lui non mi ha sentito entrare, ma io ho sentito cosa stava dicendo. Ve lo dirò, Miss West, se lasciate che ve lo dica in un orecchio."

Una sussurrò tutto scrupolosamente. Rosemary arrossì. Perciò John Meredith l'amava ancora. *Lui* non aveva cambiato idea. E doveva amarla intensamente se aveva detto quelle cose... doveva amarla più di quanto lei avesse mai pensato. Rimase seduta in silenzio a pensare per un po', accarezzando i capelli di Una. Poi disse:

"Porteresti una mia lettera a tuo papà, Una?"

"Oh, Miss West, lo sposerete?", domandò Una, eccitata.

"Forse... se lui mi vuole davvero", disse Rosemary, arrossendo di nuovo.

"Sono felice... sono felice", disse Una, coraggiosamente. Poi alzò lo sguardo, le tremavano un po' le labbra, "Oh, Miss West, voi non ci metterete nostro padre contro... non lo spingerete a odiarci, vero?", disse, implorante.

Rosemary sgranò ancora una volta gli occhi.

"Una Meredith! Ma pensi che io farei mai una cosa del genere? Chi ti ha messo in testa quest'idea?"

"Mary Vance ha detto che le matrigne sono tutte così... che tutte quante odiano i figliastri e spingono loro padre a odiarli... ha detto che non possono farne a meno... è il fatto di diventare matrigne a farle diventare così..."

"Povera piccina! Eppure sei venuta lo stesso quassù a chiedermi di sposare tuo papà perché volevi renderlo felice? Sei un tesoro... un'eroina... come direbbe Ellen, sei una roccia. Ora ascoltami molto attentamente, tesoro. Mary Vance è solo una ragazzina stupida che non sa molte cose e si sbaglia terribilmente su altre. Io non mi sognerei mai di mettervi contro vostro padre. Vi amerei tutti teneramente. Io non voglio prendere il posto di vostra madre... quel posto dovrà sempre essere suo nei vostri cuori. E non ho neanche l'intenzione di diventare una matrigna. Io voglio essere vostra amica, aiutante e *compagna*. Non credi che sarebbe bello, Una... se tu, Faith, Carl e Jerry poteste pensare a me come a una buona amica simpatica... o come a una sorella più grande?"

"Oh, sarebbe bellissimo", esclamò Una, col volto trasfigurato. Impulsivamente, gettò le braccia al collo di Rosemary. Era così felice che le sembrava di poter tirare fuori le ali e volare.

"E gli altri... Faith e i ragazzi hanno le stesse idee che avevi tu sulle matrigne?"

"No. Faith non ha mai creduto a Mary Vance. E io sono stata spaventosamente stupida a crederle. Faith vi ama già... vi ama fin da quando il povero Adam venne mangiato. E Jerry e Carl penserebbero che è una bella cosa. Oh, Miss West, quando venite a vivere con noi, potreste... insegnarmi a cucinare... un po'... e a cucire... e... e... e a fare le cose? Io non so niente. Non sarò di troppo disturbo... cercherò di imparare in fretta."

"Tesoro t'insegnerò e ti aiuterò come posso. Ora, non dire a nessuno di questa cosa qua, non dirla neppure a Faith... finché non sarà tuo padre a dirti che puoi dirlo. Lo farai? E ti fermi qui e prendi il tè con me, va bene?"

"Oh, grazie... ma... ma... penso sia meglio tornare subito a casa a portare la lettera a papà", balbettò Una, "Così sarà felice *prima*, Miss West."

"Capisco", disse Rosemary. Entrò in casa, scrisse un biglietto e lo diede a Una. Quando quella piccola damigella corse via, un cumulo palpitante di felicità, Rosemary andò da Ellen, che stava sgusciando piselli nel porticato sul retro.

"Ellen", disse, "Una Meredith è appena stata qui per chiedermi di sposare suo padre."

Ellen alzò la testa e lesse nel volto della sorella.

"E tu lo farai?", disse.

"È molto probabile."

Ellen continuò a sgusciare i piselli per un po'. Poi, improvvisamente, si portò le mani al volto. C'erano lacrime nei suoi occhi dalle sopracciglia scure.

"Spero... spero che saremo felici", disse tra un singulto e una risata.

Giù alla canonica Una Meredith, accaldata, rosea, trionfante, marciò spavalda nello studio di suo padre e posò una lettera sulla scrivania di fronte a lui. Il volto pallido del ministro avvampò quando vide la scrittura bella e chiara che conosceva così bene. Aprì la lettera. Era molto breve... ma nel leggerla ringiovanì di vent'anni. Rosemary gli chiedeva se potevano incontrarsi quella sera, al tramonto, alla sorgente della Valle dell'Arcobaleno.

Capitolo 35
Lasciate che venga il Pifferaio

"E perciò", disse Miss Cornelia, "il doppio matrimonio dovrebbe esserci verso la metà del mese."

C'era un lieve freddo nell'aria della prima sera di settembre, perciò Anna aveva acceso il suo sempre pronto fuoco di relitti nel grande salotto, e lei e Miss Cornelia si crogiolavano a quel fatato sfavillio.

"È così bello... soprattutto a proposito del signor Meredith e Rosemary", disse Anna, "Al solo pensiero mi sento felice, come lo ero quando mi sono sposata io. Mi sono sentita di nuovo esattamente come una sposa ieri sera, quando sono stata in collina a vedere il corredo di Rosemary."

"Mi hanno detto che le sue cose sono belle come quelle di una principessa", disse Susan da un angolo buio, dove stava coccolando il suo bimbo moro, "Anch'io sono stata invitata a vederle e intendo andarci una di queste sere. Ho saputo che Rosemary avrà un vestito di seta bianca e un velo, ma Ellen si sposerà in blu marino. Non ho dubbi, cara signora Dottore, che sia molto assennato da parte sua, ma da parte mia ho sempre pensato che se mai mi fossi sposata avrei preferito vestire di bianco con il velo, è più da sposa."

Una visione di Susan "vestita di bianco col velo" si presentò all'immaginazione di Anna, e fu quasi troppo per lei.

"E il signor Meredith?", disse Miss Cornelia, "Anche solo il fidanzamento ha fatto di lui un uomo diverso. Non è più tanto trasognato e distratto, credi a me. Mi sono sentita così sollevata quando ho saputo che ha deciso di chiudere la canonica e mandare i figli fuori in visita mentre lui è in luna di miele. Se avesse deciso di lasciare loro e zia Martha da soli per un mese, ogni mattina mi sarei svegliata col timore di scoprire che la casa era andata a fuoco."

"Zia Martha e Jerry verranno qui", disse Anna, "Carl andrà da Elder Clow. Non ho saputo dove vanno le ragazze."

"Vengono da me", disse Miss Cornelia, "Certo, ne sarei stata comunque felice, ma Mary non mi avrebbe dato pace se non gliel'avessi proposto. Le Dame di Carità puliranno la canonica da cima a fondo prima che gli sposi tornino, e Norman Douglas ha disposto che la dispensa venga riempita di verdure. In questi giorni nessuno lo vede o lo sente fare cose da Norman Douglas, credimi. È tutto contento perché sposerà Ellen West dopo averla desiderata per tutta una vita. Se io fossi Ellen... ma non lo sono, e se lei è contenta così a me sta bene. Anni fa, quando andava ancora a scuola, la sentii dire che non voleva un mite cuccioletto per marito. E in Norman non c'è nulla di mite, credi a me."

Il sole tramontava sulla Valle dell'Arcobaleno. Lo stagno indossava un meraviglioso manto di porpora e d'oro, di verde e di cremisi. Una lieve nebbiolina azzurra era posata sulla collina a oriente sulla quale una grande, pallida luna fluttuava come una bolla d'argento.

Erano tutti lì, accovacciati nella piccola radura: Faith e Una, Jerry e Carl, Jem e Walter, Nan e Di, e Mary Vance. Avevano fatto una festa speciale, perché quella era l'ultima sera di Jem nella Valle dell'Arcobaleno. Il mattino dopo sarebbe partito per Charlottetown per frequentare la Queen's Academy. Il loro circolo incantato si sarebbe spazzato; e nonostante l'allegria della loro piccola festa, c'era una punta di tristezza in ogni gioioso, giovane cuore.

"Guardate... c'è un grande palazzo dorato laggiù nel tramonto", disse Walter, indicando, "Guardate quella torre scintillante... e gli striscioni rossi che vi sventolano sopra. Forse un conquistatore sta tornando a casa a cavallo dopo una battaglia... e gli altri li sventolano per rendergli onore."

"Oh, vorrei che tornassero i vecchi tempi", esclamò Jem, "Mi piacerebbe tanto essere un soldato... un grande generale trionfante. Darei *qualunque cosa* per vedere una grande battaglia."

Jem sarebbe diventato un soldato, e avrebbe visto la battaglia più grande mai combattuta al mondo; ma questo sarebbe accaduto molto lontano, nel futuro; e la madre, di cui lui era il primo figlio, era ancora solita guardare i suoi figli e ringraziare Dio che "gli audaci giorni dei vecchi tempi" che Jem tanto desiderava fossero passati per sempre, e che non sarebbe più stato necessario per i figli del Canada correre in battaglia "per le ceneri dei loro padri e i templi dei loro dei"[33].

L'ombra della Grande Guerra non aveva ancora fatto sentire alcun presagio del suo gelo. I ragazzi che avrebbero combattuto, e che forse sarebbero caduti, sui campi della Francia, delle Fiandre, di Gallipoli, della Palestina, erano

---

33 Sia questa che quella precedente sono citazioni dal libro "Lays of ancient Rome" di Thomas Babington Macauley, storico e politico inglese del XIX secolo (NDR)

ancora scolari birichini con la prospettiva di una vita felice davanti a loro; le ragazze il cui cuore sarebbe stato straziato, erano ancora bambine piene di speranze e sogni.

Lentamente gli striscioni della città del tramonto abbandonarono il rosso e l'oro; lentamente la processione del conquistatore svanì. Il crepuscolo strisciò nella valle e il gruppetto si fece silenzioso. Quel giorno Walter aveva letto di nuovo il suo amato libro di miti e ricordò come una volta avesse immaginato che il Pifferaio Magico arrivasse nella valle in una sera come questa.

Cominciò a parlare languido, in parte perché voleva spaventare un po' i suoi compagni, in parte perché era come se qualcosa di distinto da lui parlasse attraverso le sue labbra.

"Il Pifferaio si sta avvicinando", disse, "Adesso è più vicino di quanto lo era quella sera in cui lo vidi. Il suo lungo mantello scuro gli svolazza attorno. Lui suona... suona... e noi dobbiamo seguirlo... Jem, e Carl, e Jerry, e io... attorno al mondo. Ascoltate... ascoltate... non sentite la sua folle musica?"

Le ragazze rabbrividirono.

"Lo so che fai solo finta", protestò Mary Vance, "E vorrei che non lo facessi. Lo fai sembrare vero. Detesto quel tuo stupido Pifferaio."

Ma Jem balzò in piedi con una risata allegra. Salì in cima a una collinetta, alto e splendido, con la sua fronte aperta e i suoi occhi impavidi. Ce n'erano migliaia come lui in tutto il paese degli aceri[34].

"Lasciate che venga il Pifferaio, e che sia il benvenuto", gridò agitando la mano, "Io lo seguirò volentieri per tutto il mondo."

FINE

---

34 Il paese degli aceri, ovvero il Canada. La foglia d'acero, infatti, è quella che compare, rossa su campo bianco, nella bandiera canadese (NDR)

www.ingramcontent.com/pod-product-compliance
Lightning Source LLC
Chambersburg PA
CBHW071503170626
46811CB00007B/2700